郁達夫散文

陳信元 編選

推薦序

最好的課外讀物、最佳的散文選集

翰林國、高中國文教科書主編　**宋裕**

　　1919年以北京大學青年學生為主發起的五四運動，除了打破中國人不問政事的風氣，喚起了中國人的愛國熱情之外，更促成了白話文的興起，形成一股強大的新文化運動。

　　此後，胡適、朱自清、魯迅、徐志摩、謝冰瑩、巴金、郁達夫、許地山、劉半農等白話文學作家的作品影響近代中國文壇近100年而不墜，成為每一個學子必讀的文學經典作品。

　　曾任南華管理學院出版學研究所所長的陳信元教授，目前任職佛光大學文學系，多年來對於中國文學史、臺灣文學、中國現代文學、大陸文學等方面的研究探討與文學史料的研究，可說是國內的第一把交椅，無人能出其右。

　　為了增強各級學生的作文能力與文學鑑賞能力，陳教授特別編選了《徐志摩散文》、《朱自清散文》、《郁達夫散文》三本書。

　　這三本書涵括了徐志摩、朱自清、郁達夫最精彩的散文作品、生平事略、著作一覽、珍貴圖片，文末並有編選者對於文章的寫作背景說明，有別於坊間隨意拼湊翻印而成卻號稱「全集」者。

徐志摩的散文實際上也是詩，它具有詩的意境美、韻律美和語言美。

朱自清打破了復古派認為白話文不能作美文的迷思，他的散文具有極高的藝術價值。

郁達夫的作品融合了寫實主義與浪漫主義，在文學的傳承上成為從寫實主義過渡到現代主義的一座重要橋樑。

徐志摩、朱自清、郁達夫三人，代表了中國近代白話文學，閱讀他們的作品，不單單可以得到文學的濡潤，對於近代中國白話文學的形成與演進，更能有所瞭解。

想要強化自己的語文能力、寫作能力，多讀、多思考、多寫是三大法門，而陳教授編選的《徐志摩散文》、《朱自清散文》、《郁達夫散文》三本書，提供最佳的閱讀與寫作範本，幫助我們認識與體會中國文字與音律之美。

很高興看到這三本書的出版，除了學生應該閱讀這三本書，我認為每個人都應該讀讀這三本書，好好的沉澱心情享受一下閱讀的樂趣。

編選報告

1. 自編者編成了徐志摩、朱自清的散文精選集之後，獲得了許多讀者的迴響，讓編者得到莫大的鼓舞，同時，也做成續編郁達夫散文精選集的決定。

2. 郁達夫是新文學運動以來最重要的作家之一，在國際文化學術界也頗富聲望，但在臺灣，有關郁達夫的研究著作並不多，坊間出版社對郁達夫的「興趣」，也遠不及徐志摩和朱自清。追根究底，原因有二，其一是郁達夫是「創造社」的發起人之一，早期與左派文人往來甚密。其二是郁達夫是位浪漫文人，他的作品與生活，在當時引起極多的爭論。郁達夫雖然是「創造社」的發起人，他的思想和行為卻與「創造社」的幾個人合不來，以致交惡，後來更登報脫離了該社。至於他的創作，能道人所不敢道，真誠地把所感所想寫了下來，雖然，部分論評家譏嘲郁氏有「自我暴露狂」，但是，基本上，他可算是一位求真的藝術家。

3. 本書精選郁達夫的散文三十三篇，書名定為《郁達夫散文》，讀者讀完這本書，對於郁達夫的散文幾乎可說有通盤性的瞭解了。

4. 所選的作品，概依寫作年代排列。書前除選刊郁達夫的圖片資料多幀，並附「郁達夫生平事略」、「郁達夫的著作」、「研究或報導郁達夫的著作」、「〈郁達夫散文〉選錄作品年表」等文，期使讀者對郁達夫其人其文有更深刻地認識。選錄的文章後面，附加編者的「說明」，對創作背景做扼要的敘述。書末附錄〈海角新春憶故人〉，係郁達夫好友易君左先生在臺所作，原文載《暢流》三卷四期（一九五一年四月出版）；〈從作品中暴露自救的郁達夫〉，承李德安先生提供，原文載於其主編的《藝潮》雜誌革新第二期（一九七一年九月出版），本文試圖給郁達夫回復其本來面目，並做適當且公正的批評。

5. 本書編撰期間，承日本天理大學塚本照和教授、好友林振輝君協助搜集資料，李瑞騰君從旁督促、指導，他們的盛情令編者深深感念，謹此表達個人由衷的謝忱。

目錄

郁達夫生平事略

一八九六年　一歲／十二月七日（陰曆十一月三日）生於浙江省富陽縣。原名文，達夫為其字，後以字行。郁家世代書香，太平天國亂後，漸趨沒落。父名企曾，母陸氏，達夫排行第三，為郁家幼子。長兄原名慶雲，後改名華，字曼陀，為民國司法界名人，精擅詩畫。次兄名浩，字養吾，初任軍職，後行醫鄉里。

一八九八年　三歲／春夏之交，郁父患腸胃病而死。此後，由母親身兼父職；孤兒寡母之家，備受鄰居、親戚的欺凌。

一九○二年　七歲／開始接受舊式的書塾教育。

一九○四年　九歲／能賦詩，其自述詩云：「九歲題詩四座驚，阿連少小便聰明。……」郁母以為：此兒早慧，恐非大器。

一九○六年　十一歲／進入富陽縣立高等小學堂就讀。

一九○九年　十四歲／二月三日（陰曆正月十三），自高等小學堂畢業。翌日，由水路赴杭州，考入杭府中學，因費用不足，遂轉考嘉興府中，讀了半年，就不想再讀了。
暑假後，仍舊轉入了杭府中學一年級，與徐志摩同學。
第一次的投稿被採用，刊登在全浙公報，作品是仿宋人的五古，此後，也曾陸續在之江日報、上海神州日報發表詩作。

一九一〇年　十五歲／春，由杭府中學轉入美國長老會辦的育英書院（後來
　　　　　　改為之江大學）。兩個月後，因參與學潮被開除。

　　　　　　進入浸禮會所辦的惠蘭中學，不到三個月，對學校教育感到絕
　　　　　　望，遂回故鄉索居獨學將近兩年之久。這段期間，對達夫的一
　　　　　　生，是「收穫最多、影響最大的一個預備時代。」

一九一二年　十八歲／九月，擔任京師高等審判廳推事的長兄郁華，被北京
　　　　　　政府派赴日本考察司法，達夫趁機隨行赴日留學。

　　　　　　十一月，白天在神田的正則學校補習日文，晚上再上三個小時
　　　　　　的夜課。

一九一四年　十九歲／夏，考進東京第一高等學校預科第一部（後來轉入第
　　　　　　三部），獲得官費生資格。

　　　　　　開始接觸西洋文學，先是讀了俄國作家杜兒葛納夫（今譯屠格
　　　　　　涅夫）的英譯小說，一是《初戀》，一是
　　　　　　《春潮》。後來又讀了托爾斯泰、獨思托
　　　　　　以夫斯基（今譯杜斯妥耶夫斯基）、高爾
　　　　　　基、契訶夫等人的作品。

一九一五年　二十歲／夏，一高預科第三部畢業，分發
　　　　　　至名古屋的第八高等學校理科。

一九一六年　二十一歲／秋，因與長兄感情齟齬，遂由
　　　　　　八高理科轉回文科。

名古屋求學時的郁達夫

一九一九年　二十四歲／七月，畢業於第八高等學校一部丙類。

九月，進入東京帝國大學經濟學部就讀。

一九二〇年　二十五歲／夏，歸國與同鄉孫荃結婚。

一九二一年　二十六歲／一月二日，處女作〈銀灰色的死〉（小說）脫稿，
半年後登在上海時事新報副刊《學燈》。

五月九日，小說〈沉淪〉再稿完成。

七月初旬，創造社在東京成立，郁達夫為創始同仁之一。

七月二十七日，小說〈南遷〉完成。

九月上旬應邀回國，在安慶法政學校擔任英語教師。

十月十五日，小說創作集《沉淪》由泰東書局出版。（列為創
造社叢書第二種）

一九二二年　二十七歲／元月，辭卸安慶法政學校教職回上海。

三月間，創造社同仁刊物《創造季刊》第一期出版，郁達夫發
表了小說〈茫茫夜〉，評論〈藝文私見〉及一篇翻譯文字。

本月，達夫回日本，三十一日畢業於東京帝國大學經濟學部經
濟學科。四月，進入該校文學部言語學科就讀。

七月二十日，由神戶搭船歸國，結束八年的留學生活。歸國後
仍接受安慶法政學校的聘書，九月到任，同事中有陶希聖、易
君左等人。

一九二三年　二十八歲／四月，辭去安慶法政學校教職，回到上海，六日將

妻兒送回富陽老家撫養。寫下不朽的名作〈蔦蘿行〉。

七月二十一日，與成仿吾、鄧均吾共編《創造日》（中華新報的文學副刊）。

十月初旬，應北京大學聘請，擔任兩小時的統計學課程。

一九二五年　三十歲／一月，應國立武昌師範大學校長石英（蘅青）之邀，由北京南下，擔任文科教授。同事中有黃侃、熊十力、楊振聲、方東美、李璜、余家菊、張資平等人。

秋，因校長石英與教授黃侃之爭，憤而離校，回到上海小住，病了一場，轉回富陽老家休養。這一年，達夫的心境惡劣，感到了許多幻滅。

一九二六年　三十一歲／元月，病癒回上海，重新參加創造社的活動。

三月，《創造月刊》創刊，由達夫編輯，他在一卷一期除了選寫〈卷頭語〉、〈尾聲〉外，也發表了兩篇小說〈春宵〉、〈街燈〉，及一書信〈給沫若的舊信〉。

三月十八日，任教於廣東大學，同來廣東大學的另有創造社同仁多人。本月，次男熊兒出生。

六月十四日（陰曆端午節）長子龍兒因腦膜炎，死於北京。

1926年郁達夫與成仿吾、郭沫若於廣州

　　五天後達夫趕抵北京，辦完喪事，又住了一陣子，才在十月二十一日回廣州。散文〈一個人在途上〉即記述此事（刊載於《創造月刊》一卷五期）。

　　十一月三日，開始寫〈勞生日記〉，並於翌年發表在《創造月刊》一卷七期（一九二七年七月十五日），這是《日記九種》的第一部。十一月三十日，辭去廣東大學教職，搭船回上海。

一九二七年　三十二歲／一月十四日，在同鄉孫百剛家中，遇見杭州的王映霞，達夫在日記上寫道：「我的心又被她擾亂了，此事當竭力的進行，求得和她做一個永久的朋友。」（村居日記）

　　三月二日，在上海法科大學教授德文，每個禮拜六小時課。

　　六月五日，達夫與王映霞在杭州結婚。

1927年的郁達夫

　　八月十五日，上海的申報、民國日報發佈達夫與創造社決裂的消息。

　　九月初旬，《民眾》旬刊在上海創刊，達夫除了為它寫發刊辭外，並刊登了四篇評論。

一九二八年　三十三歲／六月二十日，與「語絲社」的魯迅、林語堂合辦《奔流》雜誌，由北新書局發行。達夫在《奔流》發表的作品，以翻譯居多。

九月二十日，達夫與陶晶孫主編的《大眾文藝》創刊，由現代書局發行，至一九三〇年六月被停刊。

一九三〇年　三十五歲／秋，赴安慶，任安徽大學中文系教授，僅四個月即離去。

一九三一年　三十六歲／十一月十九日，達夫的中學同學徐志摩搭機遇難，他在《新月月刊》四卷一期志摩紀念號上發表了〈志摩在回憶裡〉（十二月十一日）。

一九三二年　三十七歲／春，在吳淞中國公學教書，唯時間不長。
九月十六日，由林語堂主編的《論語》半月刊創刊，達夫投稿甚勤。

一九三三年　三十八歲／四月二十五日，由上海移居杭州場官衖。
七月一日，《文學》月刊創刊，由文學社主編，生活書店發行。文學社有十個編委，其中九個是前文學研究會會員，僅達夫是前創造社的發起人。

一九三四年　三十九歲／任杭省府參議。常偕夫人、友人到各地遊山玩水，所至之處皆有遊記或日記發表，博得了「遊記作家」的美名。
在六月結集出版了《屐痕處處》一書，由現代書局出版。
十一月，開始在《人間世》半月刊發表八篇自傳散文。

一九三五年　四十歲／三月，應上海良友圖書公司邀請，擔任《中國新文學大系：散文二集》的編輯工作，書前附有他的導言。

1936年的郁達夫

一九三六年　四十一歲／一月十日，杭州新居「風雨茅廬」落成。

二月七日，應福建省主席陳公洽之邀，就任福建省政府參議兼公報室主任。

十一月中旬，赴日訪問演講。日本報刊、雜誌，如讀賣新聞、時事新報、都新聞、中國文學月報等都顯著報導達夫的到訪。

十二月二十二日，受日本政府之聘，由日本來臺灣，由當時的臺灣總督府外事課代表日本官方招待。他下榻於臺北鐵路飯店，並在臺灣日日新報社主辦下，於該店講堂，開過一次文化演講會。他在臺灣約逗留一個星期，到過台中、嘉義、台南各地，因驚聞「西安事變」，始倉促返國。

一九三七年　四十二歲／抗戰軍興後，達夫主編《福建民報》與《小民報》的副刊。

一九三八年　四十三歲／三月二十七日，「中華全國文藝界抗敵協會」在漢口成立，達夫被選為常務理事、研究部主任及編輯委員數職。

五月，該協會主編《抗戰文藝》，達夫在該刊發表過雜文〈馬蜂的毒刺〉、〈在警報聲裡〉及通信多篇。

四月中旬，隨團赴徐州勞軍，並在山東、江蘇、河南一帶視察

河防。

六月底，奉命視察第三戰區。

七月初，自東戰場回武漢。其時，達夫與王映霞感情已破裂。

十二月二十八日，攜王映霞及長子郁飛抵新加坡。此行係應胡兆祥之邀，為編輯《星洲日報》副刊而來。

一九三九年　四十四歲／元月，主編《星洲日報》早版的《晨星》副刊與《文藝》週刊，以及該報晚版的《繁星》副刊。不久，又兼編《星檳日報》的《文藝》雙週刊，《星光畫報》文藝欄及《華僑週報》。王映霞則主編《星洲日報》婦女版。三月五日，發表〈毀家詩紀〉於香港《大風旬刊》第三十期，終於促使王映霞的離去。

一九四〇年　四十五歲／二月，郁王登報協議離婚。五月二十五日，王映霞回國。

一九四一年　四十六歲／十二月七日，日軍偷襲珍珠港，太平洋戰爭爆發。本月底，新加坡華僑抗敵委員會（又稱華僑抗敵後援會）正式成立，郁達夫被推為執行委員，負責文藝組工作。

一九四二年　四十七歲／元月初，就任文化界抗日聯合會主席。

二月四日，新加坡淪陷前夕，達夫與十八位文化界人士逃往荷屬蘇門答臘。二月十六日抵達巴東村，停留了一個半月。達夫寫下了〈亂離雜詩〉十一首。五月初，抵達巴爺公務，化名趙廉，並在九月開始經營酒廠。此時，因他通曉日語，被聘為武

吉丁宜憲兵隊通譯，六個月後，達夫偽裝肺病，才辭去此職務。達夫在任通譯期間，不僅幫華僑，也幫印尼人的忙，並沒有陷害過一個人。

一九四三年　四十八歲／九月十五日，與祖籍廣東臺山的印尼華僑何麗有（原姓陳）在巴東結婚，生有一子一女，男名大雅，女名美蘭。

一九四五年　五十歲／八月十五日，日本向盟軍投降。二十九日晚，達夫失蹤，據可靠資料透露：達夫遇害事件是由武吉丁宜日本憲兵隊的憲兵所策劃。他們用一個印尼人將達夫從家中引出，帶到別處處死，後來參與其事的憲兵、印尼人全畏罪失蹤了，殺害達夫的動機，是要消滅有資格在審訊戰犯時作證的證人。

郁達夫的最後一張照片

本文主要參考資料

《郁達夫資料》（一九六九年十月）、《郁達夫資料補篇（上）》（一九七三年三月）、《郁達夫資料補篇（下）》（一九七四年七月）──伊藤虎丸、稻葉昭二、鈴木正夫編，東京大學東洋文化研究所附屬東洋文獻中心出版。

《創造社研究》——伊藤虎丸編，一九七九年十月，東京汲古書院出版。

《郁達夫與王映霞》——劉心皇著，一九六二年七月暢流半月刊社，一九七八年四月大漢出版社。

《郁達夫其人其文》——秦賢次著，收錄《郁達夫南洋隨筆》一書，一九七八年九月洪範書店出版。

《中日人士所見郁達夫在蘇門答臘的流亡生活》、《郁達夫在新加坡與馬來亞》——王潤華著，收錄《中西文學關係研究》，一九七八年二月東大圖書有限公司出版。

《達夫日記集》——郁達夫著，一九三五年七月，北新書局出版。

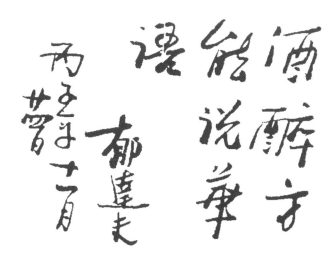

郁達夫的著作

1. 《沉淪》（小說集）——一九二一年十月由泰東書
   局出版，列為「創造社叢書」第二種，計收他的處
   女作〈銀灰色的死〉，及〈沉淪〉、〈南遷〉共三
   篇小說，篇前有序言。評者認為「郁達夫的《沉
   淪》是新文學運動以來的第一部小說集，它不僅在
   出世的年月上是第一，它那種驚人的取材與大膽
   的描寫，就是一年後的今天，也還不能不說是第
   一。」（成仿吾《〈沉淪〉的評論》，刊載於《創
   造季刊》一卷四期，一九二三年三月）。

《沉淪》書影

2. 《蔦蘿集》（小說散文集）——一九二三年十月由泰東書局出版，列為創
   造社「辛夷小叢書」之一，內收錄〈獻納之辭〉、〈蔦蘿集自序〉、〈血
   淚〉、〈蔦蘿行〉、〈還鄉記〉、〈寫完了蔦蘿集最後的一篇〉等文。

3. 《文藝論集》（論文集）——一九二六年六月由光華書局出版，收錄〈藝術
   與國家〉、〈文學上的階級鬥爭〉、〈文藝賞鑑上之偏愛價值〉……等十四
   篇論文，篇前有自序。

4. 《小說論》——一九二六年，光華書局出版。

5. 《戲劇論》——一九二六年，商務印書館出版。

6. 《寒灰集》（小說散文合集）——一九二七年六月由創造社出版，是《達夫全集》第一卷，內收錄〈茫茫夜〉、〈秋柳〉、〈採石磯〉、〈春風沉醉的晚上〉、〈零餘者〉、〈十一月初三〉、〈小春天氣〉、〈薄奠〉、〈給一位文學青年的公開狀〉、〈煙影〉、〈一個人在途上〉等小說散文十一篇，卷首有〈全集自序〉、〈寒灰集題辭〉二文。

7. 《文學概說》——一九二七年八月，由商務印書館出版，列為「百科小叢書」之一，計分六章。

8. 《日記九種》——一九二七年九月由北新書局出版，收錄一九二六年十一月三日起至一九二七年七月三十一日止所記的九篇日記：勞生日記、病閒日記、村居日記、窮冬日記、新生日記、閒情日記、五月日記、客杭日記、厭炎日記，另附後敘一篇。

9. 《雞肋集》（小說散文合集）——一九二七年十月由創造社出版，是《達夫全集》第二卷，內收錄〈沉淪〉、〈南遷〉、〈銀灰色韻死〉、〈胃病〉、〈血淚〉、〈蔦蘿行〉、〈還鄉記〉、〈還鄉後記〉等八篇。

10. 《過去集》（小說散文合集）——一九二七年十一月由開明書店出版，是《達夫全集》第三卷，內收錄〈五六年來創作生活的回顧〉、〈過去〉、〈清涼的午後〉、〈南行雜記〉等小說散文計十九篇。

11. 《迷羊》（長篇小說）——一九二八年一月由北新書局出版。

《迷羊》手跡

12.《奇零集》（翻譯、雜文集）——一九二八年三月由開明書店出版，是
《達夫全集》第四卷，收錄翻譯作品〈一女侍〉等五篇，及雜文〈誰是我
們的同伴〉等十三篇，讀後感〈蘭生弟日記〉、〈日記文學〉等四篇，小
品〈立秋之夜〉等八篇。篇前有〈奇零集題辭〉。

13.《敝帚集》（雜著）——一九二八年四月由現代書局出版，是《達夫全
集》第五卷，本書分為三部分：A、人物和書，B、藝術雜論，C、書序
批評及翻譯，計收錄〈盧騷傳〉、〈盧騷的思想和他的創作〉、〈施篤
姆〉、〈藝術與國家〉等十七篇文章。

14.《達夫代表作》——一九二九年由春野書店出版。是年春，郁達夫有鑑於
全集本瑕瑜兼收，遂委由錢杏邨編了此書，計收錄作品十三篇。錢氏在書
後寫了篇〈後敘〉。一九三○年一月改由現代書局出版，刪錢氏後敘，加
上了郁達夫的〈改版自序〉。

15.《在寒風裡》（小說集）——一九二九年六月由廈門世界文藝書店出版，
計收錄〈故事〉、〈逃走〉、〈馬蜂的毒刺〉、〈在寒風裡〉等四篇作品。

16.《小家之伍》（翻譯集）——一九三○年四月由北新書局出版，收錄〈廢
墟的一夜〉等五篇翻譯小說，均曾發表在〈奔流〉雜誌。書末有〈譯者後
敘〉。

17.《薇蕨集》（小說散文合集）——一九三○年十二月由北新書局出版，是
《達夫全集》第六卷，收錄作品〈二詩人〉、〈故事〉、〈逃走〉、〈紙
幣的跳躍〉、〈在寒風裡〉、〈燈蛾埋葬之夜〉、〈感傷的行旅〉、〈楊

梅燒酒〉、〈十三夜〉等九篇。

18. 《她是一個弱女子》（長篇小說集）──一九三二年四月由潮風書局出
　　版。一九三三年十二月，曾改名《饒了她》，由現代書局出版。

19. 《懺餘集》（小說散文合集）──一九三三年二月由天馬書店出版。內收
　　錄序文〈懺餘獨白〉，小說〈馬纓花開的時候〉、〈遲桂花〉等五篇，散
　　記〈釣臺的春晝〉、〈志摩在回憶裡〉等五篇。

20. 《達夫自選集》（小說散文合集）──一九三三年三月由天馬書店出版。
　　計收錄小說十篇，散文五篇。

21. 《斷殘集》（雜著）──一九三三年八月由北新書局出版，是《達夫全
　　集》第七卷，本書分四部分：A、論文之類，收錄九篇文章。B、序文之
　　類，收錄五篇文章。C、瑣言猥說，收錄二十四篇文章。D、斷殘譯稿，收
　　錄四篇文章。

22. 《幾個偉大的作家》（翻譯集）──一九三四年三月由中華書局出版，
　　是書收錄〈托爾斯泰回憶雜記〉、〈哈孟雷特和堂吉訶德〉、〈伊孝生
　　論〉、〈阿河的藝術〉等四篇評介西洋作家的譯文。

23. 《屐痕處處》（遊記）──一九三四年六月由現代書局出版，列為「現代
　　創作叢刊」，收遊錄記十一篇，附錄一篇。

24. 《達夫所譯短篇集》（翻譯集）──一九三五年五月由生活書店出版。收
　　錄翻譯作品八篇。

25.《達夫日記集》——一九三五年七月由北新書局出版，除收錄其〈日記九種〉外，另有〈日記文學〉、〈再談日記〉、〈滄州日記〉、〈水明樓日記〉、〈杭江小歷紀程〉、〈西遊日記〉、〈避暑地日記〉、〈故都日記〉等作品。

26.《達夫短篇小說集》上下兩冊——一九三五年十月由北新書局出版，上冊收錄作品十七篇，下冊收錄十五篇。

27.《達夫遊記》——一九三六年三月由上海文學創造社發行，上海雜誌公司總經銷。

28.《達夫散文集》——一九三六年四月由北新書局出版。收錄〈良友版新文學大系散文集導言〉及二十六篇作品。二十四～二十八所收錄書目，都是郁達夫將全集重加分類編訂後出版的。

29.《閒書》（散文、日記集）——一九三六年五月由良友圖書公司出版，列為「良友文學叢書」第二十六種。全書計收錄作品四十篇，這是郁達夫生前自編的最後一本書，包括〈傳記文學〉、〈雨〉、〈記風雨茅廬〉、〈娛霞雜載〉、及梅雨、秋霖、冬餘、閩遊、濃春五種日記……等等。

郁達夫手書條幅

 ## 後人選編的著作

1. 《達夫詩詞集》——鄭子瑜編，一九四八年六月，由廣州宇宙風社出版。
   一九五七年十月，星洲世界書局四版。本書計收錄郁氏七言律詩二十三首
   （附他人作品兩首），七言絕詩六十一首（他人作品兩首），五律一首，五
   絕兩首，五古一首，詞五闋，毀家詩紀（內詩詞二十首），亂離雜詩（十一
   首），遺詩補輯八首，遺詩續輯廿三首，另附錄〈談郁達夫的南遊詩〉，這
   是鄭子瑜在南洋學會的演講辭，書評《讀鄭編《郁達夫詩詞集》》後，遠觀
   所寫。

2. 《郁達夫南遊記》——溫梓川編，一九五六年九月由星洲世界書局出版，收
   錄二十二篇文章，其中有十五篇是郁達夫旅遊星洲時的作品。

3. 《郁達夫集外集》——李冰人編，一九五八年十二月由南洋熱帶出版社印
   行。本書計收錄小說〈唯命論者〉一篇，論譯〈五四文學運動之歷史的意
   義〉等七篇，散文五篇，遊記一篇，懷舊文兩篇，日記三篇，書札兩篇，自
   傳六篇，序文兩篇，聯文、遺囑各一篇，另有易君左、李冰人的附錄文字四
   篇，本書前有鄭子瑜、李冰人的序，後有李冰人的後記。

4. 《郁達夫詩詞鈔》——陸丹林編，一九六二年八月由香港上海書局出版，收
   錄詩一百九十二首，詞八首。

5. 《郁達夫詩詞彙編》——劉心皇編，一九七〇年九月，臺北學術出版社出版。

6. 《郁達夫選集》——方修、張笳合編，一九七七年八月，由星洲萬里書局出版，收錄郁達夫在南洋的作品。

7. 《郁達夫抗戰論文集》——方修編，一九七七年二月，由星洲世界書局出版，收錄一百零四篇文章。

8. 《郁達夫南洋隨筆》——秦賢次編，一九七八年九月由臺北、洪範書店出版，計收錄郁達夫在南洋的文章七十八篇，另附錄王潤華的〈郁達夫在新加坡與馬來西亞〉。

9. 《郁達夫抗戰文錄》——秦賢次編，一九七八年十一月，臺北、洪範書店出版，計收錄六十二篇文章，書前有李歐梵的序，書末附錄苗秀的〈郁達夫的悲劇〉。

（編按：以上為一九八〇年以前的編選著作。）

研究或報導郁達夫的著作

1. 《郁達夫論》——賀玉波編，一九三二年五月由上海光華書局出版。是書收錄評論二十四篇，包括賀氏的〈論郁達夫作風的轉變〉、〈關於《寒灰集》〉、〈《過去集》的三種作品〉、〈對於《奇零集》的雜感〉、〈郁達夫與《迷羊》〉、〈寫在《郁達夫論》的後面〉，沈從文的〈論中國創作小說〉、〈郁達夫張資平及其影響〉，錢杏邨的〈達夫代表作後序〉及黎錦明、孫梅僧、張若谷、周作人、成仿吾、縵影、歐陽競文、陳文釗、邵洵美、劉大傑、凌梅、言返、章克標等人的作品。

2. 《郁達夫論》——鄒嘯編，一九三三年七月由上海北新書局出版。是書所收錄作品，部分與賀編《郁達夫論》相同，也收錄了二十四篇文章，其中包括兩篇訪問稿〈郁達夫先生訪問記〉（許雪雪）、〈郁達夫印象記〉。

3. 《郁達夫評傳》——素雅編，一九三一年十二月由上海現代書局出版。是書收錄評論作品十八篇，部分內容與賀玉波、鄒嘯所編的論集相同。本書編著有〈郁達夫評傳序〉、〈郁達夫傳〉、〈郁達夫先生著譯一覽〉等文。

4. 《郁達夫的流亡和失蹤》——胡愈之著，一九四六年九月由香港咫園書屋出版。本書原是個報告，它的副題是〈給全國文藝界協會報告書〉，原載於《民主》四十八～五○期（一九四六年九月），首先揭露郁達夫在南洋遭日本憲兵殺害這一事實。

5. 《郁達夫紀念集》——李冰人、謝雲聲合編，一九五八年由南洋熱帶出版社出版，計收錄作品三十篇。本書的內容包括三部分，一是討論達夫的詩詞，二是回憶或記敘達夫的生平事，三是記載達夫與王映霞的感情問題。

6. 《郁達夫與王映霞》——孫百剛著，一九六五年十二月再版，香港宏業書局出版。（初版時、地待查）。孫氏這部作品完成於一九四八年十月二十四日。

7. 《郁達夫與王映霞》——劉心皇編，一九六二年七月由臺北暢流半月刊社出版。本書計分〈郁達夫小傳〉、〈郁達夫作品與人的評價〉、〈王映霞小傳〉、〈郁達夫筆下的郁王初戀〉、〈郁達夫的〈毀家詩紀〉〉、〈王映霞的〈答辯書簡〉〉、〈郁王婚變的批評〉、〈後記〉等八章，前有易君左的序，書末附錄三篇文章：〈郁達夫在南洋〉、〈郁達夫與元配夫人〉、〈郁達夫與三夫人〉。本書在一九七八年四月改版由大漢出版社印行，除了原有篇章外又附錄了達夫的自傳散文〈悲劇的出生〉等八篇。

8. 《詩人郁達夫》（劇本）——顏開著，一九五年一月由香港南苑書屋出版。

9. 《郁達夫資料》——伊藤虎丸、稻葉和二、鈴木正夫編，一九六九年十月三十一日由東京大學東洋文化研究所東洋學文獻中心出版。

10. 《郁達夫資料補篇（上）》——編者同上，一九七三年三月出版（出版單位同上）。

11. 《郁達夫資料補篇（下）》——編者同上，一九七四年七月（出版單位同上）。

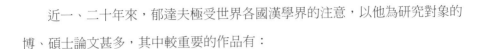

近一、二十年來，郁達夫極受世界各國漢學界的注意，以他為研究對象的博、碩士論文甚多，其中較重要的作品有：

1. 《郁達夫文學作品的特徵》（*Yu Ta-fu:Specific Traits of His Literary Creation*）──捷克的安娜・多娜紮羅娃（Anna Dolezalova）著，一九七一年由捷克科學研究院出版。

2. 《中國現代文學中的隔離作家郁達夫》（*Yu Ta-fu:The Alienated Artist in Modern Chinese Literature*）──Randall O. Chang著，一九七三年，美國克那蒙大學博士論文。臺北成文出版社曾將本書翻成中文，於一九七八年十一月出版，書名為：《一個與世疏離的天才──郁達夫》（譯者何欣、張聲肇）。

3. 《創造社與郁達夫》（*The Creation Society and Yu Ta-fu*）──梅其瑞（Gary Melyan）著，美國華盛頓大學博士論文。

4. 《郁達夫傳》──日本鈴木正夫著，大阪市立大學碩士論文。

以上三書係一九八〇年以前研究郁達夫最豐富的資料，內容包括：著作一覽、作品登載的雜誌或書籍（附錄：達夫死後出版的著作）、中日參考文獻（著作、論文）、年譜及鈴木正夫的訪問紀錄稿〈郁達夫的流亡和失蹤──原住在蘇門答臘的日本人的證言〉、郁達夫「留日時代的作品」、「郁達夫的詩」、「郁達夫訪日時的資料」、「《洪水》、《抗戰文藝》、《大眾文藝》所載的作品」、在南洋時期的作品，達夫訪臺時，《臺灣新民報》所載的座談

會記事等。

本文主要參考資料

①伊藤、稻葉、鈴木合編，《郁達夫資料》，一九六九年，東京。

②王潤華，《郁達夫在新加坡與馬來西亞》，收錄著者《中西文學關係研究》一書，一九七八年二月，臺北東大圖書有限公司出版。

（編按：一九八二至八五年，花城出版社、三聯書店香港分店聯合出版《郁達夫全集》十二卷。一九八二年，天津人民出版社出版王自立、陳子善編《郁達夫研究資料》。一九九二年，浙江文藝出版社出版《郁達夫全集》十二卷本。二○○六年，為紀念郁達夫一一○週年誕辰，浙江大學出版社出版《郁達夫研究資料索引（一九一五～二○○五）》及《中外郁達夫研究文選》上、下冊。）

《郁達夫散文》選錄作品年表

鹽原十日記　　　　　寫於一九二一、八、三十

　　　　　　　　　　刊雅聲三、四、五期（同年十、十一、十二月）

蔦蘿行　　　　　　　寫於一九二三、四、六

　　　　　　　　　　刊創造季刊二卷一期（同年七月）

還鄉記　　　　　　　寫於一九二三、七、三十

還鄉後記　　　　　　寫於一九二三、八、十九

　　　　　　　　　　刊創造日（同年八、十九）

蘇州煙雨記　　　　　寫於一九二三、九月

　　　　　　　　　　刊創造日（同年九月）

海上通信　　　　　　寫於一九二三、十、八

　　　　　　　　　　刊創造週報第二十四號（同年十、二十）

零餘者　　　　　　　寫於一九二四、一、十五

小春天氣　　　　　　寫於一九二四、十一、三

　　　　　　　　　　刊晨報副刊（同年十一月十～十四日）

骸骨迷戀者的獨語　　寫於一九二五、一月

一個人在途上　　　　寫於一九二六、六月

　　　　　　　　　　刊創造月刊一卷五期（同年十月）

日記文學　　　　　　寫於一九二七、六、十四

　　　　　　　　　　刊洪水半月刊三卷三十二期（出版日期待查）

孤獨者	寫於一九三五、二、十九
	刊人間世二卷二十三期（同年三、五）
大風圈外	寫於一九三五、四月
	刊人間世三卷二十六期（同年四、二十）
海上	寫於一九三五、六月
	刊人間世三卷三十一期（同年七、五）
揚州舊夢寄語堂	寫於一九三五、五月
	刊人間世三卷二十八期（同年五、二十）
懷四十歲的志摩	寫於一九三五、十一、二十七
	刊宇宙風半月刊八期（一九三六、一、一）
北平的四季	寫於一九三六、五、二十七
	刊宇宙風半月刊二十期（同年七、一）
檳城三宿記	寫於一九三九、一、四
	刊星檳日報地方新聞版
覆車小記	寫於一九三九、一月
	刊星洲日報晨星副刊（同年一、十一）
敵我之間	寫於一九四〇年五、六月
	刊星洲日報晨星副刊（同年六月一、三日）
麻六甲記遊	寫於一九四〇、六月
	刊星洲日報晨星副刊（同年六月七～八日）

鹽原十日記

（一）

初夏猶清和，人們何故要到山中海上去？那莫名其妙的初夏也已過去，陰暗灰淡的日子連續了好幾天。即使進入立秋，由於梅子黃時之雨長下不停，竟無一天炎熱。若然這樣，那就沒有必要去避暑了，正自獨自歡喜，立秋後的三日，突然九十三度的高氣溫襲了過來。

叢竹幽蘭葉盡焦，秋來轉覺暑難消，

賣冰簾下紅裙影，映得斜陽似火燒。

格外誇張秋來暑熱，無非是對自然作不平鳴而已。古來詩人在消夏雜詠與消暑等詩詞中，大抵都沒有直接詠天氣之暑熱，卻反過來如斯裝模作樣，是以即在盛暑中令人覺得更熱。對此虛偽態度，我仍像孩子似地，有著反抗的心情。

終覺得都市中炎熱難當，起了要逃往鹽原的念頭，是在八月十日。次日十一日午後，鑽過聒耳蟬聲，果真來到了山陰道上了嗎？一邊神往於郊野風光，一邊乘汽車登上了鹽谷高原。

緣樹參差墜影長，野田初放稻花香，
何人解得山居樂，六月清齋午夢涼。

我口中唸著這首詩，三五日前，我曾痛恨過詩人的驕飾，不意我自己也蹈襲及此，一念之餘，不禁失笑。

鹽溪之勝，據傳奧蘭田曾介紹過，孤陋寡聞如我，自然不曾親炙過奧蘭田的著述，無意中卻聽得同行的老人詳細訴說了鹽溪的由來。百聞不如一見，如今正在鹽溪道上，聽得鹽溪的說明，自然是瞭解鹽溪的大好機會。我為那老人的敘述所吸引，竟忘了向溪山的風景一一致敬，是以即對山靈水秀也失敬矣。

夕陽西下，高山之影照射及谷底時，迂迴而上的汽車，到了福渡溫泉的泉屋。華堂綺帳三千戶，大道青樓十二重的這家旅館，以貧賤驕人，想來當無容我這樣窮措大的雅量。我再驅車往山奧馳去。我跟那「掌故羅胸」的老人，在泉屋大門分手，順帶一提，「文章華國，貧賤驕人。」乃是我和吾兄曼陀所合作，五年前正月，貼於門扉的兩句「春聯」。

行行重行行，安心下榻這處，乃是古鎮一間非常古老，但卻輪廓分明，叫做中會津屋的旅館。這旅館面前，靠著一條可喻為長安古道的會津街道，後面有一座題作永樂的小花園，緊接著小而高的山峰。山的名字雖然不知道，我

卻任意替它取了個花園山的名字。換了和服，稍事休憩後，便被引往浴場。這間旅館的溫泉玲瓏透澈，觸膚格外的舒服。閉目，浸入微溫透明的泉水，不禁想起了白樂天的長恨歌。……溫泉水滑洗凝脂……真好！風光如畫，正道出了此種詩句也。……侍兒扶起嬌無力，始是新承恩澤時……想到這幾句時，我不得不佩服唐朝的新聞檢查官寬宏大量。如果是今日的日本，恐怕要遇上打「○○」符號，或者是禁止售賣的命運了吧？就只是「芙蓉帳暖度春宵」這一句，就足以構成敗壞風俗罪名，何況還有那些白晝宣淫的活生生的描寫呢！正在異想天開、胡思亂想之時，忽然聽得有人招呼：「你好。」軟軟綿綿的腳步聲自遠而近。張開眼一看，誠如孫子瀟的詩句：

　　鸚鵡當窗不敢呼，玉鉤響處捲簾無？
　　風前冉冉輕雲影，一幅楊妃出浴圖。

　　交談三數語後，那女人便和我同時從泉水中站起。於是我又聯想天真閣消夏詞的另一首來：

　　細喘嬌籲出浴初，雲鬟依舊似新梳，
　　香融粉汗羅巾拭，越顯肌膚雪不如。

　　黃昏來臨、周圍的山影逼人而來，望之生寒。我在日記上記下了三首詩，不覺已經入夜了：

　　　去年閨裡拜黃姑，今夕山中伴野鼯，
　　　牛女有情應憶我，秋來瘦盡沈郎軀。

　　　碧落蒼茫望若何，漫將恩怨訴星河，
　　　與君緣是前生定，惜別情應此夜多。

　　　且對紅塵思浩劫，須知滄海起微波，
　　　高樓莫憶年時夢，好事如花總有磨。

　　這是贈給閨中兒女的詩。以下日記即照此寫下去，以漢文撰寫者有之，用日文任意寫的亦有之也。

　　　　　　　　　　　　　　　　　　　（以上載在《雅聲》第三集）

（二）

　　十二日晴。夜涼人夢秋，予友某氏句也。睡重衾中，正作此想，忽聞簷外，雀聲喧如雨下，余乃起床。梳洗畢，旅舍主人以筆墨紙來乞書，笑卻之，主人以為國人皆善書，殊不知予乃長於此邦者，言書固與主人無異。主人乞不已，勉書一絕以應之。

　　　豆棚瓜架許子村，溪聲山色謝公墩，
　　　客中無限瀟湘意，半化煙痕半水痕。

　　第三句本欲改作客中無限思歸意，因已書就，故將錯就錯，亦不更為之改。主人問詩意若何？予笑而不答。忽憶及史悟岡「西青散記」中所引湯某語，不覺輾然。湯某曰：人生須有兩副痛淚，一副哭文章不遇識者，一副哭從來淪落不遇佳人。

　　午後踏山路赴新湯。新湯與湯本為鹽原最高處，人煙隔絕，固一仙境也。所可惜者，道路崎嶇，非腳健者不能往。東坡曰：二客不能從也，此處亦然。到新湯日已西仄，山風自綠樹中吹來，涼爽可人。浴於君島屋旅館，又取酒食食之，山民之多食，予至此方解其意。

　　在君島屋浴後，即越富士山頂而赴大沼，路更險峻難行。至大沼口，見有懸掛七色紙條之竹竿若干橫棄水邊，紙條上有天河七夕等字，知村童前夜來棄竹竿於此，蓋舊曆之七夕也。按唐時舊俗，七月七日，文人每立竹竿於門前，懸詩詞於其上，以示才藻，女子則倚高樓，陳七彩，於暗中穿針、謂之乞巧，實鬪巧耳。聞此習我國不行已久，不意於日本尚得見之，賦詩一絕，以紀其事。大沼在富士山峰下，相傳為昔時噴火口，一池清水，淨寂不波，前黑山與富士山倒影其中，令人作世外之想。在大沼傍少息後，仍返原處，據高崗而望西北，頗有白雲親舍之思，時日已斜矣。成詩一首。

　　十五日晴。午前遊妙雲寺，寺係奉妙雲尼由京都搬來之釋迦佛者，金身釋迦佛一尊，來自中國，平家亡後，小松內府重盛之 母妙雲尼與築後守貞能，負此像潛逃至此。妙雲尼歿後，貞能為立院，名以尼名。禪尼墓今尚在寺後山中，境內多碑文，松平康國撰之鹽溪名勝碑，係記奧蘭田之功德者，碑文不能

記矣。

寺內多花草，寺後臨山，有飛瀑數尺，滴水滄浪，環繞庭中，水中游鱗，一一可數。殿中陳列名人手跡，供人觀賞。予於各種書畫中，僅取光明皇后天平十二年五月一日願經一道，末有楊守敬題跋，楊以此經為漢人書。（譯者註：以上為郁氏撰中文原文）

十六日晴，初感略略抑悶，溫泉妙味實在於此抑悶之感也。午前閱小說一冊，乃古魯特・漢姆滋之《大地之生長》。午後浴朗晴日光，赴鹽浴，此乃舒暢、愉快之溫泉。浸浴稍久，有年輕女子多人入浴，據云此處泉水於婦人病有奇效，遂成詩。雖微近輕薄，然所詠固盡屬事實耳。

十七日，微雨，午後遊源三窟，源三位賴政氏之孫有綱避世處也。洞內多鐘乳石，非匍匐不可行，不知有綱氏在日，此洞亦如此窄狹否？出源三窟，至八幡宮觀大杉，復渡溪而北，拾化石二而歸。

十八日，陰。今日乃舊曆七月十五，午前，天氣不甚正常，予之心情亦異於往時。

（以上載在《雅聲》第四集）

（三）

　　盆踴即盂蘭勝會之名，古已有之。也曾聽說櫪木與群馬地方盆踴特盛。今日正好是舊曆十五，天下大雨，恐怕會錯過那裡著名的原始而又優美絕倫的盆踴，因而不斷注意天氣的變化。

　　雲雨幾重往來山懷中，沒有生氣的灰色的蒼穹低低垂落山頂上，這是令人總覺得鬱悶的日子。午後三時許，驟雨突然降下，還伴有電閃雷鳴。是傍晚驟雨，不久便會放晴了吧，正在自己盡可能安慰地解釋著時，夜陰自山奧悄悄掩盡了全鎮。即使上燈時候，微雨猶未歇止，今夜眼看不能成行了。

　　息了這個念頭，只有喝悶酒，生長在這裡附近的大島君來訪。一進房間，便立即大聲說「喂，今晚上有盆踴，帶你去開眼界。」

　　兩人飲著酒，轉眼便到了九點鐘。大島君催促著說：「要去了，現在正是時候呢！」

　　兩個人走到屋外，雨已停。這是一個微明之夜，連雲隙裡的淡青色天空也可以看得到。往後約走了五、六町（譯者註：一町等於一百零九公尺），咚咚咚的鼓聲便從突出在黑暗裡的八幡宮森林那邊響了過來。大島君又喊起來：「開始了！開始了！」

　　八幡宮在山之半腹，庭院曰逆杉，有兩棵被列為鹽原名勝之一的大杉樹。太鼓、銅鑼、明笛與空樽（日本樂器名）在此杉樹下響奏。

　　一進入庭院，便見一群男女圍成一環，以逆杉為中心，隨著太鼓與明笛等

主音起舞。男女之環，跟著調子，時窄時大。每值那環擴大收窄，年輕男女那微白的手，便晃露於晴空裡。蓋以為要隨著節拍，舞蹈者便得要一節一節地，高舉兩手互拍。

男女邊跳邊又唱歌，那歌很有原始風味，尾音悠揚，帶著哀傷，我不禁被引得淚下。已涼天氣未寒時，於山中，站在亂舞男女之中，飄泊旅途的旅客，實不得不為這哀音慘澹的鄙歌而流下了眼淚。

我遂變得十分喜歡這盆踴；同時也喜歡那原始的主音，我喜歡天真爛漫的年輕男女那種把什麼事都渾忘了的樣子，也喜歡悲涼激越的鄙歌的歌聲。我更特別喜歡這樣夜裡微黑森林中的神秘頹廢的氣氛。成詩三首：

秋夜河燈淨業庵，蘭盆佳話古今談，
誰知域外蓬壺島，亦有流風似漢南。

桑間陌上月無痕，人影衣香舞斷魂，
絕似江南風景地，黃昏細雨賽蘭盆。

贈句投瑤事若何，悠悠清唱徹天河，
離人又動飄零感，泣下蕭娘一曲歌。

越二日，我冒雨回東京。

（以上載在《雅聲》第五集）

說明

　　〈鹽原十日記〉是郁達夫留學日本時期的遊記，作於一九二一年八月，是年郁氏二十六歲。這篇遊記發表在《雅聲》三、四、五集，是以中日文夾雜寫成，風格十分獨特。編者在香港出版的《大城》雜誌第六十一期（一九七八年十二月一日出版），發現了沈西城先生的譯文，特將其收錄在本選集裡。據曾留學日本的沈先生所言：郁氏這篇〈鹽原十日記〉，用日文寫成的部分，很能表現出他在日文方面的造詣，「寫得很有古風，頗能媲美明治時代的前輩們。」

現藏日本的郁達夫墨寶（郁文為其原名）

蔦蘿行

　　同居的人全出外去後的這沉寂的午後的空氣中獨坐著的我，表面上雖則同春天的海面似的平靜，然而我胸中的寂寥，我腦裡的愁思，什麼人能夠推想得出來？現在是三點三十分了。外面的馬路上大約有和暖的陽光夾著了春風，在那裡助長青年男女的遊春的興致，但我這房裡的透明的空氣，何以會這樣的沉重呢？龍華附近的桃林草地上，大約有許多穿著時式花樣的輕綢繡緞的戀愛者在那裡對著蒼空發愉悅的清歌，但我的這玻璃窗透過來的半形青天，何以總帶著一副嘲弄我的形容呢？啊啊，在這樣薄寒輕暖的時候，當這樣有作有為的年紀，我的生命力，我的活動力，何以會同冰雪下的草芽一樣，一些兒也生長不出來？啊啊，我的女人！我的不能愛而又不得不愛的女人！我終覺得對妳不起！

　　計算起來妳的列車大約已經駛過松江驛了，但妳一個人抱了小孩在車窗裡呆看陌上行人的景狀，我好像在妳旁邊看守著的樣子。可憐妳一個弱女子，從來沒有單獨出過門，妳此刻呆坐在車裡，大約在那裡回憶我們兩人同居時候，

我虐待妳的一件件的事實了！啊啊，我的女人，我的不得不愛的女人，妳不要在車中滴下眼淚來，我平時雖則常常虐待妳，但我的心中卻在哀憐妳的，卻在痛愛妳的，不過我在社會上受來的種種苦楚、壓迫、侮辱，若不向妳發洩，教我更向誰去發洩呢？啊啊，我的最愛的女人，妳若知道我這一層隱衷，妳就該饒許我了。

唉，今天是舊曆的二月二十一日，今天正是清明節呀！大約各處的男女都出到郊外去踏青的，妳在車窗裡見了火車路線兩旁郊野裡在那裡遊行的夫婦。妳能不怨我的嗎？妳怨我也罷了，妳倘能恨我、怨我，怨得我望我速死，那就好了。但是辦不到的，怎麼也辦不到的，妳一邊怨我，一邊又必在原諒我的，啊啊，我一想到妳這一種優美的心靈，教我如何能忍得過去呢？

細數從前，我同妳結婚之後，共用的安樂日子，能有幾日？我十七歲去國之後，一直的在無情的異國蟄住了八年。這八年中間就是暑假、寒假也不回國來的原因，妳知道嗎？我八年間不回國來的事實，就是我對舊式的、父母主張的婚約的反抗呀！這原不是妳的錯，也不是我的錯，作孽者是妳的父母和我的母親。但我在這八年之中，不該默默的無所表示的。

後來看到了我們鄉間的風習的牢不可破，離婚的事情的萬不可能，又因妳家父母的日日催促，我的母親的含淚的規勸，大前年的夏天，我才勉強應承了與妳結婚。但當時我提出的種種苛刻的條件，想起來我在此刻還覺得心痛，我們也沒有結婚的種種儀式，也沒有證婚的媒人，也沒有請親朋來喝酒，也沒有點一對蠟燭，放幾聲花炮。妳在將夜的時候，坐了一乘小轎從去城六十里的妳

的家鄉到了縣城裡的我的家裡，我的母親陪妳吃了一碗晚飯，妳就一個人摸上樓上我的房裡去睡了。那時候聽說妳正患瘧疾，我到夜半拿了一枝蠟燭上床來睡的時候。只見妳穿了一件白紡綢的單衫，在暗黑中朝裡床睡在那裡。妳聽見了我上床來的聲音，卻朝轉來默默的對我看了一眼。啊！那時候的妳的憔悴的形容，妳的水汪汪的兩眼，神經常在那裡顫動的妳的小小的嘴唇，我就是到死也忘不了的。我現在想起來還要滴眼淚哩！

在窮鄉僻壤生長的妳，自幼也不曾進過學校，也不曾呼吸過通都大邑的空氣，提了一雙纖細纏小了的足，抱了一箱家塾裡唸過的列女傳、女四書等舊籍，到了我的家裡。既不知女人的嬌媚是如何裝作，又不知時樣的衣裳是如何剪裁，妳只奉了柔順兩字，作了妳的行動的規範。

結婚之後，因為城中天氣暑熱的緣故，妳就同我同上妳家去住了幾天，總算過了幾天安樂的日子；但無端又遇了妳侄兒的暴行，淘了許多說不出來的閒氣，滴了許多拭不乾淨的眼淚，我與妳在妳侄兒鬧事的第二天就匆匆的回到了城裡的家中。過了兩三天我又害起病來，妳也瘧疾復發了。我就決定挨著病離開了那空氣沉濁的故鄉。將行的前夜，妳也不說什麼，我也沒有什麼話好對妳說。我從朋友家裡喝醉了酒回來，睡在床上，只見妳呆呆的坐在灰黃的燈下。可憐妳一直到第二天的早晨我將要上船的時候止，終沒有橫到我床邊上來睡一忽兒也沒有講一句話，第二天天剛亮的時候，母親就來催我起身，說輪船已到鹿山腳下了。

從此一別，又同妳遠隔了兩年。妳常常寫信來說家裡的老祖母在那裡想念

我，暑假、寒假若有空閒，叫我回家來探望探望祖母、母親，但我因為異鄉的花草，和年輕的朋友挽留我的緣故，終究沒有回來。

唉唉！那兩年中間的我的生活！紅燈綠酒的沉緬，荒妄的邪遊，不義的淫樂。在中宵酒醒的時候，在秋風涼冷的月下，我也曾想念及妳，我也曾痛哭過幾次。但靈魂喪失了的那一群嫵媚的遊女，和她們的嬌豔動人的佯啼假笑，終究把我的天良迷住了。

前年秋天我雖回國了一次，但因為朋友邀我上A地去了，我又沒有回到故鄉來看妳。在A地住了三個月，回到上海來過了舊曆的除夕，我又回東京去了。直到了去年的暑假前，我提出了卒業論文，將我的放浪生活作了個結束，方才拖了許多飢不能食、寒不能衣的破書籍回到中國來。一踏了上海的岸，生計問題就逼緊到我的眼前來，縛在我周圍的運命的鐵鎖圈，就一天一天的紮緊起來了。

留學的時候，多謝我們孱弱無能的政府和沒有進步的同胞，像我這樣的一個生則於世無補，死亦於人無損的零餘者，也考得了一個官費生的資格。雖則，每月所得不能敷用，是租了屋沒有食，買了食沒有衣的狀態，但究竟每月還有幾十塊錢的出息，調度得也能勉強免於死亡。並且又可進了病院向家裡勒索幾個醫藥費，拿了書店的發票向哥哥乞取幾塊買書錢。所以在繁華的新興國的首都裡，我卻過了幾年放縱的生活。如今一定的年限已經到了，學校裡因為要收受後進的學生，再也不能容我在那綠樹陰森的圖書館裡作白晝的癡夢了。並且我們國家的金庫，也受了幾個磁石心腸的將軍和大官的吮吸，把供

養我們一班不會作亂的割勢者的能力傷失了。所以我在去年的六月就失了我的
維持生命的根據，那時候我的每月的進款已經沒有了。以年紀講起來，像我這
樣二十六、七的青年，正好到社會去奮鬥。況且又在外國國立大學裡卒業了的
我，誰更有這樣厚的面皮，再去向家中年老的母親，或狷潔自愛的哥哥，乞求
養生的資格。我去年暑假裡一到上海流寓了一個多月沒有回家來的原因，妳知
道了嗎？現在索性對妳明講了吧，一則雖因為一天一天的挨過了幾天，把回家
的旅費用完了，其他我更有這一段不能回家的苦衷在的呀，妳可能瞭解？

　　啊啊，去年六月在燈火繁華的上海市外，在車馬喧囂的黃浦江邊，我一邊
唸著Housoman的A Shropshire Lad裡的

Come you home a hero

　　Or come not home at all,

The lads you leave will mind you

　　Till Ludlow tower shall fall.

　　幾句清詩，一邊呆呆的望著江中黝黑混濁的流水，曾經發了幾多的嘆聲，
滴了幾多的眼淚。妳若知道我那時候的絕望的情懷，我想妳去年的那幾封微有
怨意的信，也不至於發給我了啊──我想起了，妳是不懂英文的，這幾句詩我
順便替妳譯出吧。

　「汝當衣錦歸，

　　否則永莫回，

　　令汝別後之兒童

　　望到魯德羅塔毀。」

　　平常責任心很重，並且在不必要的地方，反而非常隱忍持重的我，當留學的時候，也不曾著過一書，立過一說。天性膽怯，從小就害著自卑狂的我，在新聞雜誌或稠人廣眾之中，從不敢自家吹一點小小的氣焰。不在圖書館內，便在咖啡店裡山水懷中過活的我，當那些現代的青年當作科場看的群眾運動起來的時候，絕不曾去慷慨悲歌的演說一次，出點無意義的鋒頭。賦性愚魯，下善交遊，不善鑽營的我，平心講起來，在生活競爭劇烈，到處有陷阱設伏和現在的中國社會裡，當然是沒有生存的資格的。去年六月間，尋了幾處職業失敗之後，我心裡想我自家若想逃出這惡濁的空氣，想解決這生計困難的問題，最好唯有一死。但我若要自殺，我必須先弄幾個錢來，痛飲飽吃一場，大醉之後，用了我的無用的武器，至少也要擊殺一兩個世間的人類——若他是比我富裕的時候，我就算替社會除了一個惡。若他是和我一樣或比我更苦的時候，我就算解決了他的困難，救了他的靈魂——然後從容就死。我因為有這一種想頭，所以去年夏天在睡不著的晚上，拖了沉重的腳，上黃浦江邊去了幾次，仍復沒有自殺。到了現在我可以老實的對妳說了，我在那時候，我並不曾想到我死後的妳將如何的生活過去。我的八十五歲的祖母，和六十來歲的母親，在我死後又當如何的種種問題，當然更不在我的腦裡了。妳讀到這裡，或者要罵我沒有責任心，丟下了妳，自家一個去走乾淨的路。但我想這責任不應該推給我負的，第一我們的國家社會，不能用我去作他們的工，使我有了氣力不能賣錢來養活我自家和妳，所以現代的社會，就應該負這責任。即使退一步講，第二妳的父母不能教育妳，使妳獨立營生，便是妳父母的壞處，所以妳的父母也應該負這

責任。第三我的母親戚族，知道我沒有養活妳的能力，要苦苦的勸我結婚，他們也應該負這責任。這不過是現在我寫到這裡想出來的話，當時原是沒有想到的。

　　上海的T書局和我有些關係，是妳所知道的。妳今天午後不是從這T書局編輯所出發的嗎？去年六月經理的T君看的可憐不過，卻為我關說了幾處，但那幾處不是說我沒有聲望，就嫌我脾氣太大，不善趨奉他們的旨意，不願意用我。我當初把我身邊的衣服、金銀器具一件一件的典當之後，在烈日蒸照，灰土很多的上海市街中，整日的空跑了半個多月；幾個有職業的先輩，和在東京曾經受過我的照拂的朋友的地方，我都去訪問了。他們有的時候，也約我上菜館去吃一次飯；有的時候，知道我的意思便也陪我作了一副憂鬱的形容。且為我籌了許多沒有實效的計畫。我於這樣的晚上，不是往黃浦江邊去徘徊，便是一個人跑上法國公園的草地上去呆坐。在那時候，我一個人看看天上悠久的星河，聽聽遠遠從那公園的舞蹈室裡飛過來的舞蹈曲的琴音，老有放聲痛哭的時候，幸虧在黃昏的時候，公園的四周沒有人來往，所以我得盡情的哭泣，有時候哭得倦了，我也曾在那公園的草地上露宿過的。

　　陽曆六月十八日的晚上——是我忘不了的一晚——T君拿了一封A地的朋友寄來的信到我住的地方來。平常只有我去找他，沒有他來找我的T君，一進我的門，我就知道一定有什麼機會了。他在我用的一張破桌子前坐下之後，果然把信裡的事情對我講了。他說：

　　「A地仍復想請你去教書，你願不願意去？」

　　教書是有識無產階級的最苦的職業，妳和我已經住過半年，我的如何不願意教書，教書的如何苦法，想是妳所知道的，我在此處不必說了。況且A地的這學校裡又有許多黑暗的地方，有幾個想做校長的野心家，又是忌刻心很重的，像這樣的地方的教席，我也不得不承認下去的當時的苦況，大約是妳所意想不到的，因為我那時候同在倫敦的屋頂下挨餓的Chattorton一樣，一邊雖在那裡吃苦，一邊我寫回來的家信上還寫得娓娓有致，說什麼地方也在請我，什麼地方也在聘我哩！

　　啊啊！同是血肉造成的我，我原是有虛榮心，有自尊心的呀！請妳不要罵我作燔間乞食的齊人吧！唉，時運不濟，妳就是罵我，我也甘心受罵的。

　　我們結婚後，妳給我的一個鑽石戒指，我在東京的時候，替妳押賣了，這是妳當時已經知道的。我當T君將A地某校的聘書交給我的時候，身邊值錢的衣服、器具已經典當盡了。在東京學校的圖書館裡，我記得讀過一個德國薄命詩人Grabbe的傳記。一病如洗的他想上京去求職業去，同我一樣貧窮的他的老母將一副祖傳的銀的食器交給了他，作他的求職的資斧。他到了孤冷的首都裡，今日吃一個銀匙，明日吃一把銀刀，不上幾日，就把他那副祖傳的食器吃完了。我記得Deine還嘲笑過他的。去年六月的我的窮狀可是比Crabbe更甚了，最後的一點值錢的物事，就是我在東京買來，預備送妳的一個天賞堂製造的銀的裝照相的架子，我在窮急時候，早曾打算把它去換幾個錢用，但一次一次的難關都被我打破，我決心把這一點微物，總要安安全全的送到妳的手裡；殊不知到了最後，我接到了A地某校的聘書之後，仍不得不把它去押在當舖裡，換成了幾個旅費，走回家來探望年老的祖母、母親，探望怯弱可憐同綿羊一樣的妳。

　　去年六月，我於一天晴朗的午後，從杭州坐了小汽船，在風景如畫的錢塘江中跑回家來。過了靈橋裡山等綠樹連天的山峽，將近故鄉縣城的時候，我心裡同時感著了一種可喜可怕的感覺。立在船舷上，呆呆的凝望著春江第一樓前後的山景，我口裡雖在微吟「近鄉情更怯，不敢問來人」的兩句唐詩，我的心裡卻在這樣的默禱：

　　……天帝有靈，當使埠頭一個我的認識的人也不在！要不使他們知道才好，要不使他們知道我今天淪落了回來才好……

　　船一靠岸，我左右手裡提了兩只皮篋，在晴日的底下從亂雜的人叢中伏低了頭，同逃也似的走回家來。我一進門看見母親還在偏間的膳室裡喝酒。我想張起喉音來親親熱熱的叫一聲母親的，但一見了親人，我就把回國以來受的社會的侮辱想了出來，所以我的咽喉便哽住了，我只能把兩只皮篋向凳上一拋，馬上就匆匆的跑上樓上妳的房裡來，好把我的沒有丈夫氣，到了傷心的時候就要梳淚的壞習慣藏藏躲躲，誰知一進妳的房，妳卻流了一臉的汗和眼淚，坐在床前暗泣。我動也不動的呆看了一忽，方提起了乾燥的喉音，幽幽的問妳為什麼要哭。妳聽了我這句問話反哭得更加厲害，暗泣中間卻帶起幾聲壓不下去的嗚咽聲來了。我又問妳究竟為什麼，妳只是搖頭不說。本來是傷心的我，又被妳這樣的引誘了一番，我就不得不抱了妳的頭同妳對哭起來。喝不上一碗熱茶的工夫，樓下的母親就大罵著說：

　　「……什麼的公主娘娘，我說著這幾句話，就要上樓去擺架子。……輪船埠頭誰對你這小畜生講了，在上海逛了一個多月，走將家來。一聲也不叫，狠

命的把皮篋在我面前一丟……這算是什麼行為！……你便是封了王回來，也沒有這樣的行為的呀！……兩夫妻暗地裡通通信，商量商量，……你們好來謀殺我的……」

我聽見了母親的罵聲。反而止住不哭了。聽到「封了王回來」的這一句話，我覺得全身的血流都倒注上來。在炎熱的那盛暑的時候，我卻同在寒冬的夜半似的手腳都發起抖來。啊啊，那時候若沒有妳把我止住，我怕已經冒了大不孝的罪名，要永久的和我那年老的母親訣別了。若那時候我和我母親吵鬧一場，那今年的祖母的死，我也是送不著的，我為了這事，也不得不重重的感謝妳的呀。

那一天我的忽而從上海的回來，原是妳也不知道，母親也不知道。後來母親的氣平了下去，妳我的悲感也過去了的時候，我才知道我沒有到家之先，母親因為我久住上海不回家來的原因，在那裡發脾氣罵妳。啊啊，妳為了我的緣故，挨罵挨說的事情大約總也不只這一次了。也難怪妳當我告訴妳說我將於幾日內動身到A地去的時候，哀哀的哭得不住的。妳那柔順的性質，是妳一生吃苦的根源。同我的對於社會的虐待，絲毫沒有反抗能力的性質卻是一樣。啊啊！反抗反抗，我對於社會何嘗不曉得反抗，妳對於加到妳身上來的虐待也何嘗不曉得反抗，但是怯弱的我們，沒有能力的我們，教我們從何處反抗起呢？

到了痛定之後，我看看妳的形容，比前年患瘧疾的時候更消瘦了。到了晚上，我捏到妳的下腿，竟沒有那一段肥突的腳肚，從腳後跟起，到腳彎膝止，完全是一條直線。啊啊！我知道了，我知道白天我對妳說我要上A地方的時候

妳就流眼淚的原因了。

　　我已經決定帶妳同往A地，將催A地的學校裡速匯兩百元旅費來的快信寄出之後，妳我還不敢將這計畫告訴母親，怕母親不贊成我們。到了旅費匯到的那天晚上，妳還是疑惑不決的說：

　　「萬一外邊去不能支持，仍要回家來的時候，如何是好呢？」

　　可憐妳那被威權壓服了的神經，竟好像是希臘的巫女，能預知今天的劫運似的。唉，我早知今天的一段悲劇，我當時就不該帶妳出來了。

　　我去年暑假鬱鬱的在家裡和妳住了幾天，竟不料就會種下一個煩惱的種子的。等我們同到了A地，將房屋、什器安頓好的時候，妳的身體已經不是平常的身體了。吃幾口飯，就要嘔吐。每天只是懶懶的在床上躺著。頭一個月我因為不知底細，曾經罵過妳幾次，到了三、四個月上，妳的身體一天一天的重起來，我的神經受了種種刺激，也一天一天的粗暴起來了。

　　第一因為學校裡的課程枯燥無味，我天天去上課就同上刑具被拷問一樣，胸中只感著一種壓迫。

　　第二因為我在雜誌上發表了一篇舊作的文字，淘了許多無聊的閒氣。更有些忌刻我的惡劣分子，就想以此來作我的葬歌，紛紛的攻擊我起來。

　　第三我平時原是揮霍慣了的，一想到辭了教授的職後，就又不得不同六月間一樣，嚐那失業的苦味。況且現在又有了家室，又有了未來的兒女，萬一再同那時候一樣的失起業來，豈不要比曩時更苦。

　　我前面也已經提起過了；在社會上雖是一個懦弱的受難者的我，在家庭內卻是一個兇惡的暴君。在社會上受的虐待、欺凌、侮辱，我都要一一回家來向妳發洩的。可憐妳自從去年十月以來，竟變了一隻無罪的羔羊，日日在那裡替社會贖罪，作了供我這無能的暴君的犧牲。我在外面受了氣回來，不是說妳做的菜不好吃，就罵妳是害我吃苦的原因。我一想到了將來失業的時候的苦況，神經激動起來的時候每罵著說：

　　「妳去死！妳死了我方有出頭的日子。我辛辛苦苦，是為什麼人在這裡做牛馬的呀。要只有我一個人，我何處不可去，我何苦要在這死地方做苦工呢！只知道在家裡坐食的妳這行屍，妳究竟是為了什麼目的生存在這世上的呀？……」

　　妳被我罵不過，就暗自哭起來。我罵妳一場之後，把胸中的悲憤發洩完了，大抵總立時痛責我自家，上前來愛撫妳一番，並且每用了柔和的聲氣，細細的把我的發氣的原因——社會對我的虐待——講給妳聽。妳聽了反替我抱著不平，每又哀哀的為我痛哭，到後來，終究到了兩人相持對泣而後已。像這樣的情景，起初不過間幾日一次的，到後來將放年假的時候，變了一日一次或一日數次了。

　　唉唉，這悲劇的出生，不知究竟是結婚的罪惡呢？還是社會的罪惡？若是為結婚錯了的原因而起的，那這問題倒還容易解決，若因社會的組織不良，致使我不能得適當的職業，妳不能過安樂的日子，因而生出這種家庭的悲劇的，那我們的社會就不得不根本的改革了。

在這樣的憂患中間，我與妳的悲哀的繼承者，竟生了下來，沒有足月的這小生命，看來也是一個神經質的薄命的相兒。妳看他哭時的額上的一條青筋，不是神經質的證據嗎？飢餓的時候，我餵乳若遲一點，他老要哭個不止，像這樣的性格，便是將來吃苦的基礎。唉唉，我既到了世上，受這樣的社會的煎熬，正在求生不可，求死不得的時候，又何苦多此一舉，生這一塊肉在人世呢？啊啊！矛盾、慚愧，我是解說不了的了。以後若有人動問，就請妳答覆吧！

郁達夫與夫人孫荃及龍兒

悲劇的收場，是在一個月的前頭。那時候妳的神經已經昏亂了，大約已記不清楚，但我卻牢牢記著的。那天晚上，正下弦的月亮剛從東邊升起來的時候。

我自從辭去了教授職後，託哥哥在某銀行裡謀了一個位置。但不幸時候，事運不巧，偏偏某銀行為了政治上的問題，開不出來。我閒居A地，日日在家中喝酒，喝醉之後，便聲聲的罵妳與剛生的那小孩，說妳與小孩是我的腳鐐，我大約要為妳們的緣故沉水而死的。我硬要妳們回故鄉去，妳們卻是不肯。那一晚我罵了一陣，已經是朦朧的想睡了。在半醒半睡中間，我從帳子裡看出來，好像見妳在與小孩講話。

「……你要乖些……要乖些……小寶睡了罷……不要討爸爸的厭……不要討……娘去之後……要……要……乖些……」

講了一陣，我好像看見妳坐在洋燈影裡指眼淚，這是妳的常態，我看得不耐煩了，所以就翻了一轉身，面朝著了裡床，我在背後覺妳在燈下哭了一忽，又站起來把我的帳子掀開了對我看了一回。我那時候只覺得好睡，所以沒有同妳講話。以後我就睡著了。

我們街前的車夫，在我們門外亂打的時候，我才從被裡跳了起來。我跳來跳去的走出門來的時候，已經是昏亂得不堪了。我只見妳的披散的頭髮，結成了一塊，圍在妳的頂上。正是下這的月亮從東邊升起來的時候，黃灰色的月光射在妳的面上，妳那本來是灰白的面色，一反射了一道冷光，妳的眼睛好好的閉在那裡，嘴唇還在微微的動著，妳的濕透了的棉襖上，因為有幾個扛妳回來的車夫的黑影投射著，所以是一塊黑一塊青的。我把洋燈在地上一放，就抱著了妳叫了幾聲，妳的眼睛開了一開，馬上就閉上了，眼角上湧了兩條眼淚出來。啊，我知道妳那時候心裡並不怨我的，我知道妳並不怨我的，我看了妳的眼淚，就能辨出妳的心事來，但是我哪能不哭，我哪能不哭呢？我還怕什麼？我還要維持什麼體面？我就當了眾人的面前哭出來了。那時候他們已經搬進了房。妳床上睡著的小孩，聽見了嘈雜的人聲，也放大了喉嚨啼泣起來。大約是小孩的哭聲傳到了妳的耳膜上了。妳才張開眼來，含了許多眼淚對我看了一眼。我一邊替妳換濕衣裳，一邊教妳安睡，不要去管那小孩。卻好間壁雇在那裡的乳母，也聽見了這雜訊起了床，跑了過來，我知道妳眷念小孩，所以就教乳母替我把小孩抱了過去。奶媽抱了小孩走過床上妳的身邊的時候，妳又對她

看了一眼。同時我卻聽見長江裡的輪船放了一聲開船的汽笛聲。

在病院裡看護妳的十五天工夫，是我的心地最純潔的日子。利己心很重的我，從來沒有感覺到這樣純潔的愛情過。可憐妳身體熱到四十一度的時候，還要忽而從睡夢中坐起來問我：

「龍兒，怎麼樣了？」

「你要上銀行去了嗎？」

我從A地動身的時候，本來打算同妳們回家去住的，像這樣的社會上，諒來總也沒有我的位置了。即使尋著了職業，像我這樣愚笨的人，也是沒有希望的。我們家裡，雖則不是豪富，然而也可算得中產，養養妳，養養我，養養我們的龍兒的幾顆米是有的。妳今年二十七，我今年二十八了。即使妳我各有五十歲好活，以後還有幾年？我也不想富貴功名了。若為一點毫無價值的浮名，幾個不義的金錢，要把良心拿出來去換，要犧牲了他人作我的踏腳板，那也何苦哩。這本來是從A地同妳和龍兒動身時候的決心。不是動身的前幾晚，我同妳拿出了許多建築的圖案來看了嗎？我們兩人不是把我們回家之後，預備到北城近郊的地裡，由我們自家的手去造的小茅屋的樣子畫得好好的嗎？我們將走的前幾天不是到A地的可紀念的地方，與妳我有關的地方都去逛了嗎？我在長江輪船上的時候，這決心還是堅固得很的。

我這決心的動搖，在我到上海的第二天。那天白天我同妳照了照相，吃了午膳，不是去訪問了一位初從日本回來的朋友嗎？我把我的計畫告訴了他，他也不說可，不說否，但只指著他的幾位小孩說：

「你看看我看，我是怎麼也不願逃避的。我的繫累，豈不是比你更多嗎？」

啊啊！好勝的心思，比人一倍強盛的我，到了這兵殘垓下的時候，同落水雞似的逃回鄉裡去——這一齣失意的還鄉記，就是比我更怯弱的青年，也不願意上臺去演的呀！我回來之後，晚上一晚不曾睡著。妳知道我胸中的愁鬱，所以只是默的不響，因為在這時候，妳若說一句話，總難免不被我痛罵。這是我的老脾氣，雖從妳進病院之後直到那天還沒有發過，但妳那事件發生以前卻是常發的。

像這樣的狀態，繼續了三天。到了昨天晚上，妳大約是看得我難受了，所以當我兀兀的坐在床上的時候，妳就對我說：

「你不要急得這樣，你就一個人住在上海吧。你但須送我上火車，我與龍兒是可以回去的，你可以不必同我們去。我想明天馬上就搭午後的車回浙江去。」

本來今天晚上還有一處請我們夫婦吃飯的地方，但妳因為怕我昨晚答應妳將妳和小孩先送回家的事情要變卦，所以妳今天就急急的要走。我一邊只覺得對妳不起，一邊心裡不知怎麼的又在恨妳。所以我當妳在那裡撿東西的時候，眼睛裡已含著兩泓清淚，只是默默的講不出話來。直到送妳上車之後，在車座裡坐了一忽，等車快開了，我才講了一句：

「今天天氣倒還好。」

　　妳知道我的意思，所以把頭朝向了那面的車窗，好像在那裡探看天氣的樣子，許久不回過頭來。唉唉，妳那時若把妳那水汪汪的眼睛朝我看一看，我也許會同妳馬上就痛哭起來的，也許仍復把妳留在上海，不使妳一個人回去的。也許我就硬的陪妳回浙江去的，至少我也許要陪妳到杭州。但妳終不回轉頭來，我也不再說第二句話，就站起來走下車了。我在月臺上立了一忽，故意不對妳的玻璃窗看。等車開的時候，我趕上了幾步，卻對妳看了一眼，我見妳的眼下左頰上有一條痕跡在那裡發光。我眼見得車去遠了，月臺上的人都跑了出去，我一個人落得最後，慢慢的走出車站來。我不曉得是什麼原因，心裡只覺得是以後不能與妳再見的樣子，我心酸極了。啊啊！我這不祥之語，是多講的。我在外邊只希望妳和龍兒的身體壯健，妳和母親的感情融洽。我是無論如何，不至投水自沉的，請妳安心。妳到家之後千萬要寫信來給我的哩！我不接到妳平安到家的信，什麼決心也不能下，我是在這裡等妳的信的。

民國十二年四月六日清明節午後

──載創造季刊第二卷第一期

說明

〈蔦蘿行〉是郁達夫二十八歲時的作品，原載於創造季刊二卷一期（一九二三年七月出刊）。這篇散文記錄了一對貧賤夫婦的哀曲，也提供了許多郁達夫原配夫人──孫荃女士的資料。

一九二○年夏天，郁達夫正就讀於東京帝國大學經濟學部，奉了父母之命返國，和小他一歲的同鄉女子孫荃結婚。孫荃僅受過舊式的家塾教育，又纏足，嫁到郁家時還正患著瘧疾。婚後不久，郁達夫重回日本讀書。翌年九月，經郭姓友人介紹，曾回國擔任安慶法政學校的英語教師，在安慶住了三個月，因不滿學校的行政措施，憤而辭卸了教職，回到上海過了舊曆年，就轉返東京去了。

一九二二年五月，郁達夫自帝大畢業，六月由神戶搭船歸國，迫於生活的壓力，仍接受了安慶法政學校的聘書，去屈就他認為最苦的職業。這時，他把孫荃接到安慶同住，不久，生下了一男孩龍兒。一九二三年三、四月間，郁達夫再度辭去教職，回到上海，一時間找不到合適的職業，遂於四月六日將妻兒送回富陽老家撫養。〈蔦蘿行〉就以這次的分別為主線，回想數年來他們夫妻同受的煎熬。

還鄉記

一

　　大約是午前四、五點鐘的樣子，我的過敏的神經忽而顫動了起來。張開了半隻眼，從枕上舉起非常沉重的頭，半醒半睡的向窗外一望，我只見一層灰白色的雲叢，密佈在微明空際，房裡的角上桌下，還有些暗夜的黑影流蕩著，滿屋沉沉，只充滿了睡聲，窗外也沒有群動的聲息。

　　「還早哩！」我的半年來睡眠不足的昏亂的腦筋，這樣的忖度了一下，我的有些昏痛的頭顱仍復投上了草枕，睡著了。第二次醒來，急急的跳出了床，跑到窗前去看跑馬廳的大自鳴鐘的時候，我的心裡忽而起了一陣狂跳。我的模糊的睡眼，雖看不清那大自鳴鐘的時刻，然而我第六感卻已感到了時間的遲暮，八點鐘的快車大約總趕不到了。

　　天氣不晴也不雨，天上只浮滿了些不透明的白雲，黃梅時節將過的時候，像這樣的天氣原是很多的。我一邊跑下樓去匆匆的梳洗，一邊催聽差的起來，

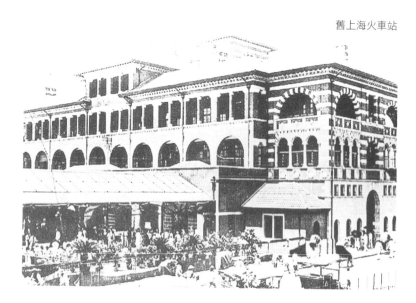

舊上海火車站

問他是什麼時候。因為我的一個鑲金的鋼錶，在東京換了酒吃，一個新買的愛而近，去年在北京又被人偷了去，所以現在我只落得和桃花源裡的鄉老一樣，要知道時刻，只能問問外來的捕魚者「今是何世？」

聽說是七點三刻了，我忽而衒了牙刷，莫名其妙的跑上樓、跑下樓的跑了幾次，不消說心中是在懊惱的。忙亂了一陣，後來又仔細想了一想，覺得終究是趕不上八點的早車了，我心裡倒漸漸地平靜下去。慢慢的洗完了臉，換了衣服，我就叫聽差的去雇了一乘人力車來，送我上火車站去。

我的故鄉在富春山中，正當清冷的錢塘江的曲處。車到杭州，還要在清流的江上坐兩點鐘的輪船。這輪船有午前、午後兩班，午前八點，午後二點，各有一隻同小孩的玩具似的輪船由江干開往桐廬去的。若在上海乘早車動身，則

午後四、五點鐘，當午睡初醒的時候，我便可到家，與閨中的兒女相見，但是今天已經是不行了。（是陰曆的六月初二）

　　不能即日回家，我就不得不在杭州過夜，但是羞澀的阮囊，連買半斤黃酒的餘錢也沒有的我的境遇，教我哪裡能忍此奢侈。我心裡又發起惱來了。可惡的我的朋友，你們既知道我今天早晨要走，昨夜就不該談到這樣的時候才回去的。可惡的是我自己，我已決定於今天早晨走，就不該拉住了他們談那些無聊的閒話的。這些也不知是從哪裡來的話？這些話也不知有什麼興趣？但是我們幾個人愁眉整額的聚首的時候，起先總是默默，後來一句兩句，話題一開，便倦也忘了，愁也丟了，眼睛就放起怖人的光來，有時高笑，有時痛哭，講來講去，去歲今年，還是這幾句話：

　　「世界真是奇怪，像這樣輕薄的人，也居然能成中國的偶像的。」

　　「正唯其輕薄，所以能享盛名。」

　　「他的著作是什麼東西呀！連抄人家的著書還要抄錯！」

　　「唉唉！」

　　「還有××呢！比××更卑鄙、更不通，而他享的名譽反而更大！」

　　「今天在車上看見那個猶太女子真好哩！」

　　「她的屁股正大得可人。」

　　「她的臂膊！」

「啊啊！」

「恩斯來的那本彭思生裡參拜記，你唸到什麼地方了？」

「三個東部的野人，

　　三個方正的男子，

　　他們起了崇高的心願

　　想去看看什，瀉，奧夫，歐耳。」

「你真記得牢！」

　　像這樣的毫無系統，漫無頭緒的談話，我們不談則已，一談起頭，非要談到傀儡消盡，悲憤洩完的時候不止。唉，可憐有識無產者，這些清談，這些不平，與你們脆弱的身體，高抗的精神者，究有何補？罷了罷了，還是回頭到正路上去，理點生產吧！

　　昨天晚上有幾位朋友，也在我這裡，談了些這樣的閒話，我人睡遲了，所以弄得今天趕車不及，不得不在西子湖邊，住宿一宵，我坐在人力車上，孤冷冷的看著上海的清淡的早市，心裡只在怨恨朋友，要使我多破費幾個旅費。

　　二

　　人力車到了北站，站上人物蕭條。大約是正在快車開出之後，慢車未發之先，所以現出這沈靜的狀態。我得了閒空，心裡倒生出了一點餘裕來，就在北站構內，閒走了一回，因為我此番歸去，本來想去看看故鄉的景狀，能不能容

我這零餘者回家高臥，所以我所帶的，只有兩袖清風，一只空袋，和填在鞋底裡的幾張鈔票——這是我的脾氣，有錢的時候，老把它們填在鞋子底裡。一則可以防止扒手，二則因為我受足了金錢迫害，藉此可以滿足我對金錢復仇的心思，有時候我真有用了全身的氣力，拼死蹂踐它們的舉動——而已，身邊沒有行李，在車站上跑來跑去是非常自由的。

天上的同棉花似的浮雲，一塊一塊的消散開來，有幾處竟現出青蒼的笑靨來了。灰黃無力的陽光，也有幾處看得出來。雖有霏微的海風，一陣陣夾了灰土煤煙，吹到這灰色的車站中間，但是伏天的暑熱，已悄悄的在人的腋下腰間送信來了。啊啊！三伏的暑熱，你們不要來纏擾我這消瘦的行路病者！你們且上富家的深閨裡去，鑽到那些豐肥紅白的腿間乳下去，把她們的香液葬發些出來吧！我只有這一件半舊的夏衣長衫，若被汗水污了，明天就沒得更換的呀！

在車站上踏來踏去的走了幾遍，站上的行人，漸漸的多起來了。男的女的、行者送者，面上都推著滿貯希望的形容，在那裡左旋右轉。但是我——單只是我個人——也無朋友、親戚來送我的行，更無愛人、女弟，來作我的伴，我的脆弱的心中，又無端的起了萬千的哀傷：

「論才論貌，在中國的兩萬萬男子中間，我也不一定說是最下流的人，何以我會變成這樣的孤苦的呢？我前世犯了什麼罪來？我生在什麼星的底下？我難道真沒有享受快樂的資格的嗎？我不能信的，我不能信的。」

這樣的一想，我就跑上車站的旁邊入口處去，好像是看見了我認識的一位美妙的女郎來送我回家的樣子。我走到門口，果真見了幾個穿時樣的白衣裙的

女子，剛從人力車下來。其中有一個十七、八歲的，戴白色運動軟帽的女學生，手裡提了三個很重的小皮篋，走近了我的身邊。我不知不覺的伸出了一隻手去，想為她代拿一個皮篋，她站住了腳，放開了黑晶晶的兩隻大眼很詫異的對我看了一眼。

「啊啊！我錯了，我昏了，好妹妹，請妳不要動怒，我不是壞人，我不是車站上的小竊，不過我的想像力太強，我把妳當作了我的想像中的人物，所以得罪了妳：恕我恕我，對不起，對不起，妳的兩眼的責罰，是我所甘受的，妳即用了妳柔軟的小手，批我一頓，我也是甘受的，我錯了，我昏了。」

我被她的兩眼一看，就同將睡的人受了電擊一樣，立時漲紅了臉，發出了一身冷汗，心裡作了一遍謝罪之辭，縮回了手，低下了頭，匆匆的逃走了。

啊啊！這不是衣錦的還鄉，這不是羅皮康（Rubicon）的南渡，有誰來送我的行，有誰來作我的伴呢？我的空想也未免太不自量了，我避開了那個女學生，逃到了車站大門口的邊上人叢中躲藏的時候，心裡還在跳躍不住。凝神並氣的立了一會，向四邊偷看了幾眼，一種不可捉摸的感情，籠罩上我的全身，我就不得不把我的夏布長衫的小襟拖上面去了。

三

「已經是八點四十五分了。我在這裡躲藏也躲藏不過去的，索性快點去買一張票來上車去吧！但是不行不行，兩邊買票的人這樣的多，也許她是在內的，我還是上口頭的那近大門的視窗去買吧！這裡買票的人正少得很呀！」

　　這樣的打定了主意，我就東探西望的走上那玻璃窗口，去買了一張車票。伏倒了頭，氣喘吁吁的跑進了月臺，我方了得剛才買的是一張二等票，想想我腳下的餘錢，又想想今晚在杭州不得不付份膳宿費，我心裡忽而清了一清。經濟與戀愛是不能兩立的，剛才那女學生的事情，也漸漸的被我忘了。

　　浙江雖是我的父母之邦，但是浙江的知識階級的腐敗，一班教育家、政治家對軍人的諂媚，對平民的壓制，以及小政客的婢妾的行為，無厭的貪婪，平時想起就要使我作嘔。所以我每次回浙江去，總抱了一腔羞嫌的惡懷，障扇而過杭州，不願在西子湖頭作半日的勾留。只有這一回到了山窮水盡，我委委頹頹的逃返家中，想仍到我所嫌惡的故土去求一個息壤；投林的倦鳥，返窲的衰狐，當沒有我這樣的懊喪落膽的。啊啊！浪子的還家，只求老父慈兄，不責備我就對了，哪裡還有批評故鄉，憎嫌故鄉的心思，我一想到這一次的卑微的心境，竟不覺泣泣落下淚來了。

　　我孤伶仃的坐在車裡，看看外面月臺上跑來跑去的旅人，和穿黃色制服的挑夫，覺得模糊零亂，他們與我的中間，有這一道冰山隔住的樣子。一面看看車站附近各工廠的高高的煙囪，又覺得我的頭上身邊，都被一層灰色的煙霧包圍在那裡。我深深的呼了一口氣，把車窗打開來看梅雨晴時的空際。天上雖還不能說是晴朗，但一斛晴雲，和幾道光線，是在那裡安慰旅人說：

　　「雨是不會下了，晴不晴開來，卻看你們的運氣吧！」

　　不多一忽，火車慢慢兒的開了。北站附近的貧民窟，同墳墓似的江北人的船室，污泥的水路，曬在坍敗的曬臺上的女人的小衣、穢布，勞動者的破爛的

衣衫等，一幅一幅的呈到我的眼前來，好像是老天故意把人生的疾苦，編成了這一部有系統的紀錄，來安慰我的樣子。

啊啊，載人離別的你這怪獸！你不終不息的前進，不休不止的前進吧！你且把我的身體，搬到世界盡處去，搬入虛無之境去，一生一世，不要停止，盡是行行，行到世界萬物都化作青煙，你我的存在都變成烏有的時候，那我就感激你不盡了。

由現代的物質文明產生出來的貧苦之景，漸漸的被大自然掩蓋了下去，貧民窟過了，大都會附近之小鎮（Vorstadt）過了，路線的兩岸，只有平綠的田疇，美麗的別墅，潔淨的野路，和壯健的農夫。在這調和的盛夏的野景中間，就是在路上行走的那一乘黃色人力車夫，也帶有些浪漫的色彩。他好像是童話裡的人物，並不是因為衣食的原因，卻是為了自家的快樂，拉了車在這裡行走的樣子。若要在這大自然的微笑中間，指出一件令人不快的事物來，那就是野草中間橫躺著的棺塚了。窮人的享樂，只有陶醉在大自然懷裡的一剎那。在這一剎那中間，他能把現實的痛苦，忘記得乾乾淨淨，與悠久的天空，廣漠的大地，化而為一。這是何等的殘虐，何等的惡毒呢！當這樣的地方，這樣的時候，把人生的運命，赤裸裸的指給他看！

我是主張把中國的墳塚，把野外的枯骨，都掘起來付之一炬，或投入汪洋的大海裡去的。

四

　　過了徐家匯、梵王渡，火車一程一程的進去，車窗外的綠色也一程一程的濃潤起來，啊啊，我自失業以來，同鼠子蚊蟲，蟄居在上海的自由牢獄裡，已經有半年多了。我想不到野外的自然，竟長得如此的清新，郊原的空氣，會釀得如此的爽健的。啊啊、自然呀，大地呀，生生不息的萬物呀，我錯了，我不應該離開了你們，到那穢濁的人海中間去覓食去的。

　　車過了莘莊，天完全變晴了。兩旁的綠樹枝頭，蟬聲猶如雨降。我側耳聽聽，回想我少年時景象像在做夢。悠悠的碧落，只留著幾條雲影，在空際作霓裳的雅舞。一道陽光，偏灑在濃綠的樹葉，勻稱的稻秧，和柔軟的青草上面。被黃梅雨盛滿的小溪，奇形的野橋，水車的茅亭，高低的土堆，與紅牆的古廟，潔淨的農場，一幅一幅同電影似的盡在那裡更換。我以車窗作了鏡框，把這些天然的圖畫看得迷醉了，直等火車到松江停住的時候止，我的眼睛竟瞬息也沒有移動。唉，良辰美景奈何天，我在這樣的大自然裡怕已沒有生存的資格了吧，因為我的腕力，我的精神，都被現代的文明撒下了毒藥，惡化成零，我哪裡還有執了鋤耜，去和農夫耕作的能力呢？

　　正直的農夫吓，你們是世界的養育者，是世界的主人公，我情願為你們作牛作馬，代你們的勞，你們能分一杯麥飯給我嗎？

　　車過了松江，風景又添了一味和平的景色。彎了背在田裡工作的農夫，草原上散放著的羊群，平橋淺渚，野寺村場，都好像在那裡作會心的微笑。火車飛過一處鄉村的時候，一家泥牆草舍裡忽有幾聲雞唱聲音，傳了出來。草舍

的門口有一個赤膊的農夫，吸著煙站在那裡對火車呆看。我看了這些純樸的村景，就不知不覺的叫了起來：

「啊啊！這和平的村落，這和平的村落，我幾年不與你相接了。」

大約是叫得太響了，我的前後的同車者，都對我放起驚異的眼光來。幸而這是慢車。坐二等車的人不多，否則我只能半途跳下車去，去躲避這一次的羞恥了。我被他們看得不耐煩，並且肚裡也覺得有些飢了，用手向鞋底裡摸了一摸，遲疑了一會，便叫過茶房來，命他為我搬一客番菜來吃。我動身的時候，腳底下只藏著兩張鈔票。火車票買後，左腳下的一張鈔票子已變成了一塊多的找頭，依理而論是不該在車上大吃的。然而愈有錢愈想節省，愈貧窮愈要瞎花，是一般的心理，我此時也起了自暴自棄的念頭：

「橫豎是不夠的，節省這個錢，有什麼意思，還是吃吧！」

一個欲望滿足了時候，第二個欲望馬上要起來，我喝了湯，吃了一塊麵包之後，喉嚨覺得乾渴起來，便又起了一種自暴自棄的念頭，率性叫茶房把啤酒、汽水拿了兩瓶來。啊啊，危險危險，我右腳下的一張鈔票，已有半張被茶房撕去了。

一邊飲食，一邊我仍在賞玩窗外的水光雲影。在幾個小車站上停了幾次，轟轟的過了幾處藏橋，等我中餐吃完的時候，火車已經過嘉興驛了。吃了個飽滿，並且帶了三分醉意，我心裡雖時時想到今晚在杭州的膳宿費，和明天上富陽去的輪船票，不免有些憂鬱，但是以全體的氣概講來，這時候我卻是非常快

樂，非常滿足的：

「人生是現在一刻的連續，現在能夠滿足，不就好了嗎？一刻之後的事情，又何必去想它，明天、明年的事情，更可丟在腦後了。一刻之後，誰能保得火車不出軌？誰能保得我不死？罷了罷了，我是滿足得很！哈哈哈哈……」

我心裡這樣的很滿足的在那裡想，我的腳就慢慢的走上車後的眺望臺去。因為我坐的這掛車是最後的一掛，所以站在眺望臺上，既可細看野景，又可聽聽鳴蟬，接受些天風。我站在臺上，一手捏住鐵欄，一手用了半枝火柴在剔牙齒。涼風一陣陣的吹來，野景一幅幅的過去，我真覺得太幸福了。

五

我平生感得幸福的時間，總不能長久。一時覺得非常滿足之後，其後必有絕大的悲懷相繼而起。我站在車臺上，在快樂的時候，忽而在萬綠叢中看見了一幅美滿的家庭團聚圖。一個年約三十一、二的壯健的農夫，兩手擎了一個週歲的小孩，在桑樹影下笑樂。一個穿青布衫的與農夫年紀相仿的農婦，笑微微的站在旁邊守著他們。在他們上面曬著的陽光樹影，更把他們的美滿的情意表現得明顯。地上攤著一只飯籮，一瓶茶，幾只菜飯碗。這一定是那農婦送來饗她男人的，啊啊，桑間陌上，夫唱婦隨，更有你兩個愛情的結晶，在中間作姻緣的締帶，你們是何等幸福呀！然而我呢？啊啊我啊？我是一個有妻不能愛，有子不能撫的無能力者，在人生戰鬥場上的慘敗者，現在是在逃亡的途中的行路病者，啊！農夫吓農夫，願你與你的女人和好終身，願你的小孩聰明強健，願你的田穀豐多，願你幸福！你們的災殃，你們的不幸，全交給了我，凡地上

一切的苦惱、悲哀、患難，索性由我一人負擔了去吧！

我心裡雖這樣的在替他祝福，我的眼淚卻連連續續的落了下來，半年以來，因為失業的原因，在上海流離的苦處，我想起來了。三個月前頭，我的女人和小孩，孤苦伶仃的由這條鐵路上經過，蕭蕭索索的回家去的情狀，我也想出來了。啊啊，農家夫婦的幸福，讀書階級的飄零！我女人經過的悲哀的足跡，現在由我一步步的踐踏過去！若是有情，爭得不哭呢？

四圍的景色，忽而變了，一刻前那樣豐潤華麗的自然美景，都好像在那裡嘲笑我的樣子：

「你回來了嗎？你在外國住了十幾年，學了些什麼回來？你的能力怎麼不拿些出來讓我們看看？現在你有養老婆、兒子的本領嗎？哈哈！你讀書學術，到頭來還是歸到鄉間去齧你祖宗的積聚！」

我俯首看看飛行車輪，看看車輪下的兩條白閃閃的鐵軌和枕木卵石，忽而感得了一種強烈的死的誘惑。我的兩腳抖了起來，踉蹌前進了幾步，又呆呆的俯視了一忽，兩手捏住了鐵欄，我閉著眼睛，咬緊牙齒，在腳尖上用了一道死力，便把身體輕輕的抬跳起來了。

六

啊啊，死的勝利吓！我當時若志氣堅強一點，就早脫離了這煩惱悲苦的世界，此刻好坐在天神Beatrice的腳下拈花作微笑了。但是我那一跳，氣力沒有用足。我打開眼睛來看時，大地高天。稻田草地，依舊在火車的四周馳騁，

車輪的輾聲，依舊在我的耳裡雷鳴，我的身體卻坐在欄杆的上面，絕似病了的
鸚鵡，被鎖住在鐵條上待斃的樣子。我看看兩旁的美景，覺得半點鐘以前的稱
頌自然美的心境，怎麼也回復不過來。我以淚眼與破石的靈山相對，一覺得陝
西公園後石山上在太陽光下遊玩的幾個男女青年，都是擠我出世界外去的魔
鬼。車到了臨平，我再也不能細嚼那荷花世界柳絲鄉的風味。我只覺得青翠的
臨平山，將要變成我的埋骨之鄉。莫橋過了，艮山門過了。靈秀的寶叔山，奇
兀的北高峰，清泰門外貫流著的清淺的溪流，溪流上搖映著的蕭疏的楊柳，野
田中交叉的窄路，窄路上的行人，前朝的最大遺物，參差婉繞的城牆，都不能
喚起我的興致來。車到了杭州城站，我只同死刑犯上刑場似的下了月臺。一出
站內，在青天皎日的底下，看看我兒時所習見的紅牆旅舍、酒館茶樓，和年輕
氣銳的生長在都會中的妙年人士，我心裡只是怦怦的亂跳，仰不起頭來。這種
幻滅的心理，若硬要把它寫出來的時候，我只好用一個譬喻。譬如當青春的年
少，我遇著了一位絕世的佳人，她對我本是初戀，我對她也是第一次的破題
兒。兩人相攜相挽，同睡同行，春花秋月的過了幾十個良宵。後來我的金錢用
盡，女人也另外有了心愛的人兒，她就學了樊素，同春去了。我只得和悲哀孤
獨、貧困惱羞，結成伴侶。幾年在各地流浪之餘，我年紀也大了，身體也衰
了，披了一身破襤的衣服，仍復回到當時我兩人並肩攜手的故地來。山川草
木，星月雲霓，仍不改其美觀。我獨坐湖濱，正在臨流自吊的時候，忽在水面
看見了那棄我而去的她的影像。她相貌同幾年前一樣的嬌柔，衣服同幾年前一
樣的華麗，項下掛著的一串珍珠，比從前更加添了一層光彩，額上戴著的一圈
瑪瑙，比曩時更紅豔得多了。且更有難堪者，回頭來一看，看見了一位文秀閒
雅的美少年，站在她的背後，用了兩手在那裡摸弄她的腰背。

啊啊！這一種譬喻，值得什麼？我當時一下車站，對杭州的天地感得的那一種羞慚懊喪若以言可以形容的時候，我當時的夏布衫袖，就不會被淚汗濕透了，因為說得出譬喻得出的悲懷，還不是世上最傷心的事情呀！我慢慢俯了首，離開了剛下車的人群與爭攬客人的車夫和旅館的招待者，獨行踽踽的進了一家旅館，我的心裡好像有千斤重的一塊鉛石錘在那裡的樣子。

開了一個單房間，洗了一個臉，茶房拿了一張紙來要我寫姓名、年歲、籍貫、職業。我對他呆呆的看了一忽，他好像是疑我不曾出過門，不懂這規矩的樣子，所以又仔仔細細的解說了一遍。啊啊，我哪裡是不懂規矩，我實在是沒有寫的勇氣喲，我的無名的姓氏，我的故鄉的籍貫，我的職業！啊啊！叫我寫出什麼來。

被他催迫不過，我就提起筆來寫了一個假名，填上了異鄉人的三字，在職業欄下寫了一個無字。不知不覺我的眼淚竟濮嗒濮嗒的滴了兩滴在那張紙上。茶房也看得奇怪，向紙上看了一看，又問我說：

「先生府上是哪裡，請你寫上了吧，職業也要寫的。」

我沒有方法，就把異鄉人三字圈了，寫上朝鮮兩字，在職業之下也圈了一圈，填了「浮浪」兩字進去。茶房出去之後，我就開上了房門，倒在床上盡情的暗泣起來了。

七

伏在床上暗泣了一陣，半日來旅行的疲倦，征服了我的心身。在朦朧半睡

的中間，我聽見了幾聲咯咯叩門聲。糊糊塗塗的起來開了門，我看見祖母，不言不語的站在門外。天色好像晚了，房裡只是灰黑的辨不清方向。但是奇怪得很，在這灰黑的空氣裡，祖母面上的表情，我卻看得清清楚楚。這表情不是悲哀，當然也不是愉悅，只是一種壓人的莊嚴的沉默。我們默默的對坐了幾分鐘，她才移動了那皺紋很多的嘴說：

「達！你太難了，你何以要這樣的孤潔呢？你看看窗外看！」

我向她指著的方向一望，只見窗下街上黑板嘈雜的人叢裡有兩個大火把在那裡燃燒，再仔細一看，火把中間坐著一位木偶。但是奇極怪極。這木偶的面貌，竟完全與我的一個朋友面貌一樣。依這情景看來，大約是賽會了，我回轉頭來正想和祖母說話，房內的電燈拍的響了一聲，放起光來了，茶房站在我的床前，問我晚飯如何？我只呆呆的不答。因為祖母是今年二月剛死，我正在追想夢裡的音容，哪邊還有心思回茶房的話哩？

遣茶房走了，我洗了一個面，就默默的走出旅館來。夕陽的殘照，在路旁的層樓屋脊上還看得出來。店頭的燈火，也星星的上了。日暮的空氣，帶著微涼，拂上面來。我在羊市街頭走了幾轉，穿過車站的庭前，踏上清泰門前的草地上去。沉靜的這杭州故郡，自我去國以來，也受了不少的文明的侵害，各處的舊跡，一天一天的被拆毀了。我走到清泰前，就起了一種懷古之情，走上將拆而猶在的城樓上去。城外一帶楊柳桑樹上的鳴蟬，叫得可憐。它們的哀吟，一聲聲沁入了我的心脾。我如同海上的浮屍，把我的情感，全部付託了蟬聲，盡做夢似的站在叢殘的城垛上看那西北的浮雲和暮天的急情，一種淡淡的悲

哀，把我的全身溶化了。這時候若有幾聲古寺的鐘聲，噹噹的一下一下，或緩或徐的飛傳過來，怕我就要不自覺的從城牆上跳入城濠，把我靈魂和入晚烟之中，去籠罩著這故都的城市。然而南屏還遠，Curfew今晚上不會鳴了。我獨自一個冷清清地立了許久，看西天只剩了一線紅雲，把日暮的悲哀嚐了個飽滿，才慢慢地走下城來。這時候天已黑了，我下城來在路上的亂石上鉤了幾腳，心裡倒起了一種莫名其妙的恐懼。我想想白天在火車上謀自殺的心思和此時的恐懼心一比，就不覺微笑起來，啊啊，自負為靈長的兩足動物喲，你的感情思想，原只是矛盾的連續呀！說什麼理性？講什麼哲學？

走下了城，踏上清冷的長街，暮色已經瀰漫在市上了。各家的稀淡的燈光，比數刻前增加了一倍勢力。清泰門直街上的行人的影子，一個一個從散射在街上的電燈光裡閃過，現出一種日暮的情調來。天氣雖還不曾大熱，然而有幾家卻早把小桌子擺在門前，露天的在那裡吃飯了。我真成了一個孤獨的異鄉人，光了兩眼，盡在這日暮的長街上行行前進。

我在杭州並非沒有朋友，但是他們或當科長，或任參謀，現在正是非常得意的時候，我若飄然去會，怕我自家的心裡比他們見我之後憎嫌我的心思更要難受。我在滬上，半年來已經飽受了這種冷眼，到了現在，萬一家裡容我，便可回家永住，萬一情狀不佳，便擬自決的時候，我再也犯不著討這些沒趣了。我一邊默想，一邊看看兩旁的店家在電燈下圍桌晚餐的景象，不知不覺兩腳便走入了石牌樓的某中學所在的地方。啊啊，桑田滄海的杭州，旗營改變了，湖濱添了些邪惡的中西人的別墅，但是這一條街，只有這一條街，依舊清清冷冷，和十幾年前我初到杭州考中學的時候一樣。物質文明的幸福，些微也享受

不著,現代經濟組織的流毒,卻受得很多的我,到了這條黑暗的街上,好像是已經回到了故鄉的樣子,心裡忽感得了一種安泰,大約是興致來了,我就踏進了一家巷口的小酒店裡去買醉去。

八

在灰黑的電燈底下,面朝了街心,靠著一張粗木的桌子,坐下喝了幾杯高粱,我終覺得醉不成功。我的頭腦,愈喝酒愈加明晰,對於我現在的境遇反而愈加自覺起來了。我放下酒杯,兩手托著了頭,呆呆的向灰暗的空中凝視了一會,忽而有一種鬱沉的哀音夾在黑暗的空氣裡,漸漸的從遠處傳了過來。這哀音有使人一步一步在感情中沉沒下去的魔力,可說是中國管弦樂的代表了。過了幾分鐘,這哀音的發動者漸漸的走近我的身邊,我才辨出了胡琴與砰擊磁器的諧音來。啊啊!你們原來是流淚的聲樂家,在這半開化的杭州城裡想賣藝糊口的可憐蟲。

他們二、三人的瘦長的清影,和後面跟著看的幾個小孩,在酒館前頭掠過了。那一種悽楚的諧音,也一步一步的幽咽了,聽不見。我心裡忽起了一種絕大的渴念,想追上他們,去飽嚐一回哀音的美味,付清了酒帳,我就走出店來,在黑暗中追趕上去。但是他們的幾個人,不知走上了什麼方向,我拼死的追尋,終究尋他們不著。唉,這曇花的一現,難道是我的幻覺嗎?難道是上帝顯示給我的未來的預言嗎?但是那悠揚沉鬱的弦音和磁片砰擊的聲響,還繚繞在我的心中。我在行人稀少的黑板的街上東奔西走的追尋了一會,沒有方法,就從豐樂橋直街走到湖邊上去。

　　湖上沒有月華，湖濱的幾家茶樓旅館，也只有幾點清冷的電燈，在那裡放淡薄的微光，寬闊的馬路上，行人也寥落得很。我橫過了湖塍馬路，在湖邊上立了許久。湖的三面，只有沉沉的山影，山腰、山腳的別莊裡，有幾點微明的燈火，要靜看才看得出來。幾顆淡淡的星光，臥映在湖裡，微風吹來，湖裡起了幾聲豁豁浪聲。四邊靜極了。我把一支吸盡的紙煙頭丟入湖裡，啾的響了一聲，紙煙的火就熄了。我被這一種靜寂的空氣壓迫不過，就放大了喉嚨，對湖心噢噢的發了一聲長嘯，我的胸中覺得舒暢了許多。沿湖的向西走了一段，我忽在樹蔭下椅子上，發見了一對青年男女。他和她的態度太無忌憚了，我心裡忽起了一種不快之感，把剛才長嘯之後的暢懷消盡了。

　　啊啊！青年的男女喲！享受青春，原是你們的特權，也是我平時的主張。但是但是他們在不幸的孤獨者前頭，總應該謙遜一點，方能完全你們的愛情的美處。你們且牢牢記著吧！對了貧兒，不要把你們的珍珠寶物給他看，因為貧兒看了，愈要覺得他自家貧困的呀！

　　我從人家睡盡的街上，走回城站附近的旅館裡來的時候，已經是深夜了。解衣上床，躺了一會，終覺得睡不著。我就點上一支紙煙，一邊吸著，一邊在看帳頂。在沉悶的旅舍夜半的空氣裡，我忽而聽見一陣清脆的女人聲音，和門外的茶房，在那裡說話。

　　「來哉來哉！噢喲，等得諾（你）半業（日）嗒哉！」這是輕佻的茶房的聲音。

　　「是哪一位叫的？」

啊啊！這一定是土娼了！

「仰（念）三號裡！」

「你同我去呵！」

「噢喲，根（今）朝諾（妳）個（的）面孔真白嗒！」

茶房領了她從我門口走過，開入間壁念三號房裡去。

「好哉，好哉！活菩薩來哉！」

茶房領到之後，就關上門走下樓去了。

「請坐。」

「不要客氣！先生府上是哪裡？」

「阿拉（我）寧波。」

「到杭州來耍子兒的嗎？」

「來宵（燒）香個。」

「一個人嗎？」

「阿拉邑個寧（人）。京（今）教（朝）體（天）氣軋業（熱），查拉（為什麼）勿赤膊？」

「捨話語！」

「諾（妳）勿脫，阿拉要不（替）諾脫哉。」

「不要動手，不要動手！」

「回（還）樸（怕）倒楣索啦？」

「不要動手，不要動手！我自家來解吧。」

「阿拉要摸一摸！」

吃吃的竊笑聲，床壁的震動聲。

啊啊！本來是神經衰弱的我，即在極安靜的地方，尚且有時睡不著覺，哪裡還經得起這樣淫蕩的吵鬧呢？北京的浙江大老諸君呀，聽說杭州有人倡設公娼的時候，你們竭力的反對，你們難道還不曉得你們的子女、姊妹在幹這種營業，而在擾亂及貧苦的旅人嗎？盤踞在當道，只知敲剝百姓的浙江的長官呀！你們若只知聚斂，不知濟貧，怕你們的妻妾，也要為快樂的原因，學她們的妙技了。唉唉！邑有流亡愧俸錢，你們曾聽人說過這句詩否！

九

我睡在床上，被間壁的淫聲挑撥得不能闔眼，沒有方法，只能起來上街去閒步。這時候大約是後半夜的一兩點鐘的樣子，上海的夜車早已到著，羊市街福緣巷的旅店，都已關門睡了。街上除了幾乘散亂停住夫人人力車外，只有幾個敝衣凶貌的罪惡的子孫在灰色的空氣裡闊步。我一邊走一邊想起了留學時代在異國的首都裡每晚每晚的夜行，把當時的情狀與現在在這中國的死滅的都會

裡這樣的流離的狀態一對照，覺得我的青春，我的希望，我的生活，都已成了過去的雲煙，現在的我和將來的我只剩得極微細的一些兒現實味，我覺得自家實際上已經成了一個幽靈了。我用手向身上摸了一摸，覺得指頭觸著了一種極粗的夏布材料，又向臉上用了力摘了一把，神經也感得了一種痛苦。

「還好還好，我還活在這裡，我還不是幽靈，我還有知覺哩！」

這樣的一想，我立時把一刻前的思想打消，卻好腳也正走到了拐角頭的一家飯館前了。在四鄰已經睡寂的這深更夜半，只有這一家店像睡相不好的人的嘴似的空空洞洞的開在那裡。我晚上不曾吃過什麼，一見了這家店裡的鍋子爐灶，便覺得飢餓起來，所以就馬上踏了進去。

喝了半斤黃酒，吃了一碗麵，到付錢的時候，我又痛悔起來了。我從上海出發的時候，本來五元錢的兩張鈔票。坐二等車已經是不該的了，況又在車上大吃了一場。此時付過了酒、麵錢外，只剩得一元幾角餘錢，明天付過旅館宿費，付過早飯帳，付過從城站到江干的黃包車錢，哪裡還有錢購買輪船票呢？我急得沒有方法，就在靜寂黑暗的街巷裡亂跑了一陣，我的身體，不知不覺又被兩腳搬到了西湖邊上。湖上的靜默的空氣，比前半夜，更增加了一層神秘的嚴肅。遊戲場也已經散了，馬路上除了拐角頭邊上的沒有車夫看見的幾乘人力車外，生動的物事一個也沒有。我走上了環湖馬路，在一家往時也曾投宿過的大旅館的窗下立了許久。看看四邊沒有人影，我心裡忽然來了一種惡魔的誘惑。

「破窗進去吧，去撮取幾個錢來吧！」

　　我用了心裡的手，把那扇半掩的窗門輕輕地推開，把窗門外的鐵杆，細心地拆去了兩三支，從牆上一踏，我就進了那間屋子。我的心眼，看見床前白帳子下擺著一雙白花緞的女鞋，衣架上掛著一件纖巧的白華紗絲衫，和一條黑紗裙。我把洗面台的抽斗輕輕抽開，裡邊在一個小小兒的粉盒和一把白象牙骨摺扇的旁邊，橫躺著一個沿口有光亮的鑽珠綻著的女人用的口袋。我向床上看了幾次，便把那口袋拿了，走到窗前，心裡起了一種憐惜羞悔的心思，又走回去，把口袋放歸原處。站了一忽，看看那狹長的女鞋，心裡忽又起了一種異想，就伏倒去把一隻鞋子拿在手裡。我把這雙女鞋聞了一回，玩了一回，最後又起了一種慘忍的決心，索性把口袋、鞋子一齊拿了，跳出窗來。我幻想到了這裡，忽然回復了我的意識，面上就立時變得緋紅，額上也鑽出了許多珠汗。我眼睛眩暈了一陣，我就急急的跑回城站的旅館來了。

十

　　奔回到旅館裡，打開了門，在床上靜靜的躺了一忽，我的興奮，漸漸地鎮靜了下去。間壁的兩位幸福者也好像各已倦了，只有幾聲短促的鼾聲和時時半睡狀態裡漏出來的一聲兩聲的低幽的夢話，擊動我的耳膜。我經了這一番心裡的冒險，神經也已倦竭，不多一會，兩雙眼包皮就也沉沉的蓋下來了。

　　一睡醒來，我沒有下床，便放大了喉嚨，高叫茶房，問他是什麼時候。

　　「十點鐘哉，鮮散（先生）！」

　　啊啊！我記得接到我祖母的病電的時候，心裡還沒有聽見這一句回話時的

惱亂！即趁早班輪船回去，我的經濟，已難應付，哪裡還禁得在杭州時留半日呢？況且下午兩點鐘開的輪船是快班，價錢比早班要貴一倍。我沒有方法，把腳在床上蹬踢了一回，只得悻悻地起來洗面。用了許多憤激之辭，對茶房發了一回脾氣，我就付了宿費，出了旅館從羊市街慢慢的走出城來。這時候我所有的財產全部，除了一個瘦黃的身體之外，就是一件半舊的夏布長衫，一套白洋紗紡小衫褲，一雙線襪，兩隻半破的白皮鞋和八角小洋。

太陽已經升上了中天，光線直射在我的背上。大約是因為我的身體不好，走不上半里路，全身的枯汗竟流得比平時更多一倍。我看看街上的行人，和兩旁的住屋中的男女，覺得他們都很滿足的在那裡享樂他們的生活，好像不曉得憂愁是何物的樣子。背後忽而起了一陣鈴響，來了一乘包車，車夫向我罵了幾句，跑過去了，我只看見了一個坐在車上穿白紗長衫的少年紳士的背形，和車夫的在那裡跑的兩隻光腿。我慢慢的走了一段，背後又起了一陣車夫的威脅聲，我讓開了路，回轉頭來一看，看見了三副人力車，載著三個很純樸的女學生，兩腿中間各夾著些白皮箱舖蓋之類，在那裡向我衝來。她們大約是放了暑假趕回家去的。我此時心裡起了一種悲憤，把平時祝福善人的心地忘了，卻用了憎惡的眼睛，狠狠的對那些威脅我的人力車夫看了幾眼。啊啊，我外面的態度雖則如此兇惡，但一邊我卻在默默的原諒他們的呀！

「你們這些可憐的走獸，可憐你們平時也和我一樣，不能和那些年輕的女性接觸。這也難怪你們的，難怪你們這樣的亂衝，這樣的興高采烈的。這幾個女性的身體上豈不是載在你們的車上嗎？她們的白嫩的肉體上豈不有一種電氣傳到你們的身上來的嗎？雖則原因不同，動機卑微，但是你們的汗，豈不是為

了這幾個女性的肉體而流的嗎？啊啊，我若有氣力，也願跟了你們去典一乘車來，專拉這美的如花少女。我更願意拼死的馳驅，消盡我的精力。我更願意不受她們的金錢酬報。」

　　走出了鳳山門，站住了腳。默默的回頭來看了一眼，我的眼角忽然湧出了兩顆珠露來！「珍重珍重，杭州的城市！我此番回家，若不馬上出來，大約總要在故鄉永住了，我們的再見，知在何日？萬一情狀不佳，故鄉父老不容我在鄉間終老，我也許到嚴子陵的釣石磯頭，去尋我的歸宿的，我這一瞥，或將成了你我的最後的訣別。我到此刻，才知道我胸中實在痛愛你的明媚的湖山，不過盤踞在你的地上的那些野心狼子，不得不使我怨你恨你而已。啊啊，珍重珍重，杭州的城市！我若在波中淹沒的時候，最後映到我的心眼上來的，也許是我兒時親睦的你的媚秀的湖山吧！」

（一九二三年七月三十一日）

說明

　　〈還鄉記〉是郁達夫一系列自傳式散文的第二篇，寫於一九二三年七月三十日，可視為〈蔦蘿行〉的連續篇。

　　自從四月間孫荃女士帶著龍兒回富陽後，郁達夫失意地蟄居在上海，七月二十一日起曾與成仿吾、鄧均吾共編「創造日」（中華新報的文學副刊），每月一百元的編輯費中，郁達夫拿六十元。這個時期，他的經濟情況十分困窘，偶爾有錢的時候，他就把錢塞在鞋子底下，藉此滿足他對金錢復仇的心思。七月底，他已到了山窮水盡的地步，就想到回富陽家中過活，他在文中形容自己比「投林的倦鳥，返塋的衰狐」還要不如。

　　郁達夫回國後原希望在大學裡找份教書的工作，利用暇餘寫小說，但他像其他留學生一樣，一時找不到合適的教書環境，要動用勞力的工作，他又不願做，因為在傳統士大夫的觀念中，勞力意謂地位的喪失。沒有工作對郁達夫也有好處，他可潛心寫作，在這段時間內，他發表的作品甚多，著名的有小說〈茫茫夜〉、〈採石磯〉、〈春風沈醉的晚上〉，散文〈蔦蘿行〉、〈還鄉記〉、〈還鄉後記〉等。

還鄉後記

「風煙俱淨，天山共色，從流飄盪，任意東西，自富陽至桐廬一百許里，奇山異水，天下獨絕；水皆縹碧，千丈見底。游魚細石，直視無礙；急湍甚箭，猛浪若奔；隔岸高山，皆生寒樹，負勢竟上，互相軒邈，爭高直指，千百成群。泉水激石，泠泠作響，好鳥相鳴，嚶嚶成韻。蟬則千轉不窮，猿則百叫無絕；鳶飛戾天者，望峰息心，經綸世務者，窺穀忘反；橫河上蔽，在畫猶昏，疏條交映，有時見日。——吳均」

一

Où peut-on être mieux qúau sein desa famille?　　　　　　　　「法國的歌」

「比在家庭的懷抱裡覺得更好的地方，是什麼地方？」像這樣這地方，當然是沒有的，法國的這一句古歌，實在是把人情世態道盡了。

當微雨瀟瀟之夜，你若身眠古驛，看看蕭條的四壁，看看一點欲盡的寒

燈，倘不想起家庭的人，這人便是沒有心腸者，任它草堆也好，破窰也好，你兒時放搖籃的地方，便是你死後最好的葬身之所呀！我們在客裡臥病的時候，每每想及家鄉，就是這事的明證。

我空拳隻手的奔回家去。到了杭州，又把路費用盡，在赤日的底下，在車行的道上，我就不得不步行出城。緩步當車，說起來倒是好聽，但是在二十世紀的墮落的文明裡，沉淪過的我，貧賤多驕，喜張虛勢，更是以享樂為主義的我，哪裡能夠安貧守分、蹀躞泥中呢？

這一天是陰曆的六月初三，天氣倒好得很。但是炎炎的赤日，只能助長有錢有勢的人的納涼佳興，與我這行路病者，卻是絲毫無補的！我慢慢的出了鳳山門，立在城河橋上，一邊用了我那半舊的夏布長衫襟袖，揩拭汗水，一邊回頭來看看杭州的城市，與杭州城上蓋著的青天和城牆界上的一排山嶺，真有萬千的感慨，橫亙在胸中。預言者自古不為其故鄉所容，我今朝卻只能對了故里的丘山，求最後的蔭庇，五柳先生的心事，痛可知了。

啊啊！親愛的諸君，請你們不要誤會，我並非是以預言者自命的人，不過說我流離顛沛，卻是與預言者的境遇相同，社會錯把我作了天才待遇罷了。即使羅秀才能行破石飛雞的奇蹟、然而他的品格，豈不和飄泊在歐洲大陸，猖狂乞食的其泊西（gypsy）（編者註：吉普賽）一樣嗎？

我勉強走到了江干，腹中飢餓得很了。回故鄉去的早班輪船，當然已經開出，等下午的快船出發，還有三個鐘頭。我在雜亂窄狹的南星橋市上飄流了一會，在靠江的一條冷清的夾道裡找出了一家坍敗的飯館來。

　　飯店的房屋的骨格，同我的胸腔一樣，肋骨一條一條數得出來。幸虧還有左側的一根木椽，從鄰家牆上，橫著支住在那裡，否則怕去秋的潮泛，早就把它拉入江心，作伍子胥的燒飯柴火了。店裡的幾張板櫈、桌子，都積滿了灰塵、油膩，好像是前世紀的遺物。帳櫃上坐著十個四十內外的女人，在那裡做鞋子。灰色的店裡，並沒有什麼生動的氣象，只有在門口柱上貼著的一張「安寓客商」的塵蒙的紅紙，還有些微現世的感覺。我因為腳下的錢已快完，不能更向熱鬧的街心去尋輝煌的菜館，所以就慢慢地踱了進去。

　　啊啊，物以類聚！你這短翼差池的飯館，你若是二足的走獸，我正好和你分庭抗禮結為兄弟了。

二

　　假使天公下了一陣微雨，把錢塘江兩岸的風景，罩得煙雨模糊，把江邊的泥路，浸得污濁難行，那麼這時候江干的旅客，必要減去一半，那麼我乘船歸去，至少可以少遇見幾個曉得我的身世的同鄉；即使旅客不因之而減少，只教天上有暗淡的愁雲溟著，階前屋外有雨滴的聲音，那麼圍繞在我周圍的空氣和自然的景物，總要比現在更帶有陰慘的色彩，總要比現在和我的心境更加相符。若希望再奢一點，我此刻更想有一具黑漆棺木在我的旁邊。最好是秋風涼冷的九、十月之交，葉落的林中，陰森的江上，不斷地篩著溟濛的秋雨。我在凋殘的蘆葦裡，雇了一葉扁舟，當日暮的時候，送靈柩回去。小船上除舟子而外，不要有第二個人。棺裡臥著的，若不是和我寢處追隨的一個年少婦人，至少也須是一個我的至親骨肉。我在灰間微明的黃昏江上，雨聲淅瀝的蘆葦叢

杭州舊景

中，赤了足，張了油紙雨傘，提了一張燈籠，摸上船頭上去焚化紙帛。

　　我坐在靠江的一張破桌子上，等那櫃上的婦人下來替我炒蛋炒飯的時候，看看西興對岸的青山綠樹，看看江上的浩蕩波光，又看看在江邊沙渚的晴天赤日下來往的帆檣肩輿和舟子牛車，心裡忽起了一種怨恨天帝的心思。我怨恨了一陣，癡想了一陣，就把我的心願，原原本本的演了出來。我一邊在那裡焚化紙帛，一邊對棺裡的人說：

　　「Jeanne！我們要回去了，我們要開船了！怕有野鬼來麻煩你，你就拿這一點紙帛送給他們吧！你可要飯吃？你可安穩？你可是傷心？你不要怕，我在這裡，我什麼地方也不去了，我在你的邊上。……」

　　我幽幽講的到最後一句，咽喉就塞住了。我在座上拱了兩手，把頭伏了下去，兩面頰上，只感著一道熱氣。我重新把我所欲愛的女人，一個一個想了出來，見她們閉著口眼，冰冷的直臥在我的前頭。我覺得隱忍不住了，竟任情的

放了一聲哭聲。那個在爐灶上的婦人，以為我在催她的飯，她就同哄小孩子似的用了柔和的聲氣說：

「好了好了！就快好了，請再等一忽兒！」

啊啊！我又想起來了，我又想起來了，年幼的時候，當我哭泣的時候，祖母、母親哄我的那一種聲氣！

「已故的老祖母，倚閭的老母親！妳們的不肖的兒孫，現在正落魄了在江干等回故里的船呀！」

我在自己製成的傷心的淚海裡游泳了一會，那婦人捧了一碗湯、一碗炒飯，擺到我的面前來。我仰起頭來對她一看，她倒驚了一跳。對我呆看了一眼，她就去絞了一塊手巾遞給我，叫我擦一擦面。我對了這半老婦人的殷勤，心裡說不出的感謝。幾日來因為睡眠不足，營養不良的緣故，已經是非常感情衰弱，動著就要流淚的我，對她的這一種感謝，也變成了兩行清淚，噗嗒的滴下腮來。她看了這種情形，就問我說：

「客人，你可是遇見了壞人了嗎？」

我搖一搖頭，勉強的對她笑了一臉，什麼話也不能回答。她呆呆的立了一回，看我不能講話，就留了一句：

「飯不夠，再炒好了。」

安慰我的話，走向她的櫃上去了。

三

我吃完了飯，付了她兩角銀角子，把找回來的八九個銅子，也送給了她，她卻搖著頭說：

「客人，你是趕船的嗎？船上要用錢的地方多得很哩，這幾個銅子你收著用吧！」

我以為她怪我吝嗇，只給她幾個銅子的小帳，所以又摸了兩角銀角子出來給她。她卻睜大了眼睛對我說：

「伊伊！這算什麼？這算什麼？」

她硬不肯接受，我才知道了她的真意，所以說：

「但是無論如何，我總要給妳幾個小帳的。」

她又推了一回，才收了三個銅子說：

「小帳已經有了。」

啊啊，我自回中國以來，遇見的都是些卑污貪暴的野心狼子，我萬萬想不到在澆薄的杭州城外，有這樣的一個真誠的婦人的。婦人呀婦人，妳的坍敗的屋椽，妳的凋零的店舖，大約就是妳的真誠的結果，社會對妳的報酬！啊啊，我真恨我沒有黃金千萬，為妳建造一家華麗的酒樓。

「再會再會！」

「順風順風！船上要小心一點。」

「謝謝！」

我受婦人的憐惜，可算平生的第一次。

走出了飯館，從太陽曬著的冷靜的這條夾道，走上輪船公司的那條大街上去。大約是將近午飯的時候了，街上的行人，比曩時少了許多。我走到輪船公司門口，向窗裡一看，見帳房內有五、六個男子圍了桌子，赤了膊在那裡說笑、吃飯。賣票的窗前的屋裡，在角頭椅上，只坐著兩個鄉下人，在那裡等候，從他們的衣服、態度上看來，他們必是臨浦蕭山的農民，也不知他們有什麼心事，他們的眉毛卻蹙得緊緊的。

我走近了他們，在他們旁邊坐下之後，兩人中間的一個看了我一眼，問我說：

「鮮散（先生）！到臨浦厭辦（煙篷）幾個臉（錢）！」

「我也不知道，大約是一兩角角子吧。」

「喏（你）到啥地方起（去）咯！」

「我上富陽去的。」

「哎（我們）是為得打官司到杭州來咯。」

我並不問他，他卻把這一回因為一個學堂裡出身的先生告了他的狀，不得不到杭州來的事情對我詳細的訴說了：

「哎真勿要打官司啦！格煞（現在）田裡已（又）忙，寧（人）也走勿開，真真苦煞哉啦！漢（那）個學堂裡個（的）鮮散，心也脫凶哉，哎請啦寧剛（講）過好兩遍，情願出八十塊洋鈿不（給）其（他），其（他）要哎百念塊。喏看，格煞五荒六月，教汲啥地方去變出一百念塊洋鈿來呢？」

他說著似乎是很傷心的樣子。

「唉唉！你這老實的農民，我若有錢，我就給你一百二十塊錢救你出險了。但是

Thou's met me in an evil hour:

…………

To spare thee now is past my power,

…………」

我心裡這樣的一想，又重新起了一陣身世之悲。他看我默默的不語，便也住了口，仍復沉入悲愁的境裡去了。

四

我坐在輪船公司的那隻角上，默默的與那農民相對，耳裡斷斷續續的聽了些在帳房裡吃飯的人的笑語，只覺得一陣一陣的哀心願痛，絕似臨盆的孕婦，要產產不出來的樣子。

杭州城外，自閘口至南星，統江干一帶，本是我舊遊之地；我記得沒有去國之先，在岸邊花艇裡，金尊檀板，也曾眠醉過幾場。江上的明月，月下的青

山，與越郡的雞酒，佐酒的歌姬，當然依舊在那裡助長人生的樂趣。但是我呢？我身上的變化呢？我的同乾柴似的一雙手裡，只捏了三個兩角的銀角子，在這裡等買船票！

過了一點多鐘，輪船公司的那間屋裡，擠滿了旅人，我因為怕逢知我的同鄉，只俯了首，默默的坐著不敢吐氣。啊啊，窗外的被陽光曬著的長街，在街上手輕腳健快快活活來往的行人，請你們饒恕我的罪罷，我心裡真恨不得丟一個炸彈，與你們同歸於盡呀！

跟了那兩個農民，在視窗買了一張煙篷船票，我就走出公司，走上碼頭，走上跳板，走上駁船去。

原來錢塘江岸，淺灘頗多，碼頭下有一排很長的跳板，接在那裡。我跟了眾人，一步一步的從跳板上走到駁船裡去的時候，卻看見了一個我自家的影子，斜映在江水裡，慢慢的在那裡前進。等走到跳板盡處，將上駁船的時候，我心裡忽而想起了一段我女人寫給我的信上的話。

「我從來沒有一個人單獨出過門，那天晚上，我對你說的讓我一個人回去的話，原是激於一時的意氣而發，我實不知道抱著一個六個月的孩子的婦人單獨旅行，是如何苦法。那天午後，你送我上車，車開之後，我抱了龍兒，看看車裡坐著的男女，覺得都比我快樂。我又探頭出來，遙向你住著的上海一望，只見了幾家工廠，和屋上排列在那裡的一列煙囪。我對龍兒看了一眼，就不知不覺的湧出了兩滴眼淚。龍兒看了我這樣子，也好像有知識似的對我呆住了。他跳也不跳，笑也不笑了，默默的盡對我呆看。我看了這種樣子，更覺得傷心

難耐，就把我的顏面俯上他的臉去，緊緊的吻了他一回。他呆了一會，就在我的懷裡睡著了。

火車行行前進，我看看車窗外的野景，忽而想起去年你帶我出來的時候的景象。啊啊！去歲的初秋，你我一路出來上A地去的快樂的旅行，和這一回慘敗了回來的情狀一比，當時的感慨如何，大約是你所能推想得出的。

在江干的旅館裡過了一夜，第二天早晨，我差茶房送了一個信給住在江干的我的母舅，他就來了。把我的行車送上輪船之後，買了票子，他又來陪我上船去。龍兒硬不要他抱。所以我只能抱著龍兒，跟在他後面，一步一步的走上那駭人的跳板，等跳板走盡時候，我想把龍兒交給母舅，縱身一跳，跳入錢塘江裡去的。但是仔細一想，在昏夜的揚子江邊還淹不死的我，在白日的這淺渚裡，哪裡能達到我的目的？弄得半死不活，走回家去，反而要被人家笑話，還不如忍著吧！

我到家以後，這幾天來，簡直還沒有取過飲食，所以也沒有氣力寫信給你，請你諒我。……」

五

啊啊，貧賤夫妻百事哀！我的女人吓，我累妳不少了。

我走上了駁船，在船篷下坐定之後，就把三個月前，在上海北站，送我女人回家的事情想了出來。忘記了我的周圍坐著的同行者，忘記了在那裡搖動的駁船，並且忘記了我自家的失意的情懷。我只見清瘦的我的女人抱了我們的營

養不良的小孩在火車窗裡，在對我流淚。火車隨著蒸汽機關在那裡前進，她的眼淚灑滿的蒼白的臉兒，也和車輪合著了拍子，一隱一現的在那裡窺探我。我對她點一點頭，她也對我點一點頭。我對她手招一招，教她等我一忽，她也對我手招一招。我想使盡我的死力，跳上火車去和她做一塊兒，但是心裡又怕跳不上去，要跌下來。我遲疑了許久，看她在窗裡的愁容，漸漸的遠下去、淡下去了，才抱定了決心，站起來向前面伸出了一隻手去。我攀著了一根鐵幹，聽見了一聲啊啊的衝擊的聲音，縱身向上一跳，覺得雙腳踏在木材板上了。忽有許多嘈雜的人聲，逼上我的耳膜來，並且有幾隻強有力的手，突突的向我背後推打了幾下。我回轉頭來一看，方知是駁船到了輪船身邊，大家在爭先的跳上輪船來，我剛才所攀著的鐵幹，並不是火車的回欄，我的兩腳也並不是在火車中間，卻踏在小輪船的舷上。

我隨了眾人擠到後面的煙篷角上去佔了一個位置，靜坐了幾分鐘，把頭腦休息了一下，方才從剛才的幻夢狀態裡醒了轉來。

向船外一望，我看見透明的淡藍色的江水，在那裡返射日光。更抬頭起來，望到了對岸，我看見一條黃色的沙灘，一排蒼翠的雜樹，靜靜的躺在午後的陽光裡吐氣。

我彎了腰背孤伶仃的坐了一忽，輪船開了。在閘口停了一停，這一隻同小孩子的玩具似的小輪船就僕獨僕獨的奔向西去。兩岸的樹林、沙渚，旋轉了好幾次，江岸的草舍、農夫，和偶然出現的雞犬、小孩，都好像是和平的神話裡的材料，在那裡等赫西奧特（Hesiod）的吟詠似的。

　　經過了聞家堰。不多一忽，船到了東江嘴，上臨浦義橋的船客，是從此地換入更小的輪船，溯支江而去的。買票前和我坐在一起的那兩個農民，被茶房拉來拉去的拉到了船邊，將換入那隻等在那裡的小輪去的時候，一個和我講話過的人，忽而回轉頭來對我看了一眼，我也不知不覺的回了他一個目禮。啊啊！我真想跟了他們跳上那隻小輪船去，因為一個鐘頭之後，我的輪船就要到富陽了，這回前去停船的第一個碼頭，就是富陽了，我有什麼面目回家去見我的衰親，見我的女人和小孩呢？

　　但是運命註定的最壞的事情，終竟是避不掉的。輪船將近我故里的縣城的時候，我的心臟的鼓動也和輪船的機器一樣，僕獨僕獨的響了起來。等船一靠岸，我就雜在眾人堆裡，披了一身使人眩暈的斜陽，俯著首走上岸來，上岸之後，我走向和回家的路徑方向相反的一個冷街上的土地廟去坐了兩點多鐘。等太陽下山，人家都在吃晚飯的時候，我方趁了夜陰，走上我們家裡的後門去。我傾耳一聽，聽見大家都在庭前晚飯，偶爾傳過來的一聲我女人和母親的說話的聲音，使我按不住的想奔上前去，和她們去說一句話。但我終忍住了。趁後門邊沒有一個人在，我就放大了膽，輕輕推開了門，不聲不響的摸上樓上我的女人的房裡去睡了。

　　晚上我的女人到房裡來睡的時候，如何的驚惶，我和她如何的對泣，我們如何的又想了許多謀自盡的方法，我在此地不記下來了，因為怕人家說我是為欲引起人家的同情的緣故，故意誇張我自家的苦處。

（十二年八月十九日）

說明

〈還鄉後記〉是接著〈還鄉記〉敘述的，寫於一九二三年八月十九日，並發表在「創造日」。本文從他在杭州把路費用盡，不得不步行出城寫起，直到他回到富陽家中，與妻子牛衣對泣為止。郁達夫的作品，不論小說或散文都帶有濃厚的自傳意味，他曾說這「自傳意味」就是文學上最有價值的特性的表露：個性，他也認為：「文學作品，都是作家的自敘傳。」

郁達夫的墨寶（鈴木正夫藏）

蘇州煙雨記

一

　　悠悠的碧落，一天一天的高遠起來。清涼的早晚，覺得天寒袖薄，要縫件夾衣，更換單衫。樓頭思婦，見了鵝黃的柳色，牽情望遠，在綢衾的夢裡，每欲奔赴玉門關外去。當這時候，我們若走出戶外天空下去，老覺得好像有一件什麼重大的物事，被我們忘了似的。可不是嗎？三伏的暑熱，被我們忘掉了喲？

　　在都市的沉濁的空氣中棲息的裸蟲！在利欲的戰場上吸血的戰士！年年歲歲，不知四季的變遷，同鼴鼠似的埋伏在軟紅塵裡的男男女女！你們想發見你們的靈性不想？你們有沒有向上更新的念頭？你們若欲上空曠的地方，去呼一口自由的空氣，一則可以醒醒你們醉生夢死的頭腦，二則可以看看那些就快凋謝的青枝綠葉，豫藏一個來春再見之機，那麼請你們跟了我來，Und ich, ich, Schnuere Den Sack and wandere，我要去尋訪伍子胥吹簫吃食之鄉，展拜秦

始皇求劍鑿穿之墓，並想看看有名的姑蘇台苑哩！

「象以齒斃，膏用明煎，」為人切不可有所專好，因為一有了嗜癖，就不得不為所累。我閒居滬上，半年來既無職業，也無忙事，本來只須有幾個買路錢，便是天南地北，也可以悠然獨往的，然而實際上卻是不然，因為自去年同幾個同趣味的朋友，弄了幾種我們所愛的文藝刊物出來之後，愚蠢的我們，就不得不天天服海兒克兒斯Hercule的苦役了，所以九月三日的早晨，決定和友人沈君，乘車上蘇州去的時候，我還因有一篇文字沒有交出之故，心裡只在怦怦的跳動。

那一天（九月三日）也算是一天清秋的好天氣。天上雖沒有太陽，然而幾塊淡青的空處，和西洋女子的碧眼一般，在白雲浮蕩的中間，常在向我們地上的可憐蟲密送秋波。不是雨天，不是晴日，若硬要把這一天的天氣分出類來，我不管氣象臺的先生們笑我不笑我，姑且把它叫風雲飛舞、陰晴交讓的初秋的一日吧！

這一天早晨，同鄉的沈君，跑上我的寓所來說：

「今天我要上蘇州去。」

我從我的屋頂下的房裡，看看窗外的天空，聽聽市上的雜噪，忽而也起了一種懷慕遠處之情（Sehnsucht nach der Ferne）。九點四十分的時候，我和沈君就搖來搖去的站在三等車中，被機關車搬向蘇州去了。

「仙侶同舟！」古人每當旅行的時候，老在心中竊望著這一種豔福，我想

人既是動物，無論男女，欲念總不能除，而我既是男人，女人當然是愛的。
這一回我和沈君匆促上車，初不料的車上的人是那樣擁擠的，後來從後面走上
了前面，忽在人叢中聽出了一種清脆的笑聲來。「明眸皓齒的妳們這幾位女青
年，妳們可是上蘇州去的嗎？」我見了她們的那一種活潑的樣子，真想開口問
她們一聲，但三千年的道德觀，和見人就生恐懼的我的自卑狂，只使我紅了
臉，默默的站在她們身邊，不過暗暗的聞吸從她們髮上身上口中蒸發出來的香
氣罷了。我把她們偷看了幾眼，心裡又長嘆了一聲：

「啊啊！容顏要美，年紀要輕，更要有錢！」

二

我們同車的幾個「仙侶」，好像是什麼女學校的學生。她們的活潑的樣
子——使惡魔講起來就是易挑——豐肥的肉體——使惡魔講起來就是多淫——
和爛熟的青春，都是神仙應有的條件，但是只有一件，只有一件事情，使我無
論如何也不能把她們當作神仙的眷屬看。非但如此，為這一件事的緣故，我簡
直不能把她們當作我的同胞看。這是什麼呢？這便是她們故意想出風頭而用的
英文的談話。假使我是不懂英文的人，那麼從她們的緋紅的嘴唇裡滾出來的嘰
哩咕嚕，正可以當作天女的靈言聽了，倒能夠對她們更加一層敬意。假使我是
崇拜英文的人，那麼聽了她們的話，也可以感得幾分親熱。但是我偏偏是一個
程度與她們相仿的半通英文而又輕視英文的人，所以我的對她們的熱意，被她
們的談話一吹幾乎吹得冰冷了。世界上的人類，抱著功利主義，受利欲的催眠
最深的，我想沒有過於英美民族的了。但我們的這幾位女同胞，不用西廂，牡

丹亭上的說白來表現她們的思想，不把紅樓夢上言文一致的文字來代替她們的說話，偏偏要選了商人用的這一種有金錢臭味的英語來賣弄風情，是多麼殺風景的事情啊！你們即使要用外國文，也應選擇那神韻悠揚的法國語，或者更適當一點的就該用半清半俗，薄愛民語（La languedes Bohemiens），何以要用這卑俗的英語呢？啊啊，當現在崇拜黃金的世界，也無怪某某女學校卒業出來的學生，不願為正當的中國人的糟糠之室，而願意自薦枕席於那些猶太種的英美的下流商人的。我的朋友有一次說，我是兩性問題上的一個國粹保存主義者，最不忍見我國的嬌美的女同胞，被那些外國流氓去足踐。我的在外國留學時代的遊蕩，也是本於這主義的一種復仇的心思。我現在若有黃金千萬，還想去買白奴來，供我們中國的黃包車夫苦力小工享樂啦！

　　唉唉！風吹水縐，干儂底事，她們在那裡賤賣血肉，於我何尤。我且探頭出去看車窗外的茂盛的原野，青青的草地，和清溪茅舍，叢林曠地罷！

　　「啊啊，那一道隱隱的飛帆，這大約是蘇州河吧！」

　　我看了那一條深碧的長河，長河彼岸的粘天的短樹，和河內的帆船，就叫著問我的同行者沈君，他還沒有回答我之先，立在我背後的一位老先生卻回答說：

　　「是的，那是蘇州河，你看隱約的中間，不是有一條長堤看得見嘛！沒有這一條堤，風勢很大，是不便行舟的。」

　　我注目一看，果真在河中看出了一條隱約的長堤來。這時候，在東面車窗下坐著的旅客，都紛紛站起來望向窗外去。我把頭朝轉來一望也看見了一個汪洋的湖面，起了無數的清波，在那裡洶湧。天上黑雲遮滿了，所以湖面也只似用淡墨塗成的樣子。湖的東岸，也有一排矮樹，同凸出的雕刻似的，以陰沉灰黑的天空作了背景，在那裡作苦悶之狀。我不曉是什麼理由，硬想把這一排沿湖的列樹，斷定是白楊之林。

　　三

　　車過了陽澄湖，同車的旅客，大家不向車的左右看而注意到車的前面去，我知道蘇州就不遠了。等蘇州城內的一支尖塔看得出來的時候，幾位女學生，也停住了她們的黃金色的英語，說了幾句中國話。

「蘇州到了！」

「可惜我們不能下去！」

「But we will come in the winter.」

她們操的並不是柔媚的蘇州音，大約是南京的學生吧？也許是上北平去的，但是我知道了她們不能同我一道下車，心裡卻起了一種微微的失望。

「女學生諸君，願妳們自重，願妳們能得著幾位金龜佳婿，我要下車去了。」

心裡這樣的講了幾句，我等著車停之後，就順著了下車的人流，也被他們推來推去的推下了車。

出了車站，馬路上站了一會，我只覺得許多穿長衫的人，路的兩旁停著的黃包車、馬車、車夫和驢馬，都在灰色的空氣裡混戰。跑來跑去的人的叫喚，一個錢、兩個錢的爭執，蕭條的道路旁的楊柳，黃黃的馬路，和在遠處看得出來的一道長而且矮的土牆，便是我下車在蘇州得著的最初的印象。

濕雲低垂下來了。在上海動身時候看得見的幾塊青淡的天空也被灰色的層雲埋沒煞了。我仰起頭來向天空一望，臉上早接受了兩三點冰冷的雨點。

「危險危險，今天的一場冒險，怕要失敗。」

我對在旁邊站著的沈君這樣講了一句，就急忙招了幾個馬車夫來問他們的價錢，我的腳踏蘇州的土地，這原是第一次。沈君雖已來過一、二回，但是那還是前清太平時節的故事，他的記憶也很模糊了。並且我這一回來，本來是

隨人熱鬧，偶爾發作的一種變態旅行，既無作用，又無目的的，所以馬夫問我「上哪裡去？」的時候，我想了半天，只回答了一句「到蘇州去。」究竟沈君是深於世故的人，看了我的不知所措的樣子，就不慌不忙的問馬車夫說。

「到府門去多少錢？」

好像是老熟的樣子。馬車夫倒也很公平，第一聲只要了三塊大洋。我們說太貴，他們就馬上讓了一塊，我們又說太貴，他們又讓了五角。我們又試了試說太貴，他們卻不讓了，所以就在一輛開口馬車裡坐了進去。

起初看不見的微雨，愈下愈大了，我和沈君坐在馬車裡，盡在野外的一條馬路上橫斜的前進，青色的草原，疏淡的樹林，蜿蜒的城牆，淺淺的城河，變成這樣，變成那樣的在我們面前交換。醒人的涼風，休休的吹上我的微熱的面上，和嗒嗒的蹄聲，在那裡合奏交響樂。我一時忘記了秋雨，忘記了在上海剩下的未了的工作，並且忘記了半年來失業困窮的我，心裡只想在馬車上作獨腳的跳舞，嘴裡就不知不覺的唸出了幾句獨腳舞的歌來。

「秋在何處，秋在何處？

　在蟋蟀的床邊，在怨婦樓頭的砧杵，

　你若要尋秋，你只須去落寞的荒郊旅行，

　刺骨的涼風，吹消殘暑，

　漫漫的田野，剛結成禾黍，

　一番雨過，野路牛跡裡貯著些兒淺渚，

　悠悠的碧落，反映在這淺渚裡容與，

月光下，樹林裡，蕭蕭落葉的聲音，便是秋的私語。」

我把這幾句詞不像詞，新詩不像新詩的東西唱了一回，又向四邊看了一回，只見左右都是荒郊，前面只是一條沒有盡頭的長路，所以心裡就害怕起來，怕馬夫要把我們兩個人搬到杳無人跡的地方去殺害。探頭出去，大聲的喝了一聲，

「喂，你把我們拖上什麼地方去？」

那狡猾的馬夫，突然吃了一驚，噗的從那坐凳上跌下來，他的馬一時也驚跳了一陣，幸而他雖跌倒在地下，他的馬韁繩，還牢捏著不放，所以馬沒有跳跑。他一邊爬起來，一邊對我們說：

「先生！老實說，府門是送不到的，我只能送你們上洋關過去的密度橋上。從密度橋到府門，只有幾步路。」

他說的是沒有丈夫氣的蘇州話，我被他這幾句柔軟的話聲一說，心已早放下了，並且看看他那五十來歲的面貌，也不像殺人犯的樣子，所以點了一點頭，就由他去了。

馬車到了密度橋，我們就在微雨裡走了下來，上沈君的友人寄寓在那裡的葑門內的嚴衙前去。

四

進了封建時代的古城，經過了幾條狹小的街巷，更越過了許多環橋，才尋

到了沈君的友人施君的寓所。進了封門以後，在那些清冷的街上，所得著的印象，我怎麼也形容不出來。上海的市場，若說是二十世紀的市場，那麼這蘇州的一隅，只可以說是十八世紀的古都了。上海的雜亂的情形，若說是一個Busy Port，那麼蘇州只可以說是一個Sleepy town了。總之暗門外的繁華，我未曾見到，專就我於這封門裡一隅的狀況看來，我覺得蘇州城，竟還是一個浪漫的古都，街上的石塊，和人家的建築，處處的環橋河水和狹小的街衢：沒有一件不在那裡誇示過去的中國民族的悠悠的態度。這一種美，若硬要用近代語來表現的時候，我想沒有比「頹廢美」的三字更適當的了，況且那時候天上又飛滿了灰黑的濕雲，秋雨又在微微的落下。

施君幸而還沒有出去，我們一到他住的地方，他就迎了出來，沈君為我們介紹的時候，施君就慢慢的說：

「原來就是郁君嗎？難得難得，你做的那篇……，我已經拜讀了，失意人誰能不同聲一哭！」

原來施君是我們的同鄉，我被他說得有些羞愧了，想把話頭轉一個方向，所以就問他說：

「施君，你沒有事嗎？我們一同去吃飯吧！」

實際上我那時候，肚裡也覺得非常飢餓了。

嚴衙前附近，都是鐘鳴鼎食之家，所以找不出一家菜館來。沒有方法，我們只好進一家名錦帆榭的茶館，託茶博士去為我們弄些酒菜來吃。因為那時候

微雨未止，我們的肚裡卻響得厲害，想想餓著肚在微雨裡奔跑，也不值得，所以就進了那家茶館——一則也因為這家茶館的名字不俗——打算坐它一、兩個鐘頭，再做第二步計畫。

古語說得好，「有志者事竟成！」我們在錦帆榭的清淡的中廳桌上，喝喝酒、說說閒話，一天微雨，竟被我們的意志力，催阻住了。

初到一個名勝的地方，誰也同小孩子一樣，不願意悠悠的坐著的，我一見雨止，就促施君、沈君，一同出了茶館，打算上各處去逛去。從清冷、修整狹小的臥龍街一直跑將下去，拐了一個彎，又走了幾步，覺得街上的人和兩旁的店，漸漸兒的多起來，繁盛起來，蘇州城裡最多的賣古書、舊貨的店舖，一家一家的吵了下去，賣近代的商品的店家，逐漸惹起我的注意來了，施君說：

「玄妙觀就要到了，這就是觀前街。」

到了玄妙觀內，把四面的情形一看，我覺得玄妙觀今日的繁華，與我空想中的境狀大異。講熱鬧趕不上上海午前的小菜場，講怪異遠不及上海城內的城隍南，走盡了玄妙觀的前後，在我腦裡深深印入的印象，只有兩個，一個是三五個女青年在觀前街的一家簫琴舖裡買簫，我站到她們身邊去對她們呆看了許久，她們也回了我幾眼。一個玄妙觀門口的

一家書館裡，有一位很年輕的學生在那裡買我和我的朋友共編的雜誌。除這兩個深刻的印象外，我只覺得玄妙觀裡的許多茶館，是蘇州人的風雅的趣味的表現。

　　早晨一早起來，就跑上茶館去。在那裡有天天遇見的熟臉。對於這些熟臉，有妻子的人，覺得比妻子還親而不狎，沒有妻子的人，當然可把茶館當作家庭，把這些同類當作兄弟了。大熱的時候，坐在茶館裡，身上發出來的一陣陣的汗水，可以以中口嚥下去的一口口的茶去填補。茶館內雖則不通空氣，但也沒有火熱的太陽，並且張三、李四的家庭內幕和中國及國際閒談，都可以消去逼人的盛暑。天冷的時候，坐在茶館裡，第一個好處，就是現成的熱茶。除茶喝多了，小便的時候要起冷瘂之外，吞下幾碗剛滾的熱茶到肚裡，一時卻能消渴消寒。貧苦一點的人，更可以藉此熬飢。若茶館主人開通一點，請幾位奇形怪狀的說書者來說書，風雅的茶客的興趣，當然更要增加。有幾家茶館裡有幾個茶客，聽說從十幾歲的時候坐起，坐到五、六十歲死時候止，坐的老是同一個座位，天天上茶館來一分也不遲，一分也不早，老是在同一個時間。非但如此，有幾個人，他自家死的時候，還要把這一個座位寫在遺囑裡，要他的兒子天天去坐他那一個遺座。近來百貨店組織法應用到茶業上，茶館的前頭，除香氣烹人的「火燒」、「鍋貼」、「包子」、「烤山芋」之外，並且有酒有菜，足可使茶客一天不出外而不感得什麼缺憾。像上海的青蓮閣，非但飲食俱全，並且人肉也在賤賣，中國的這樣文明的茶館，我想該是二十世紀的世界之光了。

五

出了玄妙觀，我們又走了許多路，去逛遂園，遂園在蘇州，同我在上海一樣，有許多人還不明它的存在。從很狹很小的一個坍敗的門口，曲曲折折盡了幾條小弄，我們才到了遂園的中心。蘇州的建築，以我這半日的經驗講來，進門的地方，都是狹窄蕪廢，走過幾條曲巷，才有軒敞華麗的屋宇，我不知這一種方式，是法國大革命前的為家一樣，為避稅而想出來的呢？還是為喚醒觀者的觀聽起見，用修辭學上的欲揚先抑的筆法，使能得著一個對稱的效力而想出來的？

遂園是一個中國式的庭園，有假山、有池水、有亭閣，有小橋也有幾枝樹木。不過各處的坍敗的形跡和水上開殘的荷花、荷葉，同暗淡的天氣合作一起，使我感到了一種秋意。啊！遂園嚇遂園，我愛你這一種頹唐的情調！

在荷花池上的一個亭子裡，喝了一碗茶，走出來的時候，我們在正廳上卻遇著了許多穿輕綢繡緞的紳士、淑女，靜靜的坐在那裡喝茶咬瓜子，等說書者的到來。我在前面說過的中國人的悠悠的態度，在此地也能看得出來。啊啊，可憐我為了在客，否則我也挨到那些皮膚嫩白的太太、小姐們的身邊上去靜坐了。

出了遂園，我們因為時間不早，就勸施君回寓。我與沈君在狹長的街上飄流了一會，就決定到虎丘去。

（此稿因病中止）

說明

　　〈蘇州煙雨記〉是篇未完成的作品，寫於一九二三年九月，並在當月的「創造日」（中華新報副刊）連載，後來因達夫生病半途中止。

　　蘇州是江蘇省第一大城，一名姑蘇，今稱吳縣，素有「人間天堂」之美譽。蘇州的山水勝跡甚多，有「四大名園」──滄復亭、獅子林、拙政園、留園，有號稱「吳中第一名勝」的虎丘，有因「楓橋夜泊」詩馳名的寒山寺及天平、靈岩兩座名山。達夫稱這座城市是「十八世紀的古都」、「Sleepy town」、「浪漫的古都」，並以「頹廢美」來形容這座歷史悠久的城市。

　　達夫這篇作品，對蘇州風光著墨不多，他利用了許多篇幅去描寫幾個同車的女學生，並對她們用英語交談此事，發表了一番殺風景的議論，第四、五兩節才抒寫了對蘇州的印象。這篇未完成的作品，曾收錄於《奇零集》（達夫全集第四卷），終達夫一生，卻從不曾有續完之意，我們也無法知道達夫筆下的「虎丘」究竟是何種景致。

海上通信

晚秋的太陽，只留上一道金光，浮映在煙霧空濛的西方海角。本來是黃色的海面被這夕照一烘，更加紅豔得可憐了。從船尾望去，遠遠只見一排陸地的平岸，參差隱約的在那裡對我點頭，這一條陸地岸線之上，排列著許多一兩寸長的桅檣細影，絕似畫中的遠草，依依有惜別的餘情。

海上起了微波，一層一層的細浪，受了殘陽的返照，一時光輝起來。颯颯的涼意，逼入人的心脾，清淡的天空，好像是離人的淚眼，周圍邊上，只帶著一道紅圈。是薄寒淺冷的時候，是泣別傷離的日暮。揚子江頭，數聲風笛，我又上了天涯飄泊的輪船。

以我的性情而論，在這樣的時候，正好陶醉在惜別的悲哀裡，滿滿的享受一場Sentimental Sweetness。否則也應該自家製造一種可憐的情調，使我自家感得自家的風塵僕僕，一事無成。若上舉兩事辦不到的時候，至少也應該看看海上的落日，享受享受那偉大的自然煙景。但是這三種情懷，我一種也釀造不

成，呆呆的立在齷齪雜亂的海輪中層的艙口，我的心裡，只充滿了一種憤恨，覺得坐也不是，立也不是，硬要想拿一把快刀，殺死幾個人，才肯甘休。這憤恨的原因是在什麼地方呢？一是因為上船的時候，海關上的一個下流的外國人，定要把我的書箱打開來檢查，檢查之後，並且想把我的一冊著作拿去。二是因為新開河口的一家賣票房，收了我頭等艙的錢，騙我入了二等的艙位。

啊啊，掠奪欺騙，原是人的本性，若能達觀，也不會有這一番氣憤，但是我的度量卻狹小得同耶穌教的上帝一樣，若受著不平，總不能忍氣吞聲的過去。我的女人曾對我說過幾次，說這是我的致命傷，但是無論如何，我總改不過這個惡習慣來。

輪船愈行愈遠了，兩岸的風景，一步一步的荒涼起來了，天色垂暮了，我的怨憤，才漸漸的平了下去。

朋友呀，我老實對你們說，自從你們下船之後，我一直到了現在，方想起

你們孤淒的影子來。啊啊，我們本來是反逆時代而生者，吃苦原是前生註定的。我此番北行，你們不要以為我是為尋快樂而去，我的前途風波正多得很呀！

天色暗下來了，我想起了家中在樓頭凝望著我的女人，我想起了乳母懷中，在那裡伊吾學語的孩子，我更想起了幾位比我們還更苦的朋友，啊啊，大海的波濤，你若能這樣的把我吞嚥了下去，倒好省卻我的一番苦惱。我願意化成一堆春雪，躺在五月的陽光裡，我願意代替了落花，陷入污泥深處，我願意背負了天下青年男女的肺癆惡疾，就在此處消滅了我的殘生。

這些感傷的（Sentimental）詠嘆，只能博得惡魔的一臉微笑，我不說了，我不再寫了，我等那一點西方海上的紅雲消盡的時候，且上艙裡去喝一杯白蘭地吧！這是日本人所說的Yakezake？

昨天晚上，因為多喝了一杯白蘭地，並且因為前夜在F. E飯店裡的一夜疲勞，還沒有回復，所以一到床上就睡著了。我夢見了一個十五、六的少女和我同艙，我硬要求她和我親嘴的時候，她回覆我說：

「你若要寶石，我可以給你Rajahs diamond，你若要王冠，我可以給你世上最大的國家，但是這緋紅的嘴唇，這未開的薔薇花瓣，我要保留著等世上最美的人來！」

我用了武力，捉住了她，結果竟做了一個風月寶鑑裡的迷夢，所以今天頭昏得很，什麼也想不出來。但是與海天相對，終覺得無聊，我把佐藤春夫的一篇小說〈被剪的花兒〉讀了。

　　在日本現代的小說家中，我所最崇拜的是佐藤春夫。他的小說，周作人也曾譯過幾篇，但那幾篇並不是他的最大的傑作。他的作品中的第一篇當然要推他的出世作〈病了的薔薇〉及〈田園的憂鬱〉了。其他如〈指紋〉、〈李太白〉等，都是優美無比的作品。最近發表的小說集《太孤寂了》我還不曾讀過，依我看來這一篇〈被剪的花兒〉也可說是他近來的最大的收穫。書中描寫主人公失戀的地方真是無微不至，我每想學到他的地步，但是終於畫虎不成。他在日本現代的作家中，並不十分流行。但是讀者中間的一小部分，卻是對他抱著十二分好意。有一次何畏對我說：

　　「達夫！你在中國的地位，同佐藤在日本的地位一樣。但是日本人能瞭解佐藤的清潔高傲，中國人卻不能瞭解你，所以你想以作家立身是辦不到的。」

　　慚愧慚愧！我何敢望佐藤春夫的肩背！但是在目下的中國，想以作家立身，非但乾枯的我沒有希望，即使Victor Hugo、Charles Dickens、Gerhart Hauptmann等來，也是無望的。

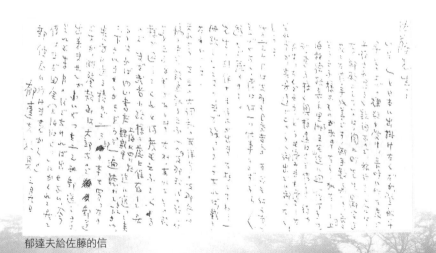

郁達夫給佐藤的信

　　朋友！我們都是笨人，我們棄康莊的大道不走，偏偏要尋到這一條荊棘叢生的死路上來。我們即使在半路上氣絕身死，也同野狗的斃於道旁一樣，卻是我們自家尋得的苦惱，誰也不能來和我們表同情，誰也不能來收拾我們的遺骨的。呵呵！又成了牢騷了，「這是中國文人最醜的惡習，非絕滅不可的地方」，我且收住不說了吧！

　　單調的海和天，單調的船和我，今日使我的精神萎縮得不堪，十二時中，足破這單調的現象，只有晚來海中的落日之景，我且擱住了筆，去看The glorious Sun Setting吧！

　　這一次的航海，真奇怪得很，一點兒風浪也沒有，現在船已到了煙臺了。煙臺港同長崎門司那些港一些兒也沒有分別，可惜我沒有金錢和時間的餘裕，否則上岸去住他一兩星期，享受一番異鄉的exotic情調，倒也很有趣味。煙臺的結晶真是東首臨海的煙臺山。在這座山上，有領事館，有燈檯，有別莊，正同長崎市外的那所檢疫所的地點一樣。我現在坐在船上，遙遙的望著這煙臺的一帶山市，也起了拿破崙在嫒來娜島上之感，啊啊！飄流人所見大抵略同，──我們不是英雄，我們且說飄流人吧！

　　山東是產苦力的地方，煙臺是苦力的出口處。船一停錨，搶上來的兇猛的搭客，和售物的強人，真把我駭死，我足足在艙裡躲了三個鐘頭，不敢出來。

　　將了日暮，船將起錨的時候，那些售物者方散退回去，我也出了艙，上船舷上來看落日。在海船裡，除非有衣擺奈此的小說《默示錄的四騎士》中所描寫的那種同船者的戀愛事體外，另外實沒有一件可以慰寂寥的事情，所以我這

一次的通信裡所寫的也只是落日，Sun Setting, A bend Roethe, etc, etc。請你們不要笑我的重複！

我剛才說過，煙臺港和門司長崎一樣是一條狹長的港市，環市的三面，都是淺淺的連山。東面是煙臺山，一直西去，當太陽落下去的那一支山脈，不知道是什麼名字？但是我想這一支山若要命名，要比「夕陽」、「落照」等更好的名字，怕沒有了。

一帶連山，本來有近遠深淺的痕跡可以看得出來的，現在當這落照的中間，都只成了淡紫。市上的炊煙，也濛濛的起了，更使我想起故鄉城市的日暮的景色來，因為我的故鄉，也是依山帶水，與這煙臺市不相上下的。

日光沒了，天上的紅雲也淡了下去。一陣涼風吹來，使人起一種莫名其妙的哀感。我站在船舷上，看看煙臺市中一點兩點漸漸增加起來的燈火，看看甲板上幾個落了伍急急忙忙趕回家去的賣物的土人，忽而索落索落的滴下了兩粒眼淚來。我記得我女人有一次說，小孩子到了日暮，總要哭著尋他的娘抱，因為怕晚上沒有睡覺的地方。這時候我的心裡，大約也被這一種Nostalgia（編者註：鄉愁）籠罩住了吧！否則何以會這樣的落寞！這樣的傷感！這樣的悲愁無著處呢？

這船今晚上是要離開煙臺上天津去的，以後是在渤海裡行路了。明天晚上可到天津，我這通信，打算一上天津就去投郵。願你們全好，願你們的精神能夠振作；啊啊，這樣在勉勵你們的我自家，精神正頹喪得很呀！我還要說什麼？我還有說話的資格嗎？

　　不知在什麼時候，我記得你曾說過，你說：「我們的拿起筆來要寫，大約已經成了習慣了，無論如何，我此後總不能絕對的廢除筆墨的。」這一種馮婦之習，不但是你免不了，怕我也一樣的吧！現在精神定了一定，我又想寫了。

　　昨天船離了煙臺，即起大風，船中的一班苦力，個個頭上都淋成五色。這是什麼理由呢？因為他們都是連綿席地而臥，所以你枕我的頭，我枕你的腳。一人吐了，兩人就吐，三人、四人，傳染過去。鋌而走險，急不能擇，他們要吐的時候就不問是人頭、人足，如長江大河的直瀉下來。起初吐的是雜物，後來吐黃水，最後就赤化了。我在這一大吐場裡，心裡雖則難受，但卻沒有效他們的顰，大約是曾經滄海的結果，也許是我已經把心肝嘔盡，沒有吐的材料了。

　　今天的落日，是在七十二沽的蘆草上看的。幾堆泥屋，一灘野草，野草裡的雞犬，泥屋前的穿紅布衣服的女孩，便是今日的落照裡的風景。

　　船靠岸的時候，已經是夜半了。二哥哥在埠頭等我。半年不見，在青白的瓦斯光裡他說我又瘦了許多。非關病酒，不是悲秋，我的瘦，卻是杜甫之瘦，儒冠之害呀！

　　夜也深了，老車站的火車輪聲，也漸漸的聽不見了，這一間奇形怪狀的旅舍裡，也只充滿了鼾聲。窗外沒有月亮，冷空氣一陣一陣的來包圍我赤裸裸的雙腳。我雖則到了天津，心果依然是猶豫不定；

　　「究竟還是上北平去作流氓去呢？還是到故鄉家裡去作隱士？」

　　名義上自然是隱士好聽，實際上終究是飄流有趣。等我來問一個諸葛神卦，再決定此後的行止吧！

　　勅勅勅，弟子郁，………………………
…………………………………………
…………………………………………

說明

　　〈海上通信〉寫於一九二三年十月初，發表在《創造週報》第二十四號（同年十月二十日出刊）。這年十月，達夫應北京大學聘請，擔任兩小時的統計學課程。這篇作品記敘北京行旅次中的感想，充滿了感傷的低調，他似乎已預見了前途的風波。

零餘者

「Arm am Beutel, krank am Herzen,

　Schleppt ich meine langen Tage.

　Armut ist die groesste plage,

　Reichtum ist das hoechste Gut.」

不曉在什麼時候什麼地方看見過的這幾句詩，輕輕的在口頭唸著，我兩腳合了微吟的拍子，又慢慢的在一條城外的大道上走了。

袋裡無錢，心頭多恨。

這樣無聊的日子，教我挨到何時始盡。

啊啊，貧苦是最大的災星，

富裕是最上的幸運。

詩的意思，大約不外乎此，實際上人生的一切，我想也盡於此了。「不過令人愁悶的貧苦，何以與我這樣的有緣？使人生快樂的富裕，何以總與我絕對

的不來接近？」我的眼睛注視著前面的空處，兩腳一步一步踏上前去，一面口中雖在微吟，一面於無意中又在作這些牢騷的想頭。

是日斜的午後，殘冬的日影，大約不久也將收斂光輝了；城外一帶的空氣，彷彿要凝結攏來的樣子。視野中散在那裡的灰色的城牆，冰凍的河道，沙土的空地荒田，和幾叢枯曲的疏樹，都披了淡薄的斜陽。在那裡伴人的孤獨。一直前面大約在半里多路前的幾個行人，因為他們和我中間距離太遠了，在我腦裡竟不發生什麼影響。我覺得他們的幾個肉體，和散在道旁的幾家泥屋及左面遠立著的教會堂，都是一類的東西；散漫零亂，中間沒有半點聯絡，也沒有半點生氣，當然更沒有一些兒的情感了。

「唉嘿，我也不知在這裡幹什麼？」

微吟倦了，我不知不覺便輕輕的長嘆了一聲。慢慢的走去，腦裡的思想，只往昏黑的方面進行；我的頭愈俯愈下了。

——實在我的衰退之期，來得太早了。……像這樣一個人在郊外獨步的時候，若我的身子忽而能同一堆春雪遇著熱湯似的消化得乾乾淨淨，豈不很好嗎？……回想起來，又覺得我過去二十餘年的生涯是很長的樣子，……我什麼

事情沒有做過？……兒子也生了，女人也有了，書也念了，考也考過好幾次了，哭也哭過，笑也笑過，嫖賭吃著，心裡發怒，受人欺辱，種種事情，種種行為，我都經驗過了，我還有什麼事情沒有做過？……等一等，讓我再想一想看究竟有沒有經驗過的事情了，……自家死還沒有死過；啊！還有還有，我高聲罵人的事情還不曾有過，譬如氣得不得了的時候，放大了喉嚨，把敵人大罵一場的事情。就是復仇復了的時候的快感，我還沒有感覺過。……啊啊！還有還有，監牢還不曾坐過，……唉，但是假使這些事情，都被我經驗過了，會有什麼？結果還不是一個空嗎？……嘿嘿，嗯嗯。——到了這裡，我的思想的連續又斷了。

　　袋裡無錢，心頭多恨。
　　這樣無聊的日子，教我挨到何時始盡。
　　啊啊，貧苦是最大的災星，
　　富裕是最上的幸運。

　　微微的重新唸著前詩，我抬起頭來一看，覺得太陽好像往西邊又落了一段，倒在右手路上的自己的影子，更長起來了。從後面來的幾輛人力車，也慢慢的趕過了我。一邊讓他們的路，一邊我聽取了坐車的人和車夫在那裡談話的幾句斷片。他們的話題，好像是關於女人的事情。啊啊，可羨的你們這幾個虛無主義者，你們大約是上前邊黃土坑去買快樂去的吧！我見了你們，倒恨起我自家沒有以前的生趣來了。

　　一邊想一邊往西北的走去，不知不覺已走到了京綏鐵路的路線上。從此偏

東北的再進幾步，經過了白房子的地獄，便可順了通萬牲園的大道進西直門去的。蒼涼的暮色，從我的灰黃的周圍逼近攏來，那傾斜的赤日，也一步一步的低垂下去了。大好的夕陽，留不多時，我自家以為在瞑想裡沉沒得不久，而四邊的急景，卻告訴我黃昏將至了。在這荒野裡的物體的影子，漸漸的散漫了起來。不知從何處吹來的微風，也有些急促的樣子，帶著一種慘傷的寒意。後面蹀蹀踱踱的又來了一輛空的運貨馬車，一個披著光面皮裡子的車夫，默默的斜坐在前頭車板上吃煙，我忽而感覺得天寒歲暮，好像一個人飄泊在異國的鄉下。馬車去遠了，白房子的門外，有幾輛黑舊的人力車停在那裡。車夫大約坐在踏腳板上休息，所以看不出他們的影子來。我避過了白房子的地獄，從一塊高塥上的地裡，打算走上通西直門的大道上去。從這高處向四邊一望，見了凋喪零亂排列在灰色幕上的野景，更使我感得了一種日暮的悲哀。

　　——唉唉，人生實在不知究竟是什麼一回事？歌歌哭哭，死死生生………國家、社會、兄弟、朋友、妻子、父母，還有戀愛，啊吓，戀愛，戀愛，戀愛，……還有金錢，……啊啊……

Armut ist die groesste Plage,
Reichtum ist das hoechste Gut.

好詩好詩！

The curfew tolls the knell of parting day,
The lowing herd winds slowly o'er the lec.
The ploughman homeward plods his weary way,

And leaves the world to darkness and to me.

好詩好詩！

And leaves the world to darkness and to me.

我的錯雜的思想，又這樣的彌散開來了。天空高處，寒風鳥鳥的響了幾下。我俯倒了頭，盡往東北的走去，天就快黑了。

遠遠的城外河邊，有幾點燈火，看得出來；大約紫藍的天空裡，也有幾點疏星放起光來了吧？大道上斷續的有幾輛空馬車來往，車輪的踱踱踱踱的聲音，好像是空虛的人生返響，在灰閣寂寞的空氣中散了。我遵了大道，以幾點燈火作了目標，將走近西直門的時候，模糊隱約的我的腦裡，忽而起了一個霹靂。到這時候止，常在腦裡起伏的那些毫無系統的思想，都集中在一個中心點上，成了一個霹靂，顯現了出來。

「我是一個真正的零餘者！」

這就是霹靂的核心，另外的許多思想，不過是些附屬在這霹靂上的枝節而已。這樣的忽而發見了思想的中心點，以後我就用了科學的方法推想了下去：

——我的確是一個零餘者，所以對社會人世是完全沒有用的。a superfluous man! a useless man! superfluous! superflous……證據呢？這是很容易證明的……——

這時候，我的兩隻腳已經在西直門內的大街上運轉。四邊來往的人類，究

竟比城外混雜得多，天也已經昏黑，道旁的幾家破店和小攤，都點上燈了。

　　——第一……我且從遠處說起吧……第一我對於世界是完全沒有用的。……我這樣生在這裡，世界和世界上的人類，也不能受一點益處；反之，我死了，對於社會，也沒有一些兒損害，這是千真萬確的。……第二，且說中國吧！我竟不能製造一個炸彈，殺死一個壞人。中國生我、養我，有什麼用處呢？……再縮小一點，噯，再縮小一點，第三，第三且說家庭吧！啊，對於我的家庭，我卻是個少不得的人了。在外國唸書的時候，已故的祖母聽見說我有病，就要哭得兩眼紅腫。就是半男性的母親，當我有一次醉死在朋友家裡的時候，也急得大哭起來。此外我的女人，我的小孩，當然是少我不得的！哈哈，還好還好，我還是個有用之人。——

　　想到了這裡，我的思想上又起了一個衝突。前刻發現的那個思想上的霹靂，幾乎可以取消的樣子，但遲疑了一會，我終究解決不了這個問題的矛盾性。抬起頭來一看，我才知道我的身體已被我搬在一條比較熱鬧的長街上行動。街路兩旁的燈火很多，來往的車輛也不少，人聲也很嘈雜，已經是真正的黃昏時候了。

　　——像這樣的時候，若我的女人在北平，大約我總不會到市上來飄盪的吧！在燈火底下，抱了自家的兒子，一邊吻吻他的小嘴，一邊和來往廚下忙碌的她問答幾句，踱來踱去，踱去踱來，多少快樂啊！啊啊，我對於我的女人，還是一個有用之人哩！不錯不錯，前一個疑問，還沒有解決，我究竟還是一個有用之人嗎？——

　　這時候，我意識裡的一切周圍的印象，又消失了。我還是伏倒了頭，慢慢的在解決我的疑問：

　　——家庭，家庭：……：第三，家庭：……讓我看，哦，啊，我對於家庭還是一個完全無用之人！……絲毫沒有功利主義的存心，完全沉溺於盲目之愛的我的祖母，已經死了。母親呢？……啊啊，我讀書無術，到了現在，還不能做出一點轟轟烈烈的事業來，就是這幾塊錢……。——

　　我那時候兩隻手卻插在大氅的袋內，想到了這裡，兩隻手自然而然的向袋裡散放著的幾張鈔票捏了一捏。

　　——啊啊，就是這幾塊錢，還是昨天從母親那裡寄出來的，我對於母親有什麼用處呢？我對於家庭有什麼用處呢？我的女人，我不去娶她，總有人會去娶她的；我的小孩，我不生他，也有人會生他的；我完全是一個無用之人吓，我依舊是一個無用之人吓！——

　　急轉直下的想到了這裡，我的胸前忽覺得有一塊鐵板壓著似的難過得很。我想放大了喉嚨，啊的大叫它一聲，但是把嘴張了好幾次，喉頭終放不出音來。沒有方法，我只能放大了腳步，向前同跑也似的急進了幾步。這樣的不知走了幾分鐘，我看見一乘人力車跑上前來兜我的買賣。我不問皂白，跨上了車就坐定了。車夫問我上什麼地方去，我用手向前指指，喉嚨只是和被熟鐵封鎖住的一樣，一句話也講不出來。人力車向前面跑去，我只見許多燈火、人類，和許多不能類列的物體，在我的兩旁旋轉。

說明

　　〈零餘者〉是郁達夫任教北大時的作品，寫於一九二四年一月十五日。自從前一年九月，接受了北大之聘，到北京之後，「因為環境的變遷和預備講義的忙碌，在一九二四年中間，心裡雖感到了許多苦悶焦躁，然而作品終究不多。」（《五六年來創作生活的回顧》）郁達夫這一時期的作品，大部分收錄在《寒灰集》裡，一小部分收在《過去集》。

　　郁達夫進入北大後，開始接觸到激烈的政治言論，他所寫的論文偏向左派思想的色彩，幾篇小說也開始探討社會階級間互不諒解的問題，以及表達他對社會生活的失望。在他此一時期的作品中，他雖然「大事宣揚馬克斯主義，卻對自己的政治投入感到毫不確定。他是左翼作家，但不是共產黨員。他因沒能夠完全投入當時政治運動中，便感到與群眾疏遠而悲觀起來。」（R. O. Chang；《一個與世疏離的天才——郁達夫》，頁二十一）這種「無用感」正是〈零餘者〉一文的主題。

小春天氣

一

　　與筆硯疏遠以後，好像是經過了不少日數的樣子。我近來對於時間的觀念，一點兒也沒有了。總之案頭堆著的從南邊來的兩三封問我何以老不寫信的家信，可以作我久疏筆硯的明證。所以從頭計算起來，大約自我發表最後的一篇整個兒的文字到現在，總已有一年以上，而自我的右手五指，拋離紙筆以來，至少也得有兩三個月的光景。以天地之悠悠，而來較量這一年或三個月的時間，大約總不過似駱駝身上的半截毫毛，但是由先天不足，後天虧損──這是我們中國醫生常說的話，我這樣的用在這裡，請大家不要笑我──對我說來渺焉一身，寄住在這北風涼冷的皇城人海中間，受盡了種種欺凌侮辱，竟能安然無事的經過這麼長的一段時間，卻是一種摩西以後的最大奇蹟。

　　回想起來這一年的歲月，實在是悠長得很呀！綿綿鐘鼓初長的秋夜，我當眾人睡盡的中宵，一個人在六尺方的臥房裡踏來踏去，想想我的女人，想想

我的朋友，想想我的暗淡的前途，曾經薰燒了多少支的短長煙捲？睡不著的時候，我一個人拿了蠟燭，幽腳幽手的跑上廚房去燒些風雞糟鴨來下酒的事情，也不只三次五次。而由現在回顧當時，那時候初到北京後的這種不安焦躁的神情，卻只似兒時的一場惡夢，相去好像已經有十幾年的樣子，你說這一年的歲月對我是長也不長？

這分外的覺得歲月悠長的事情，不僅是意識上的問題，實際上這一年來我的肉體、精神兩方面，都印上了這人家以為很短而在我卻是很長的時間的烙印。去年十月在黃浦江頭送我上船的幾位可憐的朋友，若在今年此刻，和我相遇於途中，大約他們看見了我，總只是輕輕的送我一瞥，必定仍復要不改常態地向前走去的。（雖則我的心裡在私心默禱，使我遇見了他們，不要也不認識他們！）

這一年的中間，我的衰老氣象，實在是太急速的侵襲到了，急速的，真真是很急速的。「白髮三千丈」一流的誇張的比喻，我們暫且不去用它，就減之又減的打一個折扣來說吧！我在這一年中間，至少也的的確確的長了十歲年紀。牙齒也掉了，記憶力也消退了，對鏡子剃削鬍髭的早晨，每天都要很驚異地往後看一看，以為鏡子裡反映出來的，是別一個站在我後面的沒有到四十歲的半老人。腰間的皮帶，盡是一個窟窿一個窟窿的往裡縮，後來現成的孔兒不夠，卻不得不重用鑽子來新開，現在已經開到第二個了。最使我傷心的，是當人家欺凌我、侮辱我的時節，往日很容易起來的那一種憤激之情，現在卻怎麼也鼓勵不起來了。非但如此，當我覺得受了最大的侮辱的時候，不曉從何處來的一種滑稽的感想，老要使我作起會心的微笑來。不消說年輕時候的種種妄

想，早已消磨得乾乾淨淨，現在要連自家的女人、小孩的生存，和家中老母的健康等問題都想不起來；有時候上街去雇得著車，坐在車上，只想車夫走往向陽的地方去——因為我現在忽而怕起冷來了——慢一點兒走，好使我飽看些街上來往的行人，和組成現在的大同世界的形形色色。看倦了，走倦了，跑回家來，只思弄一點美味的東西吃吃，並且一邊吃，一邊還要想出如何能夠使這些美味的東西吃下去不會飽脹的方法來，因為我的牙齒不好，消化不良，美味的東西，老怕不能一天到晚不間斷的吃過去。

二

現在我們在這裡所享有的，是一年中間最好不過的十月。江北江南，正是小春的時候。況且世界又是大同，東洋車、牛車、馬車上，一閃一閃的在微風裡飄盪的，都是些除五色旗外的世界各國旗子。天色蒼蒼，又高又遠，不但我們大家酣歌笑舞的聲音，達不到天聽，就是我們的哀號狂泣也和耶和華的耳朵，隔著蓬山幾千萬疊。生逢這樣的太平盛世，依理我也應該向長安的落日，遙進一杯祝頌南山的壽酒，但不曉怎麼的，我自昨天以來，明鏡似的心裡，又忽而起了一層翳障。

仰起頭來看看青天，空氣澄清得怖人，各處散射在那裡的陽光，又好像要對我說一句什麼可怕的話，但是因為愛我憐我的緣故，不敢馬上說出來的樣子。腳底下鋪著的掃不盡的落葉，忽而索落索落的響了一聲，待我低下頭來，向發出聲音來的地方望去，卻又看不出什麼動靜來了，這大約是我們庭後的那一棵槐樹，又擺脫了一夜負擔了吧。正是午前十點鐘的光景，家裡的人，都出

去了，我因為孤伶一個人在屋裡坐不住，所以才踱到院子裡來的，然而在院子裡站了一會，也覺得沒有什麼意思，昨晚來的那一點小小的憂鬱，仍復籠罩在我的心上。

當半年前，每天只是憂鬱的連續的時候，倒反而有一種餘裕來享樂這一種憂鬱，現在連快樂也享受不了的我的脆弱的身心，忽而沾染了這一層雖則是很淡很淡，但也好像是很深的隱憂，只覺得坐立都是不安，沒有方法，我就把香煙連續的吸了好幾支。

是神明的攝理呢？還是我的星命的佳會？正在這無可奈何的時候，門鈴兒響了，小朋友G君，背了水彩畫具架進來說：

「達夫，我想去郊外寫生，你也同我去郊外走走吧！」

G君年紀不滿二十，是一位很活潑的青年畫家，因為我也很喜歡看畫，所以他老上我這裡來和我講些關於作畫的事情。據他說：「今天天氣太好，坐在家裡，太對大自然不起，還是出去走走的好。」我換了衣服，一邊和他走出門來，一邊在告訴門房「中飯不回來吃，叫大家不要等我」的時候，心裡所感得的喜悅，真覺得怎麼也形容不出來。

三

本來是沒有一定目的地的我們，到了路上，自然而然的走向西去，出了平則門。陽光不問城內城外，一例的，很豐富的灑在那裡。城門附近的小攤兒上，在那裡攤開花生的小販，大約是因為他穿著的那件寬大的夾襖的原因吧！

覺得他的身上也反映著有一味秋氣。茶館裡的茶客，和路上來往的行人，在這樣和煦的太陽光裡，面上總脫不了一副貧陋的顏色，我看看這些人的樣子，心裡又有點不舒服起來，所以就叫G君避開城外的大街沿城折往北去。夏天常來的這城下長堤上，今天來往的大車特別的少。道旁的楊柳，顏色也變了，影子也疏了。城河裡的淺水，依舊映著晴空，反射著日光，實際上和夏天並沒有什麼區別，但我覺得總似乎有一種寂寞的感覺，浮在水面的樣子。抬頭看看對岸，遠近一排半凋的林木，縱橫交錯的列在空中。大地的顏色，也不似夏日的籠蔥，地上的淺草都已枯盡，帶起淡黃色來了。法國教堂的屋頂，也好像失了勢力似的在半凋的樹林中孤立在那裡。與夏天一樣的，只有一排西山連亙的峰巒。大約是今天空氣格外澄鮮的緣故吧？這排明褐色的屏障，覺得是近得多了，的確比平時近得多了，此外瀰漫在空際的只有明藍澄潔的空氣，悠久廣大的天空和飽滿的陽光。和暖的陽光，隔岸堤上，忽而走出了兩個著灰色制服的兵來。他們拖了兩個斜短的影子，默默的在向南的行走。我見了他們想起了前幾天平則門外的搶劫事情，所以就對G君說：

「我看這裡太遼闊，取不下景來，我們還是進城去吧！上小館子去吃了午飯再說。」

G君踏來踏去的看了一會，對我笑著說：「近來不曉怎麼的，有一種莫名其妙的神秘的靈感，常常閃現在我的腦裡。今天是不成了，沒有帶顏料和油畫的傢伙來。」他說著用手向遠處教堂一指，同時又接著說：

「幾時我想畫畫教堂裡的宗教畫看。」

「那好得很啊！」

馬馬虎虎的這樣回答了一句，我就轉換方向，慢慢的走回到城裡來了。落後了幾步，他也背著畫具，慢慢的跟我走來。

四

喝了兩斤黃酒，吃得滿滿的一腹。我和G君坐在洋車上，被拉往陶然亭去的時候，太陽已經打斜了，本來是有點醉意，又被午後的陽光一烘，我坐在車上，眼睛覺得漸漸的朦朧起來，洋車走盡了粉房琉璃街，過了幾處高低不平的新開地，交入南下窪曠野的時候，我向右邊一望，只見幾列鱗鱗的屋瓦，半隱半現的在西邊一帶的疏林裡跳躍。天色依舊是蒼蒼無底，曠野裡的雜糧，也已割盡，四面望去，只是洪水似的午後的陽光，和遠遠躺在陽光裡的矮小的壇殿城池。我張了一張睡眼，向周圍望了一圈，忽笑向G君說：

「秋氣滿天地，胡為君遠行。這兩句唐詩真有意思，要是今天是你去法國的日子，我在這裡餞你的行，那麼再比這兩句詩適當的句子怕是沒有了，哈哈……」

只喝了半小杯酒，臉上已漲得通紅的G君也笑著對我說：

「唐詩不是這樣的兩句，你記錯了吧！」

兩人在車上笑說著，洋車已經走入了陶然亭近邊的蘆花叢裡，一片灰白的毫芒，無風也自己在那裡作浪。西邊天際有幾點青山隱隱，好像在那裡笑著對

我們點頭。下車的時候，我覺得支撐不住了，就對G君說：

「我想上陶然亭去睡一覺，你在這裡畫吧！現在總不過兩點多鐘，我睡醒了再來找你。」

五

陶然亭的聽差的來搖醒我來的時候，西窗上已經射滿了紅色的殘陽。我洗了手臉、喝了兩碗清茶，從東面的臺階上下來，看見陶然亭的黑影，已經越過了東邊的道路，遮滿了一大塊道路東面的蘆花水地。往北走去，只是前後左右，盡是茫茫一片的白色蘆花。西北抱冰堂一角，擴張著陰影，而側面的高處，滿掛了夕陽最後的餘光，在那裡催促農民的息作。穿過了香塚、鸚鵡塚的土堆的東面，在一條淺水和墓地的中間，我遠遠認出了G君的側面朝著斜陽的影子。從蘆花鋪滿的野路上走去，將走近G君背後的時候，我忽而氣也吐不出來，向西的瞪目呆住了。這樣偉大的，這樣迷人的落日的遠景，我卻從來還沒看見過。太陽離山，大約不過盈尺的光景，點點的遙山，淡得比春初的嫩草，還要虛無縹緲，監獄裡的一架高亭，突出在許多有諧調的樹林的枝幹高頭，蘆根的淺水，滿浮有蘆花的絨穗，也不像積絨，也不像銀河。蘆萍開處，忽映出一道細狹而金赤的陽光，高街牛鬥。同是在這返光裡飛墮的幾簇蘆絨，半邊是紅，半邊是白。我向西呆看了幾分鐘，又回頭向東北兩面環眺了幾分鐘，忽而把什麼都忘掉了，連我自己的身體也忘掉了。

上前走了幾步，在灰暗中我看見G君的兩手，正在忙動，我叫了一聲，G君頭也不朝轉來，很急促的對我說：

「你來，你來看我的傑作！」

　　我走近前去一看，他畫架上，懸在那裡，正在上色的，並不是夕陽，也不是蘆花，畫的中間，向右斜曲的，卻是一條顏色很沉滯的大道，道旁是一處陰森的墓地，墓地的背後，有許多灰黑凋殘的古木，橫叉在空間。枯木林中，半彎下弦的殘月，剛升起來，冰冷的月光，模糊隱約的照出了一隻停在墓地樹枝上的貓頭鷹的半身。顏色雖則還沒有上全，然而一道逼人的冷氣，卻在從這幅未完的畫面裡直向觀者的臉上噴發。我蹙緊了眉峰，對這畫面靜看了幾分鐘，抬起頭來正想說話的時候，覺得太陽已經完全下山了，四面薄暮的光景也此一刻前促迫了。尤其是使我驚恐的，卻是當我抬起頭來的時候，在我們的西北的墓地裡，也有一個很淡的黑影，動了一動。我默默的停了一會，驚心定後，再

朝轉頭來看東邊天上的時候，卻見了一痕初五、六的新月，懸掛在空中，又停了一會，把驚恐之心，按捺了下去，我才慢慢的對G君說：

「這一張小畫，的確是你的傑作，未完的傑作，太晚了，快快起來，我們走吧！我覺得冷得很。」我話沒有講完，又對他那張畫看了一眼，打了一個冷痙，忽而覺得毛髮都竦豎了起來，同時昨天來在我胸中盤踞著的那種莫名其妙的憂鬱又籠罩上我的心來了。

G君含了滿足的微笑，盡在那裡閉了一隻眼睛──這是他的脾氣──細看他那未完的傑作。我催了好幾次，他才起來收拾畫具。我們二人慢慢的走回家來的時候，他也好像倦了，不願意講話，我也為那種憂鬱所侵襲，不想開口，兩人默默的走到燈火熒熒的民房很多的地方，G君開口問我說：

「這一張畫的題目，我想叫它作『殘秋的日暮』，你說好不好？」

「畫上的表現，豈不是半夜的景象嗎？何以叫日暮呢？」

他聽了我這句話，又含了神秘的微笑說：

「這就是今天早晨我和你談的神秘的靈感喲！我畫的畫，老喜歡依畫畫時候的情感節季來命題，畫面和畫題合不合，我是不管的。」

「那麼，『殘秋的日暮』也覺得太衰颯了，況且現在已經入了十月，十月小陽春，哪裡是什麼殘秋呢？」

「那麼我這張畫就叫作『小春』吧！」

　　這時候我已經走進了一條熱鬧的橫街，兩人各雇著洋車，分手回來的時候，上弦的新月，也已起來得很高了。我一個人搖來搖去的被拉回家來，路上經過了許多無人來往的烏黑僻巷。僻巷的空地道上，縱橫倒在那裡的，只是些房屋和電杆的黑影，從燈火輝煌的大街，忽然轉入這樣僻靜的地方的時候，誰也會發生一種奇怪的感覺出來，我在這初月致明的天蓋下面蒼茫四顧，也忽而好像是遇見了什麼似的，心裡的那一種莫名其妙的憂鬱，更深起來了。

郁達夫遺墨之一

骸骨迷戀者的獨語

　　文明大約是好事情，進化大約是好現象，不過時代錯誤者的我，老想回到古時候還沒有皇帝政府的時代——結繩代字的時代——去做人。生在亂世，本來是不大快樂的，但是我每自傷悼，恨我自家即使要生在亂世，何以不生在晉的時候。我雖沒有資格加入竹林七賢——他們是賢是愚，暫且不管，世人在這樣的稱呼他們，我也沒有別的新名詞來替代——之列，但我想我若生在那時候，至少也可聽聽阮籍的哭聲。或者再遲一點，於風和日朗的春天，長街上跟在陶潛的後頭，看看他那副討飯的樣子，也是非常有趣。即使不要講得那麼遠，我想我若能生於明朝末年，就是被李自成來砍幾刀，也比現在所受的軍閥官僚的毒害，還有價值。因為那時候還有幾個東林復社的少年公子和秦淮水榭的俠妓名娼，聽聽他們中間的奇行異跡，已盡夠使我們現實的悲苦忘掉，何況更有柳敬亭的如神的說書呢？不曉是什麼人的詩，好像有一句「並世頗嫌才士少」，——下句大約是「著書常恨古人多」吧？——我也常作這樣的想頭，不過這位詩人好像在說「除我而外，同時者沒有一個才士」，而我的意思是「同

時者若有許多才士，那麼聽聽這些才士的逸事，也可以快快樂樂過一生。」這是詩人與我見解不同的地方。

講到了詩，我又想起我的舊式的想頭來了。目下在流行著的新詩，果然很好，但是像我這樣懶惰、無聊，又常想發牢騷的無能力者，性情最適宜的，還是舊詩，你弄到了五個字，或者七個字，就可以把牢騷發盡，多麼簡便啊，我記得前年生病的時候，有一詩給我女人說：

「生死中年兩不堪，生非容易死非甘，劇憐病骨如秋鶴，猶吐青絲學晚蠶，一樣傷心悲薄命，幾人憤世作清談，何當放棹江湖去，淺水蘆花共結庵。」

若用新詩來寫，怕非要寫幾十行字不能說出呢！不過像那些老文丐的什麼詩選，什麼派別，我是大不喜歡的，因為他們的成見太深，弄不出真正的藝術作品來。

近來國學昌明，舊書舖的黃紙大字本的木版書，同中頭彩的彩票一樣，驟漲了市價，卻是一件可賀的喜事，不過我想這一種骸骨的迷戀，和我的骸骨迷戀，是居於相反的地位。我只怕現代的國故整理者太把近代人的「易厭」的「好奇」的心理看重了。但願他們不要把當初建設下來的注音字母打

郁達夫為妻子孫荃所抄詩

破，能根本的作他的整理國故的事業才好。

喜新厭舊，原是人之常情，不過我們黃色同胞的喜新厭舊，未免是過激了，今日之新，一變即成為明日之舊，前日之舊，一變而又為後日之新，扇子的忽而行長忽而行短，鞋頭的忽而行尖忽而行圓，便是一種國民性的表現，我只希望新文學和國故，不要成為長柄、短柄的扇子，尖頭、圓頭的靴鞋。

前天在小館子裡吃飯，看見壁上有一張「莫談國事」的揭示，我就叫夥計過來，問他我們應該談什麼，他聽不懂我的話，就報了許多炒羊肉、炸鯉魚等等的菜名出來。往後我用手指了那張紅條問他從什麼時候起的，他笑了一笑說：

「嘿，這是古得很咧！」

我覺得這一個骸骨迷戀，卻很有意思。

近來頭腦昏亂，讀書也不能讀，做稿子也做不出，只想回到小時候吃飯不管事的時代去。有時候一個人於將晚的時候在街上獨步，看看同時代的人的忙碌，又每想振作一番，做點事業出來。當這一種思想起來的時候，我若不是怨父母不好，不留許多遺產給我，便自家罵自家說：

「你這骸骨迷戀！你該死！你該死！」

說明

　　一九二五年一月，郁達夫在湖北國立武昌大學謀得一席教職。他離開北大似乎是因為一位在武大任教的朋友需人暫時代課，他自願幫忙，接下了這位朋友的課。他突然離開北大，表示他不甚習慣那邊醞釀中的政治氣氛。離開北平之前，他寫下了〈骸骨迷戀者的獨語〉。

　　在這篇雜感裡，他表示寧願回到結繩代字的時代，這願望表示他對當時的現實感到絕望、厭惡有加，他的政治觀點也瀕臨純粹無政府主義的地步，這可由文中「不過時代錯誤者的我，老想回到古時候還沒有皇帝政府的時代」等語見出，郁達夫在此文頗透露出對道家無為思想的傾慕。

一個人在途上

在東車站的長廊下和女人分開以後，自家又剩了孤伶仃的一個。頻年飄泊慣的兩口兒，這一回的離散，倒也算不得什麼特別，可是端午節那天，龍兒剛死，到這時候北京城裡雖已起了秋風，但是計算起來，去兒子的死期，究竟還只有一百來天。在車座裡，稍稍把意識恢復轉來的時候，自家就想起了盧騷晚年的作品；《孤獨散步者的夢想》的頭上的幾句話：「自家除了己身以外，已經沒有弟兄，沒有鄰人，沒有朋友，沒有社會了，自家在這世上，像這樣的，已經成了一個孤獨者了。……」

然而當年的盧騷還有棄養在孤兒院內的五個兒子，而我自己哩，連一個撫育到五歲的兒子都抓不住！

離家的遠別，本來也只為想養活妻兒。去年在某大學的被逐，是萬料不到的事情。其後兵亂迭起，交通阻絕，當寒冬的十月，會病倒在滬上，也是誰也料想不到的。今年二月，好容易到得南方，歸息了一年之半，誰知這剛養得出

趣的龍兒，又會遭此凶疾呢？

龍兒的病報，本是在廣州得著，匆促北航，到了上海，接連接了幾個北京來的電報，換船到天津，已經是舊曆的五月初十。到家之夜，一見了門上的白紙條兒，心裡已經是跳得忙亂，從蒼茫的暮色裡趕到哥哥家中，見了衰病的她，因為在大眾之前，勉強將感情壓住，草草吃了夜飯，上床就寢，把電燈一滅，兩人只有緊抱的痛哭，痛哭，痛哭，只是痛哭，氣也換不過來，更哪裡有說一句話的餘裕？

受苦的時間，的確脫煞過去得太悠徐，今年的夏季，只是悲嘆的連續。晚上上床，兩口兒，哪敢提一句話？可憐這兩個迷散的靈心，在電燈滅黑的黝暗裡，所摸走的荒路，每湊集在一條線上，這路的交叉地裡，只有一塊小小的墓碑，墓碑上只有「龍兒之墓」的四個紅字。

妻兒因為在浙江老家內不能和母親同住，不得已而搬往北京當時我在寄食的哥哥家去，是去年的四月中旬，那時候龍兒正長得肥滿可愛，一舉一動，處處教人歡喜。到了五月初，從某地回京，覺得哥哥家太狹，就在什剎海的北岸，租定了一間渺小的住宅。夫妻兩個，日日和龍兒伴樂，閒時也常在北海的荷花深處，及門前的楊柳蔭中帶龍兒去走走。這一年的暑假，總算過得最快樂、最閒適。

秋風吹葉的時候，別了龍兒和女人，再上某地大學為朋友幫忙，當時他們倆還往西車站去送我來哩！這是去年秋晚的事情，想起來還同昨日的情形一樣。

　　過了一月，某地的學校裡發生事情，又回京了一次，在什刹海小住了兩星期，本來打算不再出京了，然礙於朋友的面子，又不得不於一天寒風刺骨的黃昏，上西車站去乘車。這時候因為怕龍兒要哭，自己和女人，吃過晚飯，便只說要往哥哥家裡去，只許他送我們到門口。記得那一天晚上他一個人和老媽子立在門口，等我們倆去了好遠，還「爸爸！爸爸！」的叫了好幾聲。啊啊，這幾聲的呼喚，是我在這世上聽到的他叫我的最後的聲音！

　　出京之後，到某地住了一宵，就匆促逃往上海。接續便染了病，遇了強盜輩的爭奪政權，然後赴南方暫住，一直到今年的五月，才返北京。

　　想起來，龍兒實在是一個填債的兒子，是當亂離困厄的這幾年中間，特來安慰我和他娘的愁悶的使者！

自從他在安慶生落地以來，我自己沒有一天脫離過苦悶，沒有一處安住到五個月以上。我的女人，也和我分擔著十字架的重負，只是東西南北的奔波飄泊。然當日夜難安、悲苦得不了的時候，只教他的笑臉一開，女人和我就可以把一切窮愁，丟在腦後。而今年五月初十待我趕到北京的時候，他的屍體，早已在妙光閣的廣誼園地下躺著了。

他的病，說是腦膜炎。自從得病之日起，一直到舊曆端午節的午時絕命的時候止，中間經過有一個多月的光景。平時被我們寵壞了的他，聽說此番病裡，卻乖順得非常。叫他吃藥，他就大口的吃，叫他用冰枕，就很柔順的躺上。病後還能說話的時候，只問他的娘，「爸爸幾時回來？」「爸爸在上海為我訂作的小皮鞋，已經做好了沒有？」我的女人，於惑亂之餘，每幽幽的問他：「龍！你曉得你這一場病，會不會死的？」他老是很不願意的回答說：「那兒會死的哩？」據女人含淚的告訴我說，他的談吐，絕不似一個五歲的小兒。

未病之前一個月的時候，有一天午後他在門口玩耍，看見西面來了一乘馬車，馬車裡坐著一個帶灰白帽子的青年。他遠遠看見，就急忙丟下了伴侶，跑進屋裡去叫他娘出來，說「爸爸回來了，爸爸回來了！」因為我在去年離京時所帶的，是一樣的一頂白灰呢帽。他娘跟他出來到門前，馬車已經過了，他就死勁的拉住了他娘，哭喊著說：「爸爸怎麼不家來吓？爸爸怎麼不家來吓？」他娘說慰了半天，他還盡是哭著，這也是他娘含淚和我說的，現在回想起來，自己實在不該拋棄了他們，一個人在外面流蕩，致使那小小的靈心，常有望遠思親之痛。

去年六月，搬往什剎海之後，有一次我們在堤上散步，因為他見了人家的汽車，硬是哭著要坐，被我痛打了一頓。又有一次，他是因為要穿洋服，受了我的毒打。這實在只能怪我做父親的沒有能力，不能做洋服給他穿，雇汽車給他坐，早知他要這樣的早死，我就是典當強劫，也應該去弄一點錢來，滿足他無邪的欲望，到現在追想起來，實在覺得對他不起，實在是我太無容人之量了。

我女人說，頻死的前五天，在病院裡，叫了幾夜的爸爸！她問他「叫爸爸幹什麼？」他又不響了，停一會兒，就又再叫起來，到了舊曆五月初三日，他已入了昏迷狀態，醫師替他抽骨髓，他只會直叫一聲「幹嘛？」喉頭的氣管，咯咯在抽咽，眼睛只往上吊送，口頭流些白沫，然而一口氣總不肯斷。他娘哭叫幾聲「龍！龍！」他的眼角上，就迸流下眼淚出來，後來他娘看他苦得難過，倒對他說：

「龍！你若是沒有命的，就好好的去吧！你是不是想等爸爸回來？就是你爸爸回來，也不過是這樣的替你醫治罷了。龍！你有什麼不了的心願呢？與其這樣的抽咽受苦，你還不如快快的去吧！」

他聽了這一段話，眼角上的角淚，更是湧得厲害。到了端午節的午時，他竟等不著我的回來，終於斷氣了。

喪葬之後，女人搬往哥哥家裡，暫住了幾天。我於五月十日晚上，下車趕到什剎海的寓宅，打門打了半天，沒有應聲。後來抬頭一看，才見了一張告示郵差送信的白紙條。

　　自從龍兒生病以後連日連夜看護久已倦了的她，又哪裡經得起最後的這一個打擊？自己當到京之夜，見了她的衰容，見了她的淚眼，又哪裡能夠不痛哭呢？

　　在哥哥家裡小住了三天，我因為想追求龍兒生前的遺跡，一定要女人和我仍復搬回什刹海的住宅去住它一兩個月。

　　搬回去那天，一進上屋的門，就見了一張被他玩破的今年正年裡的花燈。聽說這張花燈，是南城大姨媽送他的，因為他自家燒破了一個窟窿，他還哭過好幾次來的。

　　其次，便是上房裡磚上的幾堆燒紙錢的痕跡！當他下殮時燒的。

　　院子裡有一架葡萄，兩顆棗樹，去年採取葡萄、棗子的時候，他站在樹下，兜起了大街，仰頭在看樹上的我。我摘取一顆，丟入了他的大褂斗裡，他的哄笑聲，要繼續到三五分鐘。今年這兩棵棗樹結了青青的棗子，風起的半夜裡，老有熟極棗子辭枝自落。女人和我，睡在床上，有時候且哭且談，總要到更深人靜，方能入睡。在這樣的幽幽的談話中間，最怕聽的，就是這滴答的墜棗之聲。

　　到京的第二日，和女人去看他的墳墓。先在一家南紙舖裡買了許多冥府的鈔票，預備去燒送給他，直到到了妙光閣的廣誼園墓地門前，她方從嗚咽裡清醒過來，說：「這是鈔票，他一個小孩如何用得呢？」就又回車轉來，到琉璃廠去買了些有孔的紙錢。她在墳前哭了一陣，把紙錢鈔票燒化的時候，卻叫著說：

　　「龍！這一堆是鈔票，你收在那裡，待長大了的時候再用。要買什麼，你先拿這一堆去用吧！」

　　這一天在他的墳上坐著，我們直到午後七點，太陽平西的時候，才回家來。臨走的時候，他娘還哭叫著說：

　　「龍！龍！你一個人在這裡不怕冷靜的嗎？龍！龍！人家若來欺你，你晚上來告訴娘吧！你怎麼不想回來了呢？你怎麼夢也不來托一個呢？」

　　箱子裡，還有許多散放著的他的小衣服。今年北京的天氣，到七月中旬，已經是很冷了。當微涼的早晚，我們倆都想換上幾件夾衣，然而因為怕見到他

舊時的夾衣袍襪，我們倆卻盡是一天一天的挨著，誰也不說出口來，說「要換上件夾衫。」

有一次和女人在那裡睡午覺，她驟然從床上坐了起來，鞋也不拖，光著襪子，跑上了房起坐室裡，並且更掀簾跑上外面院子裡去。我也莫名其妙跟著她跑到外面的時候，只見她在那裡四面找尋什麼。找尋不著，呆立了一會，她忽然放聲哭了起來，並且抱住了我急急的追問說：「你聽不聽見？你聽不聽見？」哭完之後，她才告訴我說，在半醒半睡的中間，她聽見「娘！娘！」的叫了兩聲，的確是龍的聲音，她很堅硬的說；「的確是龍回來了。」

北京的朋友、親戚，為安慰我們起見，今年夏天常請我們倆去吃飯、聽戲，她老不願意和我同去，因為去年的六月，我們無論上哪裡去玩，龍兒是常和我們在一處的。

今年的一個暑假，就是這樣的，在悲嘆和幻夢的中間消逝了。

這一回南方來催我就道的信，過於匆促，出發之前，我覺得還有一件大事沒有做了。

中秋節前搬了家，為修理房屋，部署雜事，就忙了一個星期，出發之前，又因了種種瑣事，不能抽出來，再上龍兒的墓地裡去探望一回。女人上東車站來送我上車的時候，我心裡盡是酸一陣痛一陣的在回念這一件恨事。有好幾次想和她說出來，教她於兩三日後再往妙光閣去探望一趟，但見了她的憔悴盡的顏色，和苦忍住的悽楚，又終於一句話也沒有講成。

現在去北京遠了，去龍兒更遠了，自家只一個人，只是孤獨伶仃的一個人。在這裡繼續此生中大約是完不了的飄泊。

（一九二六年十月五日在上海旅館內）

說明

一九二五年，是郁達夫「不言不語，不做東西的一年」。這一年他離開北京的妻兒，獨自前往武昌大學教書，在學校裡看了許多的陰謀詭計，又因牽涉入校長石英與教授之紛爭，對自己的工作失去了興趣，終於在年底辭職不幹。郁達夫在〈五、六年來創作生活的回顧〉文中曾說：「自我從事於創作以來，像這一年那樣的心境惡劣的經驗，還沒有過。」以致於他感到了幻滅，並懷疑自己的創作力要永久地消失。

郁達夫離職後，回到上海小住，翌年三月，他到廣東，受聘為中山大學文學教授，妻兒仍寄居在北京。六月十四日（陰曆端午節）長子龍兒因腦膜炎，死於北京；郁達夫在五天後趕抵家門，辦完了喪事，又住了一陣子，才在十月二十一日回廣州。〈一個人在途中〉即寫於南返途中寄寓的上海旅館內，文刊《創造月刊》一卷五期（一九二六年十月出刊）。

日記文學

散文作品裡頭，最便當的一種體裁，是日記體，其次是書簡體。

我們都知道，文學家的作品，多少總帶有自傳的色彩的，而這一種自敘傳，若以第三人稱來寫出，則時常有不自覺的誤成第一人稱的地方，如貝郎的長詩Childe Harold裡的破綻之類。並且縷縷直敘這第三人稱的主人公的心理狀態的時候，讀者若仔細一想，何以這一個人的心理狀態，會被作者曉得這樣精細？那麼一種幻滅之感，使文學的真實性消失的感覺，就要暴露出來，卻是文學上的一個絕大的危險。

足以救這一種危險，並且可以使真實性確立，使讀者於不知不覺的中間受催眠暗示的，是日記的體裁。

我們大家都有過記日記的經驗，都曉得在日記裡，無論什麼話，什麼幻想，什麼不近人情的事情，全可以自由自在地記敘下來，人家不會說你在說謊，不會說你在做小說，因為日記的目的，本來是在給你自己一個人看，為減

輕你自己一個人的苦悶，或預防你一個人的私事遺忘而寫的。

　　日記有此種種便利的特點，所以小說家在初期習作的時候，用日記體裁來寫的時候，其成功的可能性，比用旁的體裁來寫更多一點。而我們讀者，因為第一我們所要求的，是關於旁人的私事的探知（這一種好奇Curiosiry是讀小說心理的一個最大動機），所以對於讀他人的日記，比較讀直敘式的記事文，興味更覺濃厚。

　　由我個人的嗜好來講，我在暇時翻閱旁人的著作的時候，最喜歡讀的，是他的日記，其次是他的書簡，最後才讀他的散文韻文的作品。以己度人，類推起來，我想無論哪一個文藝愛好者，大約是人同此心，心同此理的。

　　幾禮拜來，呻吟在病床上，床頭沒有書讀，從朋友那裡借了兩部日記來，一部是Henri Frederic Amiel的日記，一部是中國吳穀人祭酒的有正味齋日記。亞米愛兒的日記，我從前唯讀過英譯的拔萃，及德文Rosa Schapire譯的短的幾段文字，這一回卻得了一部全集，糊裡糊塗的翻翻字典，竟幫助我消磨了許多無聊賴的黃昏。

　　古今中外的文人，以日記傳世的很多，就淺陋的我所讀過的幾家日記說來，如德國近代劇作家Hebbels，英國的日記專家Sarmle Pepys，俄國的Dostoeffskys、Tolstois，中國的李蓴客及許多宋遺民、明遺民的隨筆日錄之類，真是數不勝數。然而三十年如一日，中間日日在自己解剖自己，日日在批評文化，日日在窮究哲理，如亞米愛兒的日記，實在是少見的。因為這一個原因，我想就我所讀過的記憶中所及的，抄一點出來，向大家來推薦推薦，並且

同時可以把日記體的文學來說一說。

　　作者亞米愛兒，於一八二一年，生在瑞士的Genf。在外國留了七年學——大部分是在德國的大學裡——一八四九年去故鄉的大學裡當美學的教授，一直到一八八一年他死的時候止。他的一生都平淡無奇，少時境遇也還好，天資極高，同學輩都以為他將來是了不得的，然而出乎他們的意料之中，他的一生，除了幾本小品感想文及小詩集後，竟一無所成，到他的死時止，他的事業文章，沒有一樣可以使人紀念他，使他不朽的。然而他的內心的苦悶，自己解剖的精細，批評的眼光的周密，直到他死後的那部日記發表的時候，才有人曉得。

　　他是天生的一個憂鬱病者，自己懷疑自己，對世界一切，當然更懷疑了。然而到了窮無所歸，他卻還保留得一絲信仰，他覺得還有一個唯一的神在，可以使我們安身立命，不過這一種矛盾的心理，就是使他一生苦悶的原因，而同時也是救他的靈魂，使他不至於自殺的一個最大理由。

　　據Bertne Vadier——*Henri Frederic Amiel Etude biographique*的著者——說來，他的抑鬱性，和當時的政局有關，因為他是生於有產階級的貴族中的，然而心裡卻在同情於無產階級，而無產階級者，又不能信任他，所以他一生不曾與政治發生過關係，雖則處在一八四六年前後的革命世紀裡頭，但他的孤獨，他的無聊，卻比任何時代的人還要厲害。這也許是真的，尤其是由我們這一個舉國若狂的時代中，看了兩派的投機師的活躍，使我們良心稍為純正一點的人，一點事情也不能做，一句話也不能說，不能不坐以待亡的狀態推想起來，

這一種苦悶，這一種Dilemma卻是千真萬確的。

一八五一年三月二十六日

多少偉人傑士，我所認識的，都被死神拉入冥冥中去了。Steffens，Marheinecke，Neander，Melndesohn，……學者，藝術家，詩人，音樂家，史學家，舊的時代，死滅過去，新的時代，將有什麼產生？幾個老者，Schelling，Alexander von Humboldt Schlosser，還在把我們聯繫在過去的有榮光的時代之中，然而形成偉大的將來者，又是何人？年事將終，不可逃避的運命，若要向我們尋問：你所有的偉大在哪裡的時候？我們哪能夠不顫慄惶恐？現在是時候了，是自家振作的時候了，是我們的力量或我們的無聊的暴露的時期了。是你的天才、英氣、力量的顯現的時期了，你究竟準備好了沒有？（大意）

看喲，由苦悶而發的這一種自己鞭撻，是如何的傷心，是如何的可痛！

一八五一年四月六日

……我的心太柔嫩，我的幻想太不安定，我太容易感到失望，我的情感的迴響太不容易消滅。我的成就的可能，都被未成就的現實所腐蝕，而一種成就的必然，只增長了我心身的苦痛。所以現實，目前的事實，事實的必然，總之不可救藥的一切，只是使我憂悶，使我苦痛，我的幻想太發達了，思想太精細，自覺太英敏了，總之是我的性格不強的緣故，所以弄得現實的生活，實際生活，與我兩不相入。

家庭生活，現世的快樂，他並不是不曉得，但是他的高尚的理想，終於不能使他安閒的得享受這些庸人、俗人及投機師所特有的安寧。人生實在是一個危險的東西，是一種爭鬥。天堂與地獄，只隔了一張紙，惡魔與天神都存在在一個人的心裡的。

一八六〇年五月二十二日

我有一種莫名其妙的驕情，總不願意把我的感情直現出來。可以使人滿足的話，自己總不願意說。………………………………………

這一種驕情，實在是使他陷入孤獨，使他在世不能成功的一個大原因。

一八六一年三月十七日

今天午後，對於死的熱望，燒滿了我的全身，厭惡之情，生的厭倦，不斷的苦悶，征服了我的心身……到墓地裡去徘徊，或者可以得到一點安慰，然而也不能夠……一個不安被困的靈魂，想得到慰安，想得到神助，是不可能的，因為他不曉得要往哪裡去祈求，向哪裡去尋覓上帝。教會是不中用的，冷冰冰的牧師的說法是不中用的。他們沒有同情心，不瞭解靈敏的感覺，不曉得深沉的苦痛是什麼？

像這一類的日記，在全卷內在在皆是，批評宗教，解剖自己，闡明苦悶的心理的記載，若要摘錄出來，總有千萬條好摘，我不再寫下去了。讀者若要認識這一位原日記作者的大膽的紀錄，及內心苦悶的全史，請先去看Mrs. Hunlphrey Ward的英譯本，若要看對於Amiel的評論，則Matthew Arnold的批評

文集裡，有一篇關於他的文章，亞諾兒突說他是一個批評家，卻是很適當的評斷。

就孤陋寡聞的我看來，像亞米愛兒的這一部日記，大約是可以傳到人類絕滅的時候的不朽之作。讀他的日記，覺得比讀有始有終、變化莫測的小說，還要有趣，所以我說，日記文學，是文學裡的一個核心，是正統文學以外的一個寶藏。至於考據學者、文化史學者、傳記作者的對於日記的應該尊重愛惜，更是當然的事情，此地可以不必再說。

因為日記文學裡頭，有這樣好的東西在那裡，所以我們讀者不得不尊重這一個文學的重要分支，又因為創作的時候，若用日記體裁，有前面已經說過的幾個特點，所以我們從事於創作時候，更可以時常試用這一個體裁。或者有人要說，我們若要做自敘傳，那麼用第一人稱來做小說就行了，何以必要用日記體呢？這話也是不錯。可是我們若只用第一人稱來寫的時候，說：「我怎麼怎麼，我如何如何，我我我我……」的寫一大篇，即使寫得很好，但讀者於讀了之際，閉目一想，「你的這些事情為什麼要這樣的寫出來呢？」，「你豈不是在做小說嗎？」這樣的一問，恐怕無論如何強有力的作者也要經他問倒。（除非先事預防，在頭上將所以要做這一篇自敘小說的動機說明在頭上者外）從此看來，我們可以曉得日記體的作品，比第一人稱的小說，在真實性的確立上，更有憑藉，更有把握。

上邊說過的是日記文學的重要，和我們創作的時候用日記體裁的便利。底下本應該說到除真正的日記以外，作者特以日記的體裁而做的小說及各種作

品上去了，但是因為手頭的參考書沒有，所以只好等下次有機會的時候，再來補作一篇。最後我更想加上一句，就是以日記體裁寫下來的文章；除有始有終的記事文之外，更可以作小品文、感想文、批評文之類，它的範圍很廣很自由的。現在我手頭所有的這一部吳穀人的日記裡，就有許多很好的小品寫生文在裡頭。就是那部亞米愛爾的日記裡，也有許多很美麗很細膩的散文詩包含著，並不是拘拘於一格的。此外更有書簡體的小說，最淺近普通的例就如《少年維特之煩惱》，和《窮人》之類，也是和日記體一樣的便於創作，富於趣味，但是這一種書簡的體裁，我們可以說是日記體的延長，所以關於日記體的作品所說的話，是完全可以應用在書簡體的作品上面的。此地不再說了。

郁達夫手稿

說明

〈日記文學〉一文寫於一九二七年六月十四日，發表在《洪水》半月刊三卷三十二期。這年五月中旬，郁達夫確定患了黃疸病，二十八日，前往杭州王映霞家養病。六月五日，郁王的婚事正式公佈，並在聚豐園宴客。十三日，

郁達夫在舊書攤買到了吳穀人的《有正味齋日記》一部，捧讀之餘，頗覺文言小品的可貴，——以三個半小時寫下了〈日記文學〉這篇論文。（參考郁達夫《日記九種》中的記事）《有正味齋日記》內共有日記三篇，分別是還京日記、澄懷園日記、南歸日記，其內容不外是行旅景狀的記載，和入京後翰林儒臣詩酒流連的雅趣。

一九三五年六月，郁達夫在〈再談日記〉（刊《文學》五卷二期：同年八月一日）文中，談到了他自己記日記的經驗，特引錄如下：

「……在日本讀書的時候，當然也斷斷續續的記下了許多的日記，但這些稿本，不知丟到哪裡去了，現在簡直一本也找不到。回國之後，做了些編雜誌和教書的事情，中間雖也不曾斷過記日記的習慣，可是刻板生活的記載，就是自己看了，也要生厭。自從南下廣東，北回北京，生活上起了變化之後，日記方才記得多了一點；但當記載的時候，當然是沒有把這些無聊的日常瑣事，公之於大眾之前的意識的。可是為補救生活之故，將日記九種刊行之後，銷路也居然有了好幾萬部，於是為了版稅，就一版再版地任書局去印行；其後為雜誌編輯及書局之催逼，也曾經將零星記下來的日記，拿去塞過責；於是於日記九種之後，又發表了許多斷篇的日記。……」（編按：郁達夫在日本的日記，請參閱本書選錄的〈鹽原十日記〉）

五、六年來創作生活的回顧

　　一個人活在世上，生了兩隻腳，天天不知不覺地，走來走去走的路真不知有多少。你若不細想則已，你若回頭來細想一想，則你所已經走過了的路線，和將來不得不走的路線，實在是最自然，同時也是最複雜、最奇怪的一件事情。

　　面前的小小的一條路，轉彎抹角的走去，走一天也走不了，走一年也走不了，走一輩子也走不了。有時候你以為是沒有路了，然而幾個圈圈一打，則前面的坦道，又好好的在你的眼前。今天的路，是昨天的續，明天的路，一定又是今天的延長的，約而言之，我們所走的路，是繼續我們父祖的足跡，而將來我們的子孫所走之路，又是和我們的在一條延長線上。

　　外國人說，「各條路都引到羅馬去」，然而到了羅馬之後，或是換一條路換一個方向走去，或是循原路而回，各人的前面，仍舊是有路的，羅馬絕不是人生行路的止境。所以我們在不知不覺的中間，一步一步在走的路，你若把它

接合起來，連成了一條直線來回頭一看，實在是可以使人驚駭的一件事情。

　　路是如此，我們的心境行動，也是如此，你若把過去的一切，平鋪起來，回頭一看，自家也要駭一跳。因為自家以為這樣平庸的一個過去，回顧起來，也有那麼些個曲折，那麼些個長度。

《蔦蘿》初版書影

　　我在過去的創作生活，本來是不自覺的。平時為朋友所催促，或境遇所逼迫，於無聊之際，拿起筆來寫寫，不知不覺的五、六年間，總計起來，也居然積寫了五、六十萬字。兩年前頭，應了朋友之請，想把三十歲以前做的東西，彙集在一處，出一本全集。後來為飢寒所驅使，乞食四方，車無停轍，這事情也就擱起。去年冬天，從廣州回到了上海，什麼事情也不幹，偶爾一檢，將散佚的作品先檢成了一本《寒灰》，其次把《沉淪》、《蔦蘿》兩集，修改了一下，訂成了一本《雞肋》。現在又把上兩集所未錄的稿子修輯成功，編成了這一本《過去》。

　　對於全集出書的意見，和各集寫成當時的心境環境，都已在上舉兩集的頭上說過了，現在我只想把自己的「如何的和小說發生關係」、「如何的動起筆來」，又「對於創作，有如何的一種成見」等等，來亂談一下。

　　我在小學、中學唸書的時候，是一個品行方正的模範學生。學校的功課，

做得很勤，空下來的時候，唯讀讀四史和唐詩古文，當時正在流行的禮拜六派前身的那些肉麻小說和林畏廬的翻譯說部，一本也沒有讀過。只有那年正在小學校畢業的暑假裡，家裡的一只禁閱書箱開放了，我從那只箱裡，拿出兩部書來，一部是石頭記，一部是六才子。

暑假以後，進了中學，禮拜天的午後，我老到當時舊書舖很多的梅花碑去散步。有一天在一家舊書舖裡買了一部西湖佳話，和一部花月痕。這兩部書，是我有意看中國小說的時候，和我相接觸的最初的兩部小說。這一年是宣統二年，我在杭州的第一中學裡讀書。

第二年武昌革命軍起了事，我於暑假中回到故鄉，秋季開學的時候，省立各學校，都因為時局關係，關門停學，我就改入了一個教會學校。那時候的教會學校程度很低，我於功課之外，有許多閒暇，於是就去買了些浪漫的曲本來看，記得桃花扇和燕子箋，是我當時最愛讀的兩本戲曲。

這一年的九月裡去國，到日本之後，拼命的用功補習，於半年之中，把中學校的課程全部修完。翌年三月，是我十八歲的春天，考入了東京第一高等學校的預料。這一年的功課雖則很緊，但我在課餘之暇，也居然讀了兩本俄國杜兒葛納夫的英譯小說，一本是初戀，一本是春朝。

和西洋文學的接觸開始了，以後就急轉直下，從杜兒葛納夫到托爾斯泰，從托爾斯泰到獨思托以夫斯基、高爾基、契訶夫。更從俄國作家，轉到德國各作家的作品上去，後來甚至於弄得把學校的功課丟開，專在旅館裡讀當時流行的所謂軟文學作品。

　　在高等學校裡住了四年，共計所讀的俄、德、英、日、法的小說，總有一千部內外，後來進入了東京的帝大，這讀小說之癖，也終於改不過來，就是現在，於吃飯做事之外，坐下來讀的，也以小說為最多。這是我和西洋小說發生關係以來的大概情形，在高等學校的神經病時代，說不定也因為讀俄國小說過多，致受了一點壞的影響。至於我的創作，在《沉淪》以前，的確沒有做過什麼可以記述的東西，若硬的要說出來，那麼我在去國之先，曾經做過一篇模仿西湖佳話的敘事詩，在高等學校時代，曾經做過一篇記一個留學生和一位日本少女的戀愛的故事。這兩篇東西，原稿當然早已不在，就是篇中的情節，現在已經想不出來。我的真正的創作生活，還是於《沉淪》發表以後起的。

　　寫《沉淪》各篇的時候，我已在東京的帝大經濟學部裡了。那時候生活程度很低，學校的功課很寬，每天於讀小說之暇，大半就在咖啡館裡找女孩子喝酒，誰也不願意用功，誰也想不到將來會以小說吃飯。所以《沉淪》裡的三篇小說，完全是遊戲筆墨，既無真生命在內，也不曾加以推敲，經過磨琢的。記得《沉淪》那一篇東西寫好之後，曾給幾位當時在東京的朋友看過，他們讀了，非但沒有什麼感想，並且背後頭還在笑我說：「這一種東西，將來是不是可以印行的？中國哪裡有這一種體裁？」因為當時的中國，思想實在還混亂得很，適之他們的新青年，在北京也不過博得一小部分的學生的同情而已，大家絕不想到變遷會這樣的快的。

　　後來《沉淪》出了書，引起了許多議論，一九二二年回國以後，另外也找不到職業，於是做小說賣文章的自覺意識，方才有點抬起頭來了。接著就是創造週報季刊等的發行，這中間生活愈苦，文章也做得愈多，一九二三的一

年，總算是我的Most Productive的一年，在這一年之內，做的長短小說和議論雜文，總有四十來篇。（現在在這集裡所收的，是以這一年的作品為最多。）這一年的九月，受了北大之聘，到北京之後，因為環境的變遷和預備講義的忙碌，在一九二四年中間，心裡雖感到了許多苦悶焦躁，然而作品終究不多。在這一期的作裡，自家覺得稍為滿意的，都已收在寒灰集裡了，所以在這裡，所收特少。

一九二五年，是不言不語，不做東西的一年。這一年在武昌大學裡教書，看了不少的陰謀詭計，讀了不少的線裝書籍，結果終因為武昌的惡濁空氣壓人太重，就匆匆的走了。自我從事於創作以來，像這一年那麼的心境惡劣的經驗，還沒有過。在這一年中，感到了許多幻滅，引起了許多疑心，我以為以後我的創作力將永久地消失了。後來回到上海來小住，閒時也上從前住過的地方走走，一種懷舊之情，落魄之感，重新將我的創作欲喚起，一直到現在止，雖則這中間，也曾南去廣州，北返北京，行色匆匆，不曾坐下來做過偉大的東西，但自家想想，今後彷彿還能夠奮鬥，還能夠重新回復一九二三年當時的元氣的樣子。

至於我的對於創作的態度，說出來，或者人家要笑我，我覺得「文學作品，都是作家的自敘傳」這一話，是千真萬確的。客觀的態度，客觀的描寫，無論你客觀到怎樣一個地步，若真的純客觀的態度，純客觀的描寫是可能的話，那藝術家的才氣可以不要，藝術家存在的理由，也就消滅了。左拉的文章，若是純客觀的描寫的標本，那麼他著的小說上，何必要署左拉的名呢？他的弟子做的文章，豈不是同他一樣的嗎？他的弟子的弟子做的文章，又豈不是

也和他一樣的嗎？所以我說，作家的個性，是無論如何，總須在他的作品裡頭保留著的。作家既有了這一種強的個性，他只要能夠修養，就可以成功一個有力的作家。修養是什麼呢？就是他一己的體驗。美國有一位有錢的太太，因為她兒子想做一個小說家，（她兒子是曾在哈佛大學文科畢業的。）有一次寫信去問Maugham，要如何才可以使她的兒子成功。M氏回答她說：給他兩千塊金洋錢一年，由他去鬼混去！（Give him two thousand dollars a year, and let him go to devils!）我覺得這就是作家要尊自己一己的體驗的證明。

關於這一層，我也和一位新進作家討論過好幾次，我覺得沒有這一宗經驗的人，絕不能憑空捏造，做關於這一宗事情的小說。所以我主張，無產階級的文學，非要由無產階級自身來創造不可。他反駁我說：「那麼許多大文豪的小說裡，有殺人做賊的事情描寫在那裡，難道他們真的去殺了人做了賊了嗎？」我覺得他這一句話，仍舊是駁我不倒。因為那些大文豪的小說裡所描寫的殺人做賊，只是由我們這些和作家一樣的也無殺人做賊的經驗的人看起來有趣而已，若果真殺人者、做賊者看起來，恐怕他們不但不能感動，或而也許要笑作家的淺薄哩！

所以我對於創作，抱的是這一種態度，起初就是這樣，現在還是這樣，將來大約也是不會變的。我覺得作者的生活，應該和作者的藝術緊抱在一塊，作品裡的Individuality是絕不能喪失的。若有人以為這一種見解是錯的，那麼請他指出證據來，或者請他自己做出幾篇可以證明他的主張的作品來，那更是我所喜歡的了。

於《過去》集編了之後，回顧了一下從前的經過，感慨正是不少，現在可惜我時間沒有，不能詳細地寫它出來，勉強做了一段短文，聊把它拿來當序。

　　　　　　　　（一九二七年八月三十一午前四時於上海之寓居）

說明

　　〈五、六年來創作生活的回顧〉寫於一九二八年八月三十一日，發表在《文學旬刊》五卷十號。此文原是達夫全集第三卷《過去集》的序言，他詳述了自己「如何的和小說發生關係」、「如何的動起筆來」及「對於創作，有如何的一種成見」。

　　郁達夫在就讀杭府中學時，曾偶然於舊書肆中買了《西湖佳話》、《花月痕》二書，這是他有意看中國小說，最早接觸的兩部小說。當時，他主要的興趣仍在舊詩詞上。

　　在日本留學期間，郁達夫除了作舊詩詞外，也讀了許多西洋的文學作品，包括俄、德、英、日、法等國的小說，約有千部之多。

　　在這篇回顧裡，郁達夫提及：他真正的創作生活，是於《沉淪》發表以後才開始的。《沉淪》是篇自傳意味很濃的小說，主角的生平跟郁達夫十分相像，這和他的文學見解：「文學作品永遠反映作者的人格、個性和經驗。」頗能遙相應和。

燈蛾埋葬之夜

神經衰弱症，大約是因無聊的閒日子過了太多而起的。

對於「生」的厭倦，確是促生這時髦病的一個根，或者反過來說如同發燒過後的人在嘴裡所感味到的一種空淡，對人生的這一種空淡之感，就是神經衰弱的徵候，也是一樣。

總之，入夏以來，這症狀似乎一天比一天加重，遷居之後，這病症當然也和我一地道搬了家。

雖然是說不上什麼轉地療養，但新搬的這一間小房，真也有一點田園的野趣。季節是交秋了，往後，這小屋的附近，這文明和蠻荒接界的區間，該是最有聲色的時候了。聲是秋聲，色當然也是秋色。

小屋的前面左右，除一條斜穿東西的大道之外，全是些斑駁的空地。一壟一壟的褐色土壟上，種著些秋茄豇豆之類，現在是一棵一棵的棉花也在半吐

白蕊的時節了。而最好看的，要推向上包緊，顏色是白裡帶青，外面有一層毛茸似的白霧，菜筋柄上，也時時呈著紫色一種外國人叫作：Lettuce的大葉捲心菜。大約是因為地近上海的緣故吧！純粹的中國田園，也被外國人的嗜好所侵入了。這一種菜，我來的時候，原是很多的，現在卻逐漸逐漸的少了下去。在這些空地中間，如突然想起似的，卑卑立著，散點在那裡的，是一間、兩間的農夫的小屋，形狀奇古的幾株老柳榆槐，和看了令人不快的許多不落葬的棺材。此外同溝渠似的小河也有；以棺材舊板做成的橋樑也有，忽然一塊小方地的中間，種著顏色鮮豔的草花之類的賣花者的園地也有。簡說一句，這裡附近的地面，大約可以以江浙平地區中的田園百科大辭典來命名。而在大辭典中，異乎尋常，以一張厚紙，來用淡墨銅版畫印成的，要算在我們屋後矗立著的那塊本來是由外國人經營的龐大的墓地。

郁達夫故居

　　這墓地的歷史，我也不明白，但以從門口起一直排著，直到中心的禮拜堂屋後為止的那兩排齊雲的洋梧桐樹看來，少算算大約也總已有了六十幾年紀。

　　聽住著的農人說來，這彷彿是上海開港以來，外國人最先經營的墓地，現在是已經無人來過問了，而在三、四十年前頭，卻是洋冬至外國清明及禮拜日的滬上洋人的散步之所哩。因為此地離上海，火車不過三、四十分鐘，來往是極便

的。

　　小屋的租金，每月八元。以這地段說起來，似乎略嫌貴些，但因這樣的閒房出租的並不多，而屋前屋後，隙地也有幾弓，可以由租戶去蒔花種菜，所以比較起來，也覺得是在理的價格。尤其是包圍在屋的四周的寂靜，同在墳墓裡似的寂靜，是在洋場近處，無論出多少金錢也難買到的。

　　初搬過來的時候，只同久病初癒的患者一樣，日日只伸展了四肢，躺在籐椅子上，書也懶得讀，報也不願看，除腹中飢餓的時候，稍微吃取一點簡單的食物而外，破這平平的一日間的單調的，是向晚去田塍野路上試行的一回漫步。在這將落未落的殘陽夕照之中，在那些青枝落葉的野菜畦邊，一個人背手走著，枯寂的腦裡，有時卻會沟湧起許多前後不接的斷想來。頭上的天色老是青青的，身邊的暮色也是沉沉的。

　　但在這些前後沒有脈絡的斷想的中間，有時候也忽然大小腦會完全停止工作。呆呆的立在田野裡，同一根樹似的呆呆直立在那裡之後，會什麼思想，什麼感覺都忘掉。身子也不能動了，血液也彷彿是凝住不流似的，全身就如成了「所多馬」城裡的鹽柱，不消說腦子是完全變作了無波紋、無血管一張扁平的白紙。

　　漫步回來，有時候也進一點晚餐，有時候簡直茶也不喝一口，就爬進床去躺著。室內的設備簡陋到了萬分，電燈、電扇等文明的器具是沒有的。月明之夜，睡到夜半醒來的時候，床前的小泥視窗，若曬進了月亮的青練的光兒，那這一夜的睡眠，就不能繼續下去了。

不單是有月亮的晚上，就是平常的睡眠，也極容易驚醒。眼睛微微的開著，鼾聲是沒有的，雖則睡在那裡但感覺卻又不完全失去，暗室裡的一聲一響，蟲鼠等的腳步聲，以及屋外樹上的夜鳥鳴聲，都一一會闖進到耳朵裡來。若在日裡陷入於這一種假睡的時候，則一邊睡著，一邊周圍的行動事物，都會很明細的觸進入意識的中間，若周圍保住了絕對的安靜，什麼行動都沒有的時候，那在這假寐的一刻中，十幾年間的事情，就會很明細的，很快的，在一瞬間展開來。至於亂夢，那更是多了，多得敘也敘述不清。

我自己也知道是染了神經衰弱症了。這原是七、八年來到了夏季必發的老病。

於是就更想靜養，更想懶散過去。

今年的夏季，實在並沒有什麼大熱的天氣，尤其是在我這一個離群的野寓裡。

有一天晚上，天氣特別的悶，晚餐後上床躺了一忽，終覺得睡不著，就又起來，打開窗戶，和她兩人坐在天井裡乘涼。

兩人本來是沒有什麼話好談，所以只是昂著頭在看天上的飛雲，和雲堆裡時時露現出來的一顆兩顆的星宿。

一邊慢搖著蒲扇，一邊這樣的默坐在那裡，不曉得坐了多久了，室內桌上一支洋燭，忽然滅了它的芯光。

兩人既不願意動彈，也不願意看見什麼，所以燈光的有無，也毫沒有關係，仍舊是默默的坐在黑暗裡搖動扇子。

又坐了好久好久，天末似起了涼風，窗簾也動了，天上的雲層，飛舞得特別快。

打算去睡了，就問了一聲：

「現在不曉得什麼時候了？」

她立了起來，慢慢走進了室內，走入裡邊房裡去拿火柴去了。

停了一會，我在黑暗裡看見了一絲火光，映在這火光周圍的一團黑影，及黑影底下的半面她的蒼白的臉。

第一支火柴滅了，第二支也滅了，直到第三支才點旺了洋燭。

洋燭點旺之後，她急急地走出來，手裡卻拿著了那個大錶，輕輕地說：

「不曉是什麼時候了，錶上還只有六點多鐘呢？」

接過錶來，拿近耳邊去一聽，什麼聲響也沒有。我連這錶是在幾日前頭開過的記憶也想不起來了。

「錶停了！」

輕輕地回答了一聲，我也消失了睡意，想再在涼風裡坐它一刻。但她卻又繼續著說：

「燈盤上有一隻很美麗的燈蛾死在那裡。」

跑進去一看，果然有一隻身子淡紅，翅翼綠色，比蝴蝶小一點，但全身卻

肥碩得很的燈蛾橫躺在那裡。右翅上有一處焦影，觸鬚燒斷了。默看了一分鐘，用手指輕輕撥了牠幾撥，我雙目仍舊盯視住這撲燈蛾的美麗的屍身，嘴裡卻不能自禁地說：

「可憐得很！我們把牠去向天井裡埋葬了吧！」

點了燈籠，用銀針向黑泥鬆處掘了一個圓穴，把這美麗的屍身埋葬完時，天風加緊起來，似乎要下大雨的樣子。

拴上門戶，上床躺下之後，一陣風來，接著如亂石似的雨點，便打上了屋簷。

一面聽著雨聲，一面我自語似的對她說：

「霞！明天是該涼快了，我想到上海去看病去。」

感傷的行旅

一

　　猶太人的漂泊，聽說是上帝制定的懲罰。中歐一帶的「寄泊棲」的遊行，彷彿是這一種印度支族浪漫尼的天性。大約是這兩種意味都完備在我身上的緣故吧！在一處沉滯得久了，只想把包裡雨傘背起，到絕無人跡的地方去吐一口鬱氣。更況且季節又是霜葉紅時的晚秋，天色又是同碧海似的天，晴朗的青天，我為什麼不走？我為什麼不走呢？

　　可是說話容易，實踐艱難，入秋以後，想走的心願，卻起了好久了，而天時人事，到了臨行的時節，總有許多阻障出來。八個瓶兒七個蓋，湊來湊去湊不周全的，尤其是幾個買舟借宿的金錢。我不會吹簫，我當然不能乞食，況且此去，也許在吳頭，也許向楚尾，也許在中途被捉，被投交有砂米飯吃、有紅衣服著的籠中，所以踏上火車之先，我總想多帶一點財物在身邊，免得為人家看出我是一個無產無職的遊民。

　　旅行之始，還是先到上海，向各處去交涉了半天。等到幾個版稅拿到手裡，向大街上買就了些旅行雜品的時候，我的靈魂已經飛到了空中，

　　「Over the hills and far away.」

　　坐在黃包車上的身體，好像在騰雲駕霧，扶搖上九萬里外去了。頭一晚，就在上海的大旅館裡借了一宵宿。

　　是月暗星繁的秋夜，高樓上看出去，能夠看見的，只是些蒼黃頹蕩的電燈光。當然空中還有許多同峰衕裡出了火似的同胞的雜訊，和許多有錢的人在大街上駛過的汽車聲融合在一處，在合奏著大都會之夜的「新魔豐膩」，但最觸動我這感傷的行旅者的哀思的，卻是在同一家旅舍之內，從前後左右的宏壯的房間裡發出來的嬌豔的肉聲，及伴奏著的悲涼的弦索之音。屋頂上飛下來的一陣、兩陣的比西班牙舞樂的皮鼓銅琶更野噪的鑼鼓響樂，也未始不足以打斷我這愁人秋夜的客中孤獨。可是同敗落戶人家的喜事一樣，這一種絕望的喧鬧，這一種勉強的高興，終覺得是肺病患者的臉上的紅潮，靜聽起來，彷彿是有四萬萬的受難的人民，在這野聲裡啜泣似的，「如此烽煙如此樂，老夫懷抱若為開」呢？

　　不得已就只好在燈下拿出一本德國人的遊記來躺在床沿上胡亂地翻讀……

　　一七七六，九月四日，來幹思堡，清晨。

　　早晨三點，我輕輕地偷逃出了卡兒斯巴特，因為否則他們怕將不讓我走。那一群將很親熱地為我做八月廿八的生日的朋友們，原也有扣留住我的權利；

可是此地卻不可再事淹留下去了。……

這樣地跟這一位美貌多才的主人公看山看水，一直的到了月下行車，將從勃倫納到物洛那（vom Brenner bis Verona）的時候，我也就在悲涼的弦索聲、雜噪的鑼鼓聲，和怕人的汽車聲中昏沉睡著了。不知是在什麼地方，我自身卻立在黑沉沉的天蓋下俯看海水，立腳處彷彿是危岩巉兀的一座石山。我的左壁，就是一塊身比人高的直立在那裡的大石。忽而海潮一漲，只見黑黝黝的漩渦，在灰黃的海水裡鼓蕩，潮頭漸長漸高，逼到腳下來了，我苦悶了一陣，卻也終於無路可逃，帶黏性的潮水，就毫無躊躇地浸上了我的兩腳，浸上我的腿部、腰部，終至於將及胸部而停止了。一霎時水又下退，我的左右又變了石山的陸地，而我身上的一件青袍，卻為水浸濕了。在驚怖和懊惱的中間，夢神離去了我，手支著枕頭，舉起上半身來看看外邊的樣子，似乎那些毫無目的，毫無意識，只在大街上閒逛、瞎擠、亂罵、高叫的同胞們都已歸籠去了，馬路上只剩了幾聲清淡的汽車警笛之聲，前後左右的嬌豔的肉聲和絃索聲也減少了，幽幽寂寂，彷彿從極遠處傳來似的，只有間隔得很遠的竹背牙牌互擊的操搭的聲音，大約夜也深了，大家的遊興也倦了吧！這時候我的肚裡卻也咕嚕嚕感到了一點飢餓。

披上綿袍，向裡間浴室的磁盆裡放了一盆熱水，漱了一漱口，擦了一把臉，再回到床前安樂椅上坐下，呆看住電燈擦起火柴來吸煙的時候，我不知怎麼的陡然間卻感到了一種異樣的孤獨。這也許是大都會中的深夜的悲哀，這也許是中年易動的人生的感覺，但無論如何，我覺得這樣的再在旅舍裡枯坐是耐不住的了，所以就立起身來，開門出去，想去找一家長夜開爐的菜館，去試一

回小吃。

　　開門出去，在靜寂粉白和病院裡的廊子一樣的長巷中走了一段，將要從右角轉入另一條長廊去的時候，在角上的那間房裡，忽而走出了一位二十左右，面色潔白妖豔，一頭黑髮，鬆長披在肩上，全身似裸著似的只罩著一件金黃長毛絲絨的Negligee的婦人來。這一回的出其不意地在這一個深夜的時間裡忽兒和我這樣的一個潦倒的中年男子的相遇，大約也使她感到了一種驚異，她起始只張大了兩隻黑晶晶的大眼，懷疑驚問似的對我看了一眼，繼而臉上漲起了紅霞。似羞縮地將頭俯伏了下去，終於大著膽子向我的身邊走過，走到另一間房間裡去了。我一個人發了一臉微笑，走轉了彎，輕輕地在走向升降機去的中間，耳朵裡還聽見了一聲她關閉房門的聲音，眼睛裡還保留著她那豐白的圓肩的曲線，和從她寬敞的寢衣中透露出來的胸前的那塊倒三角形的雪嫩的白肌膚。

　　司升降機的工人和在廊子的一角呆坐著的幾位茶役，都也睡態朦朧了，但我從高處的六層樓下來，一到了底下出大門去的那條路上，卻不料竟會遇見這許多暗夜之子在談笑取樂的。他們的中間，有的是跟妓女來的龜頭鴇母，有的是司汽車的機器工人，有的是身上還披著絨毯的住宅包車夫，有的大約是專等到了這一個時候，夾入到這些人的中間來騙取一支兩支香煙，談談笑笑藉此過夜的閒人吧！這一個大門道上的小社會裡。這時候似乎還正在熱鬧的黃昏時候一樣，而等我走出大門，向東邊角上的一家茶館裡坐定，朝壁上的掛鐘細細看了一眼時，卻已經是午前的三點鐘前了。

　　吃了一點酒菜回來，在路上向天空注看了許多回。西邊天上，正掛著一鉤同鐮刀似的下弦殘月，東、北、南三面，從高屋頂的電火中間窺探出去，是還見得到一顆兩顆的黯淡的秋星，大約明朝不會下雨，這一件事情總可以決定了。我長嘯了一聲，心裡卻感到了一點滿足，想這一次的出發也還算不壞，就再從升降機上來，回房脫去了袍襖，沉酣地睡著了四、五個鐘頭。

二

　　幾個鐘頭的酣睡，已把我長年不離身心的疲倦醫好了一半了，況且趕到車站的時候正還是上行特快車將發未動的九點之前，買了車票，擠入了車座，浩浩蕩蕩，火車頭在晨風朝日之中，將我的身體搬向北去的中間，老是自傷命薄，對人對世總覺得不滿的我這時代落伍者，倒也感到了一心的快樂。「旅行果然是好的」，我斜倚著車窗，目視著兩旁的躺息在太陽和風裡的大地，心裡卻在這樣的想：「旅行果然是不錯，以後就決定在船窗馬背裡過它半生生活吧！」

　　江南的風景，處處可愛，江南的人事，事事堪哀，你看，在這一個秋盡冬來的寒月裡，四邊的草木，豈不還是青蔥紅潤的嗎？運河小港裡，豈不依舊是白帆如織滿載行駛的嗎？還有小小的水車亭子，疏疏的槐柳樹林。平橋瓦屋，只在天空裡吐和平之氣，一堆一堆的乾草兒，是老百姓在這過去的幾個月中間力耕苦作之後的黃金成績，而車轔轔馬蕭蕭，這十餘年中間，軍閥對他們徵收剝奪，虐掠姦淫，從頭細算起來，哪裡還算得明白？江南原說是魚米之鄉，但可憐的老百姓們，也一併的作了那貪官污吏們的魚米了。逝者如斯，將來者且

更不堪設想，你們且看看政府中什麼局長什麼局長的任命，一般物價的同潮也似的怒升，和印花稅、地稅、雜稅等名目的增設等，就也可以知其大概了。啊啊，聖明天子朝廷大事，你這賤民哪有左右容喙的權利，你這無智的牛馬，你還是守著古聖音賢的大訓，明哲以保其身，且細賞這窗外面的迷人秋景吧！人家瓦上的濃霜去管它作甚？

車窗外的秋色，已經到了爛熟將殘的時候了。而將這秋色秋風的頹廢末級，最明顯地表現出來的，要算淺水灘頭的蘆花叢藪，和沿流在搖映著的柳色的鵝黃。當然杷樹、楓樹、柏樹的紅葉，也一例的在透露殘秋的消息，可是綠葉層中的紅霞一抹，即在春天的二月，只教你向樹林裡去栽幾株一丈紅花，也就可以釀成此景的。至於西方蓮的殷紅，則不問是寒冬或是炎夏，只教你培養得宜，那就隨時隨地都可以將其他樹葉的碧色去襯它的朱紅，所以我說，表現這大江南岸的殘秋的顏色，不是楓林的紅豔和殘葉的青蔥，卻是蘆花的豐白與岸柳的髟黃。

秋的顏色，也管不得許多，我也不想來品評紅白，裁答一重公案，總之對這些大自然的四時煙景，毫末也不曾留意的我們那火車機頭，現在卻早已衝過了長橋幾架，超過了洋澄湖岸的一角，一程一程的在逼近姑蘇台下去了。

蘇州本來是我儂舊遊之地；「一帆冷雨過婁門」的情趣，閒雅的古人，似乎都在稱道。不過細雨騎驢，延著了七里山塘，緩緩的去奠拜真娘之墓的那種逸致，實在也盡值得我們的懷意的。還有日斜的午後，或者上小吳軒去泡一碗清茶，憑欄細數城裡人家的煙灶，或者在冷紅閣上，開開它朝西一帶的明窗，

靜靜兒的守著夕陽的落晚西沈，也是塵俗都消的一種遊法。我的此來，本來是無遮無礙的放浪的閒行，依理是應該在吳門下榻，離滬的第一晚是應該去聽聽寒山寺裡的夜半清鐘的，可是重陽過後，這近邊又有了幾次農工暴動的風聲，軍警們提心吊膽，日日在搜查旅客，騷擾居民，像這樣的暴風雨將到未來的恐怖期間，我也不想再去多勞一次軍警先生的駕了，所以車停的片刻時候，我只在車裡跑上先跑落後的看一回虎丘的山色，想看看這本來是不高不厚的地皮，究竟有沒有被那些要人們刮盡。但是還好，那一堆小小的土山，依舊還在那裡點綴蘇州的景致。不過塔影蕭條，似乎新來瘦了，它不會病酒，它不會悲秋，這影瘦的原因，大約總是因為日腳行到了天中的緣故吧！拿出錶來一看，果然已經是十一點多鐘，將近中午的時刻了。

火車離去蘇州之後，路線的兩旁，聳出了幾條紆碧的山峰來。在平淡的上海住慣的人，或者本來是從山水中間出來，但為生活所迫，就不得不在看不見山看不見水的上海久住的人們，大約到此總不免要生出異樣的感覺來的吧！同車的有幾位從上海來的旅客，一樣的因看見了那西南一帶的連山而在作點頭的微笑。啊啊，人類本來就是大自然的一部分細胞，只教天性不滅，絕沒有一個會對了這自然的和平清景而不想讚美的，所以那些卑污貪暴的軍閥委員要人們，大約總已經把人性滅盡了的緣故吧！他們只知道要打仗，他們只知道要殺人，他們只知道如何去斂錢爭勢奪權利用，他們只知道如何的來破壞農工大眾的這一個自然給與我們的伊甸園。啊嚇！不對，本來是在說看山的，多嘴的小子，卻又破口牽涉起大人先生們的狼心狗計來了，不說吧！還是不說吧！將近十二點了，我還是去炒盤芥莉雞丁弄瓶「苦配」啤酒來澆澆塊磊的好。

三

　　正吞完最後的一杯苦酒的時候，火車過了一個小站，聽說是無錫就在眼前了。

　　天下第二泉水的甘味，倒也沒有什麼可以使人留戀的地方。但震澤湖邊的蘆花秋草，當這一個蕭殺的年時，在理想上當然是可以引人入勝的，因為七十二山峰的峰下，處處應該有低淺的水灘，三萬六千頃的周匝，少算算也應該有千餘頃的淺渚，以這一個統計來計算太湖湖上的蘆花，這起碼要比揚子江河身的沙渚上的蘆田多些。我是曾在太平府以上九江以下的揚子江頭看過偉大的蘆花秋景的，所以這一回很想上太湖去試試運氣看，看我這一次的臆測究竟有沒有和事實相合的地方。這樣的決定在無錫下車之後，倒覺得前面相去只幾里地的路程特別的長了起來，特別快車的速力也似乎特別慢起來了。

　　無錫究竟是出大政客的實業中心地，火車一停，下來的人竟佔了全車的十分之三、四。我因為行李無多，所以一時對那些爭奪人體的黃包車夫們都失了敬，一個人踏出站來，在荒地上立了一會，看了一齣猴子戴面具的把戲，想等大夥的行客散了，再去叫黃包車直上太湖邊去。這一個戰略，本是我在旅行的時候常用常效的方法，因為車剛到站，黃包車價總要比平時貴漲幾倍，等大家散盡，車夫看看不得不等第二班車了，那他的價錢就會低讓一點，可以讓到比平時只貴兩成三成的地步。況且從車站到湖濱，隨便走哪一條路，總要走個半鐘頭才能走到，你若急切的去叫車，那客氣一點的車夫，會索價一塊大洋，不客氣的或者竟會說兩塊三塊都不定的。所以夾在無錫的市民中間，上車站前頭

的那塊荒地上去看一齣猴犬兩明星合演的拿手好戲，也是一件有意義的事情，因為我在看把戲的中間就在擺佈對車夫的戰略嚇。殊不知這一次的作戰，我卻大大的失敗了。

原來上行特別快車到站是正午十二點的光景；這一班車過後，則下行特快的到來要在下午的一點半過，車夫若送我到湖邊去呢，那下半日他的買賣就沒有了，要不是有特別的好處，大家是不願意去的。況且時刻又來得不好，正是大家要去吃飯繳車的時候，所以等我從人叢中擠攢出來，想再回到車站前頭去叫車的當兒，空洞的卵石馬路上，只剩了些太陽的影子，黃包車夫卻一個也看不見了。

沒有方法，只好唱著「背轉身，只埋怨，自己做差」，而慢慢的踱過橋去，在無錫飯店的門口，反出了一個更貴的價目，才叫著了一乘黃包車拖我到了迎龍橋下。從迎龍橋起，前面是寬廣的汽車道了，兩公司的駛往梅園的公共汽車，隔十分就有一乘開行，並且就是不坐汽車，從迎龍橋起再坐小照會的黃包車去，也是十分舒適的。到了此地，又是我的世界了，而實際上從此地起，不但有各種便利的車子可乘，就是叫一隻湖船，叫它直搖出去，到太湖邊上去搖它一晚，也是極容易辦到的事情，所以在一家新的公共汽車行的候車的長凳上坐下的時候，我心裡覺得是已經到了太湖邊上的樣子。

開原鄉一帶，實在是住家避世的最好的地方。九龍山脈，橫亘在北邊，錫山一塔，障得住東來的煙灰煤氣，西南望去，不是龍山山脈的蜿蜒的餘波，便是太湖湖面的鏡光的返照。到處有桑麻的肥地，到處有起屋的長材，耕地的整

齊，道路的修廣，和一種和平氣象的橫溢，是在江浙各農區中所找不出第二個
來的好地。可惜我沒有去做官，可惜我不曾積下些錢來，否則我將不買陽羨之
田，而來這開原鄉里置它的三十頃地。營五畝之居，築一畝之室。竹籬之內，
樹之以桑，樹之以麻，養些雞豚羊犬，好供歲時伏臘置酒高會之資；酒醉飯
飽，在屋前的太陽光中一躺，更可以叫稚子開一開留聲機器，聽聽克拉衣斯勒
的提琴的慢調或卡兒騷的高亢的悲歌。若喜歡看點新書，那火車一搭，只要有
半日工夫，就可以到上海的璧恆別發，去買些最近出版的優美的書來。這一點
卑卑的願望，啊啊，這一點在大人先生的眼裡看起來，簡直是等於矮子的一個
小腳指頭般大的奢望，我究竟要在何年何月，才享受得到呢？罷罷，這樣的在
公共汽車裡坐著，這樣的看看兩岸的疾馳過去的桑田，這樣的注視注視龍山的
秋景，這樣的吸收吸收不用錢買的日色湖光，也就可以了，很可以了，我還是
不要作那樣的妄想，且唸首清詩，聊作個過屠門的大嚼吧！

Mine be a cot beside the bill;

A bee-hive's hum shall soothe my ear;

A will owy brook that turns a mill,

with many a fall shall linger near.

The swal'ow, oft, beneath my thatch

Shall twitter from her clay-built nest;

Oft shall the pilgrim lift the latch,

and share my meal, a welcome guest.

Around my ivied porch shall spring

Each fragrant flower that drinks the dew;

And Lucy, at her wheel, shall sing

In russet-gown and abron blue.

The village-church among the trees,

where first our marriage-vows were given,

With merry peals shall swell the breeze

And point with taper spire to heaven.

這樣的在車視窗同詩裡的蜜蜂似的哼著唸著，我們的那輛公共汽車，已經駛過了張巷染巷，駛過了一支小山的腰嶺，到了梅園的門口了。

四

梅園是無錫的大實業家榮氏的私園；係築在去太湖不遠的一支小山上的別墅，我在公共汽車裡想起的那個願望，他早已大規模地為我實現造好在這裡了；所不同者，我所想的是一間小小的茅篷，而他的卻是紅磚的高大洋房，我是要緩步以當車，徒步在那些桑麻的野道上閒走的，而他卻因為時間是黃金就非坐汽車來往不可的這些違異。然而人同此心，心同此理，看將起來，有錢的人的心理，原也同我們這些無錢無業的閒人的心理是一樣的，我在此地要感謝榮氏的竟能把我的空想去實現而造成這一個梅園，我更要感謝他既造成之後而能把它開放，並且非但把它開放，而又能在梅園裡割出一席地來租給人家，去開設一個接待來遊者的公共膳宿之場。因為這一晚我是決定在梅園裡的太湖飯

店內借宿的。

　　大約到過無錫的人總該知道，這附近的別墅的位置，除了剛才汽車通過的那支橫山上的一個別莊之外，要算這梅園的位置頂好了。這一條小小的東山，當然也是龍山西下的波脈裡的一條，南去太湖，約只有三里不足的路程，而在這梅園的高處，如招鶴坪前，太湖飯店的二樓之上，或再高處那榮氏的別墅樓頭，南窗開了，眼下就見得到太湖的一角，波光容與；時時與獨山、管社山的山色相掩映。至於園裡的瘦梅千樹，小榭數間，和曲折的路徑，高而下美的假山之類，不過盡了一點點綴的餘功，並不足以語園林營造的匠心之所在的。所以梅園之勝，在它的位置，在它的與太湖的接而又離，離而又接的妙處，我的不遠數十里的奔波，定要上此地來借它一宿的原因，也只想利用利用這一點特點而已。

　　在太湖飯店的二樓上把房間開好，喝了幾杯既甜且苦的惠泉山酒之後，太陽已有點打斜了，但拿出錶來一看，時間還只是午後的兩點多鐘。我的此來，原想看一看一位朋友所寫過的太湖的落日，原想看看那落日與蘆花相映的風情的；若現在就趕往湖濱，那未免去得太早，後來怕要生出久候無聊的感想來。所以走出梅園，我就先叫了一輛車子，再回到惠山寺去，打算從那裡再由別道繞至湖濱，好去趕上看湖邊的落日。但是錫山一停，惠山一轉，遇見了些無聊的俗物在惠山泉水旁的大嚼豪遊，及許多武裝同志們的沿路的放肆高笑，我心裡就感到了一心的不快，正同被強人按住在腳下，被他強塞了些灰土塵污到肚裡邊去的樣子，我的脾氣又發起來了，我只想登到無人來得的高山之上去盡情吐瀉一番，好把肚皮裡的抑鬱灰塵都吐吐乾淨。穿過了惠山的後殿，一步一

登，朝著只有斜陽和衰草在弄情調戲的濯濯的空山，不知走了多少時候，我走到了龍山第一峰的頭茅篷外了。

目的總算達到了，惠山錫山寺裡的那些俗物，都已踏踢在我的腳下，四大皆空，頭上身邊，只剩了一片藍蒼的天色和清淡的山嵐。在此地我可以高嘯，我可以俯視無錫城裡的幾十萬為金錢名譽而在苦鬥的蒼生，我可以任我放開大口來罵一陣無論哪一個凡為我所疾惡者，罵之不足，還可以吐他的面，吐面不足，還可以以小便來淋上他的身頭。我可以痛哭，我可以狂歌，我等爬山的急喘回復了一點之後，在那塊茅篷前的山峰頭上竟一個人演了半日的狂態，直到喉嚨乾啞，汗水橫流，太陽也傾斜到了很低很低的時候為止。

氣竭聲嘶，狂歌高叫的聲音停後，我的兩隻本來是為我自己的噪聒弄得昏昏的耳裡，忽而沁的鑽入了一層寂靜。風也無聲，日也無聲，天地草木都彷彿在一擊之下變得死寂了，沉默，沉默，沉默，到處都只是沉默。我被這一種深山裡的靜寂壓得怕起來了，頭腦裡卻起了一種很可笑的後悔。「不要這世界完全被我罵得陸沉了哩？」我想，「不要山鬼之類聽了我的嘯聲來將我接受了去，接到了他們的死滅的國裡去了哩？」我又想，「我在這裡踏著的不要不是龍山山頂，不要是陰間的滑油山之類哩？」我再想：於是我就注意看了看四邊的景物，想證一證實我這身體究竟還是仍舊活在這卑污滿地的陽世呢？還是已經闖入了那個鬼也在想革命而謀做閻王的陰間？

朝東望去，遠散在錫山塔後的，依舊是千萬的無錫城內的民家和幾個工廠的高高的煙囪，不過太陽斜低了，比起午前的光景來，似乎加添了一點倦意。

惠山寺

俯視下去，在東南的角裡，桑麻的林影，還是很濃很密的，並且在那條白線似的大道上，還有行動的車類的影子在那裡前進呢！那麼至少至少，四周都只是死滅的這一個觀念總可以打破了。我寬了一寬心，更掉頭朝向了西南，太陽落下了，西南全面，只是眩目的湖光，遠處銀藍濛漾，當是湖中間的峰面的暮靄，西面各小山的面影，也都變成了紫色了。因為看見了斜陽，看見了斜陽影裡的太湖，我的已經闖入了死界的念頭雖則立時打消，但是日暮途窮，只一個人遠處在荒山頂上的一種實感，卻油然的代之而起。我就伸長了脖子拼命的查看起四面的路來，這時候我實在只想找出一條近而且坦的便道，好循此便道而趕回家去。因為現在我所立著的，是龍山北脈在頭茅篷下折向南去的一條支嶺的高頭，東、西、南三面只是岩石和泥沙，沒有一條走路的。若再回至頭茅篷前，重沿了來時的那條石級，再下至惠山，則無緣無故便白白的不得不多走許多的回頭曲路，大丈夫是不走回頭路的，我一面心裡雖在這樣的同小孩子似的

想著，但實在我的腳力也有點虛竭了。「啊啊，要是這兒有一所庵廟的話，那我就可以不必這樣的著急了。」我一面盡在看四面的地勢，一面心裡還在做這樣的打算，「這地點多麼好啊！東面可以看無錫全市，西面可以見太湖的夕陽，後面是頭茅篷的高頂，前面是朝正南的開原鄉一帶的村落，這裡比起那頭茅篷來，形勢不曉要好幾十倍，無錫人真沒有眼睛，怎麼會將這一塊龍山南面的平坦的山嶺這樣的棄置著而不來造一所庵廟的呢？唉唉！或者他們是將這一個好地方留著，留待我來築室幽居的吧？或者幾十年後將有人來因我今天的在此一哭而為我起一個痛哭之台而與我那故鄉的謝氏西台來對立的吧？哈哈，哈哈。不錯，很不錯。」末後想到了這一個誇大妄想狂者的念頭之後，我的精神也抖擻起來了，於是拔起腳跟，不管它有路沒路，只是往前向那條朝南斜拖下去的山坡下亂走。結果在亂石上滑坐了幾次，被荊棘鉤破了一塊小襟和一雙線襪，跳過了幾塊岩石，不到三十分鐘，我也居然走到了那支荒山腳下的墳堆裡了。

到了平地的墳樹林裡一看，西天低處太陽還沒有完全落盡，走到了離墳不遠的一個小村子的時候，我看了看錶，已經是五點多了。村裡的人家，也已經在預備晚餐，門前曬在那裡的乾草豆萁，都已收拾得好好，老農老婦，都在將暗未暗的天空下，在和他們的孫兒孫女遊耍。我走近前去，向他們很恭敬的問了問到梅園的路徑，難得他們竟有這樣的熱心，居然把我領到了通汽車的那條大道之上。等我雇好了一乘黃包車坐上，回頭來向他們道謝的時候，我的眼角上卻又撲簌簌地滾下了兩粒感激的大淚來。

五

　　山居清寂，梅園的晚上，實在是太冷靜不過。吃過了晚飯，向庭前去一走，只覺得四面都是茫茫的夜霧和蕪蕪的荒田，人家也看不出來，更何況乎燈燭輝煌的夜市。繞出園門，正想拖了兩隻倦腳走向南面田野裡去的時候，在黃昏的灰暗裡我卻在門邊看見了一張有幾個大字寫在那裡的白紙。摸近前去一看，原來是中華藝大的旅行寫生團的通告。在這中華藝大裡，我本有一位認識的畫家C君在那裡當主任的，急忙走回飯店，教茶房去一請，C君果然來了。我們在燈下談了一會，又出去在園中的高亭上站立了許多時候，這一位不趨時尚，只在自己精進自己的技藝的畫家，平時總老是不願多說話的，然而今天和我在這他鄉的一遇，彷彿把他的習慣改過來了，我們談了些以藝術作了招牌，拼命的在運動做官做委員的藝術家的行為。我們又談到了些設了很好聽的名目，而實際上只在騙取青年學子的學費的藝術教育家的心跡。我們談到了藝術的真髓，談到了中國的藝術的將來，談到了革命的意義，談到了社會上的險惡的人心，到了嘆聲連發，不忍再談下去的時候，高亭外的天色也完全黑了。兩人伸頭出去，默默地只看了一回天上的幾顆早見的明星。我們約定了下次到上海時，再去江灣訪他的畫室的日期，就各自在黑暗裡分手走了。

　　大約是一天跑路跑得太多了的緣故吧！回旅館來一睡，居然身也不翻一個，好好兒的睡著了。約莫到了殘宵兩三點鐘的光景，檻外的不知從哪一個廟裡來的鐘聲，盡是噹噹噹噹的在那裡慢擊。我起初夢醒，以為是附近報火的鐘聲，但披衣起來，到室外廊前去一看，不但火光看不出來，就是火燒場中老有的那一種叫噪的人號狗吠之聲也一些兒聽它不出。庭外如雲如霧，靜浸著一庭

殘月的清光，滿屋沉沉，只充滿著一種遙夜酣眠的呼吸。我為這鐘聲所誘，不知不覺，竟扣上了衣裳，步出了庭前，將我孤零的一身，浸入了彷彿是要黏上衣來的月光海裡。夜霧從太湖裡蒸發起來了，附近的空中，只是白茫茫的一片。叉椏的梅樹林中，望過去彷彿是有人在那裡的樣子。我又慢慢的從飯店的後門，步上了那個梅園最高處的招鶴坪上。南望太湖，也辨不出什麼形狀來，不過只覺得那面的一塊空闊的地方，彷彿是由千千萬萬的銀絲織就似的，有月光下照的清輝，有湖波反射的銀箭，還有如無卻有，似薄還濃，一半透明，一半黏濕的湖霧湖煙，假如你把身子用力的朝南一跳，那這一層透明的白網，必能悠揚地牽舉你起來，把你舉送到王母娘娘的後宮深處去似的。這是我當初看了那湖天一角的景象的時候的感想，但當萬籟無聲的這一個月明的深夜，幽幽地、慢慢地，被那遠寺的鐘聲，當嗡、當嗡的接連著幾回有韻律似的催告，我的知覺幻想，竟覺得漸漸地麻木下去了，終至於什麼也不想，什麼也不幹，兩隻腳柔軟地跪坐了下去，眼睛也只同呆了似的釘視住了那悲哀的殘月不能動了。宗教的神秘，人性的幽幻，大約是指這樣的時候的這一種心理狀態而說的吧！我像這樣的和耶穌教會的以馬內利的聖像似的，被那幽婉的鐘聲，不知魔伏了許多時候，直到鐘聲停住，木魚聲發，和尚——也許是尼姑——的唸經唸咒的聲音幽幽傳到我耳邊的時候，方才挺身立起，回到了那旅館的居室裡來，這時候大約去天明總也已經不遠了吧？

　　回房不知又睡著了幾個鐘頭，等第二次醒來的時候，前窗的帷幔縫中卻漏入了幾行太陽的光線來。大約時候總也已不早了，急忙起來預備了一下，吃了一點點心，我就出發到太湖湖上去。天上雖各處飛散著雲層，但晴空的缺

處，看起來仍可以看得到底的，所以我知道天氣總還有幾日好晴。不過太陽光太猛了一點，空氣裡似乎有多量的水蒸氣含著，若要登高處去望遠景，那像這一種天氣是不行的，因為晴而不爽，你不能從厚層的空氣真辨出遠處的寒鴉林樹來，可是只要看看湖上的風光，那像這樣的晴天，也已經是盡夠的了。並且昨晚上的落日沒有看成，我今天卻打算犧牲它一天的時日，來試試太湖裡的遠征，去找出些前人所未見的島中僻景來，這是當走出園門，打楊莊的後門經過，向南走入田野，在走上太湖邊上去的時候的決意。

太陽升高了，整潔的田野裡已有早起的農夫在鬪土了。行經過一塊桑園地的時候，我且看見了兩位很修媚的姑娘，頭上罩著了一塊白布，在用了一根竹杆，打下樹上的已經黃枯了的桑葉來。聽她們說這也是蠶婦的每年秋季的一種工作，因為枯葉在樹上懸久了，那老樹的養分不免要為枯葉吸幾分去，所以打它們下來是很要緊的，並且黃葉乾了，還可以拿去生火當柴燒，也是一舉兩得的事情。

在田野裡的那條通至湖濱的泥路，上面舖著的盡是些細碎的介蟲殼兒，所以陽光照射下來，有幾處雖只放著明亮的白光，但有幾處簡直是在發虹霓似的彩色。

像這樣的有朝陽曬著的野道，像這樣的有林樹小山圍繞著的空間，況且頭上又是青色的天，腳底下並且是五彩的地，飽吸著健康的空氣，擺行著不急的腳步，朝南的走向太湖邊去，真是多麼美滿的一幅清秋行樂圖呀！但是風雲莫測，急變就起來了，因為我走到了管社山腳，正要沿了那條山腳下新闢的步道

走向太湖旁的小灣，俗名五里湖濱的時候，在山道上朝著東面的五里湖心卻有兩位著武裝背皮帶的同志和一位穿長袍馬掛的先生立在那裡看湖面的扁舟。太陽光直射在他們的身上，皮帶上的鍍鎳的金屬，在放異樣的閃光。我毫不留意地走近前去，而聽了我的腳步聲將頭掉轉來的他們中間的武裝者的一位，突然叫了我一聲，吃了一驚我張開了大眼向他一看，原來是一位當我在某地教書的時候的從前的學生。

他在學校裡的時候本來就是很會出風頭的，這幾年來際會風雲，已經步步高升成了黨國的要人了，他的名字我也曾在報上看見過幾多次的，現在突然的在這一個地方被他那麼的一叫，我真駭得顏面都變成了土色了，因為兩三年來流落江湖，不敢出頭露面的結果，我每遇見一個熟人的時候，心裡總要怦怦的驚跳。尤其是在最近被幾位滿含惡意的新聞記者大書了一陣我的叛黨叛國的記載以後，我更是不敢向朋友、親戚那裡去走動了。而今天的這一位同志，卻是黨國的要人，現任的中央機關裡的常務委員，若論起罪來，是要從他的手中發落的，冤家路窄，這一關叫我如何的偷逃過去呢？我先發了一陣抖，立住了腳呆木了一下，既而一想，橫豎逃也逃不脫了，還是大著膽子迎上去吧！於是就立定主意保持著若無其事的態度，前進了幾步，和他握了握手。

「呵！怎麼你也會在這裡！」我很驚喜似地裝著笑臉問他。

「真想不到在這裡會見到先生的，近來身體怎麼樣！臉色很不好哩！」他也是很歡喜地問我。看了他這態度，我的膽子放大了，於是就造了一篇很圓滿的歷史出來報告給他聽。

　　我說因為身體不好，到太湖邊上來養病已經有兩年多了，自從去年夏天起，並且因為閒空不過，就在這裡聚攏了幾個小學生來在教他們的書，今天是禮拜，所以才出來走走，但吃中飯的時候卻非要回去不可的，書房是在城外XX橋XX巷的第XX號，我並且要請他上書房去坐坐，仔細談談別後的閒天，我這大膽的謊語原也已經聽見了他這一番來錫的任務之後才敢說的，因為他說他是來查勘一件重大黨務的，在這太湖邊上一轉，午後還要上蘇州去，等下次有再來無錫的機會的時候再來拜訪，這是他的遁辭。

　　他為我介紹了那另外的兩位同志，我們就一同的上了萬頃堂，上了管社山，我等不到一碗清茶泡淡的時候，就設辭和他們告別了。這樣的我在驚恐和疑懼裡，總算訪過了太湖，遊盡了無錫，因為中午十二點的時候，我已同逃獄囚似的伏在上行車的一角裡，在喝壓驚的「苦配」啤酒了。這一次遊無錫的回味，實在也正同這啤酒的味兒差仿不多。

　　　　　　　　　　　　　　　　一九二八年十一月作者在途中記

志摩在回憶裡

新詩傳宇宙，竟爾乘風歸去，同學同庚，老友如君先宿草。

華表托精靈，何當化鶴重來，一生一死，深閨有婦賦招魂。

　　這是我託杭州陳紫荷先生代作代寫的一副輓志摩的輓聯。陳先生當時問我和志摩的關係，我只說他是我自小的同學，又是同年，此外便是他這一回很適合他身分的死。

　　做輓聯我是不會做的，尤其是文言的對句。而陳先生也想了許多成句，如「高處不勝寒」，「猶是深閨夢裡人」之類，但似乎都尋不出適當的對句，所以只成了上舉的一聯。這輓聯的好壞如何，我也不曉得，不過我覺得文句做得太好，對仗對得太工，是不大適合於哀輓的本意的。悲哀的最大的表示，是自然的目瞪口呆，僵若木雞的那一種樣子，這我在小曼夫人當初次接到志摩的凶耗的時候曾經親眼見到過。其次是撫棺的一哭，這我在萬國殯化館中，當日來弔的許多志摩的親友之間曾經看到過。至於哀輓詩詞的工與不工，那卻是次而

又次的問題了。我不想說志摩是如何如何的偉大，我不想說他是如何如何的可愛，我也不想說我因他之死而感到怎麼怎麼的悲哀，我只想把在記憶裡的志摩來重描一遍，因而，再可以想見一次他那副凡見過他一面的人誰都不容易忘去的面貌與音容。

　　大約是在宣統二年（一九一〇）的春季，我離開故鄉的小市，去轉入當時的杭府中學讀書，——上一學期似乎是在嘉興府中讀的，終因路遠之故而轉入了杭府——那時候府中的監督，記得是邵伯炯先生，寄宿舍是在大方伯的圖書館對面。

　　當時的我，是初出茅廬的一個十四歲未滿的鄉下少年，突然間闖入了省府的中心，周圍萬事看起來都覺得新異怕人。所以在宿舍裡，在課堂上，我只是誠惶誠恐，戰戰兢兢，同蝸牛似地蜷伏著，連頭都不敢伸一伸出殼來。但是同我的這一種畏縮態度正相反的，在同一級同一宿舍裡，卻有兩位奇人在跳躍活動。

　　一個是身體生得很小，而臉面卻是很長，頭也生得特別大的小孩子。我當時自己雖然總也還是一個孩子，然而看見了他，心裡卻老是在想，「這頑皮小孩，樣子真生得奇怪」，彷彿我自己已經是一個大孩似的。還有一個日夜和他在一塊，最愛做種種淘氣的把戲，為同學中間的愛戴集中點的，是一個身材長得相當的高大，面上也已經滿示著成年的男子的表情，由我那時候的心裡猜來，彷彿是年紀總該在三十歲以上的大人，——其實呢，他也不過和我們上下年紀而已。

　　他們倆，無論在課堂上或在宿舍裡，總在交頭接耳的密談著、高笑著，跳來跳去，和這個那個鬧鬧，結果卻終於會出其不意地做出一件很輕快、很可笑、很奇特的事情來吸收大家的注意的。

　　而尤其使我驚異的，是那個頭大尾巴小，戴著金邊近視眼的頑皮小孩，平時那樣的不用功，那樣的愛看小說——他平時拿在手裡的總是一卷在有光紙上印著石印細字的小本子——而考起來或作起文來卻總是分數得最多的一個。

　　像這樣的和他們同住了半年宿舍，除了有一次兩次也上了他們一點小當之外，我和他們終究沒有發生什麼密切一點的關係，後來似乎我的宿舍也換了，除了在課堂上相聚在一塊之外，見面的機會更加少了。年假之後第二年的春天，我不曉為了什麼，突然離去了府中，改入了一個現在似乎也還沒有關門

徐志摩

的教會學校。從此之後，一別十餘年，我和這兩位奇人——一個小孩，一個大人——終於沒有遇到的機會。雖則在異鄉飄泊的途中，也時常想起當日的舊事，但是終因為周圍環境的遷移激變，對這微風似的少年時候的回憶，也沒有多大的留戀。

　　民國十三四年——一九二三，四年——之交，我混跡在北京的軟紅塵裡，有一天風定日斜的午後，我忽而在石虎胡同的松坡圖書館裡遇見了志摩。仔細一看，他的頭，他的臉，還是同中

學時候一樣發育得分外的大，而那矮小的身材卻不同了，非常之長大了，和他並立起來，簡直要比我高一兩寸的樣子。

他的那種輕快磊落的態度，還是和孩時一樣，不過因為歷盡了歐美的遊程之故，無形中已經鍛鍊成了一個長於社交的人了。笑起來的時候，可還是同十幾年前的那個頑皮小孩一色無二。

從這年後，和他就時時往來，差不多每禮拜要見好幾次面。他的善於座談，敏於交際，長於吟詩的種種美德，自然而然地使他成了一個社交的中心。當時的文人學者、達官麗姝，以及中學時候的倒楣同學，不論長幼，不分貴賤，都在他的客座上可以看得到。不管你是如何心神不快的時候，只要經他用了他那種濁中帶清的洪亮聲音，「喂，老X，今天怎麼樣？什麼什麼怎麼樣了？」的一問，你就自然會把一切的心事丟開，被他的那種快樂的光耀同化了過去。

正在這前後，和他有一次談起了中學時候的事情，他卻突然的呆了一呆，張大了眼睛驚問我說：

「老李（編者按：老李為老沈之誤，係指沈叔薇。）你還記得起記不起？他是死了哩！」

這所謂老李者，就是我在頭上寫過的那位頑皮大人，和他一道進中學的他的表哥哥。

其後他又去歐洲，去印度，交遊之廣，從中國的社交中心擴大而成為國

際的。於是美麗宏博的詩句和清新絕俗的散文，也一年年的積多了起來。一九二七年的革命之後，北京變了北平，當時的許多中間階級者就四散成了秋後的落葉。有些飛上了天去，成了要人，再也沒有見到的機會了，有些也竟安然地在牖下死到了黃泉，更有些不死不生，仍復在歧路上徘徊著，苦悶著而終於尋不到出路。是在這一種狀態之下，有一天在上海的街頭，我又忽而遇見了志摩。

「喂，這幾年來你躲在什麼地方？」

兜頭的一喝，聽起來仍舊是他那一種洪亮快活的聲氣。在路上略談了片刻，一同到了他的寓裡坐了一會，他就拉我一道到了大齎公司的輪船碼頭。因為午前他剛接到了無線電報，詩人太果爾回印度去的船係定在午後五時左右靠岸，他是要上船去看看這老詩人的病狀的。

當船還沒有靠岸，岸上的人和船上的人還不能夠交談的時候，他在碼頭上的寒風裡立著——這時候似乎已經是秋季了——靜靜地、呆呆地對我說：

「詩人老去，又遭了新時代的摒斥，他老人家的悲哀，正是孔子的悲哀。」

因為太果爾這一回是新從美國、日本去講演回來，在日本、在美國都受了一部分新人的排斥，所以心裡是不十分快活的，並且又因年老之故，在路上更染了一場重病。志摩對我說這幾句話的時候，雙眼呆看著遠處，臉色變得青灰，聲音也特別的低。我和志摩來往了這許多年，在他臉上看出悲哀的表情來的事情，這實在是最初也便是最後的一次。

　　從這一回之後，兩人又同在北京的時候一樣，時時來往了。可是一則因為我的疏懶無聊，二則因為他跑來跑去的教書忙，這一兩年間，和他聚談的時候也並不多。今年的暑假後，他於去北平之先曾大宴了三日客。頭一日喝酒的時候，我和董任堅先生都在那裡。董先生也是當時杭府中學的舊同學之一，席間我們也曾談到了當日的杭州。在他遇難之前，從北平飛回來的第二天晚上，我也偶然的，真真是偶然的，闖到了他的寓裡。

　　那一天晚上，因為有許多朋友會聚在那裡的緣故，談談說說，竟說到了十二點過。臨走的時候，還約好了第二天晚上的後會才茲分散。但第二天我沒有去，於是就永久的失去了見他的機會了，因為他的靈柩到上海的時候是已經殮好了來的。

　　文人之中，有兩種人最可以羨慕。一種是像高爾基一樣，活到了六、七十歲，而能寫許多有聲有色的回憶文的老壽星，其他的一種是如葉賽寧一樣的光芒還沒有吐盡的天才夭折者。前者可以寫許多文學史上所不載的文壇起伏的經歷，他個人就是一部縱的文學史。後者則可以要求每個同時代的文人都寫一篇弔他哀他或評他讚他的文字，而成一部橫的放大的文苑傳。

　　現在志摩是死了，但是他的詩文是不死的，他的音容狀貌可也是不死的，除非要等到認識他的人老老少少一個個都死完的時候為止。

一九三一年十二月十一日

附記

上面的一篇回憶寫完之後，我想想，想想，又在陳先生代做的輓聯裡加入了一點事實，綴成了下面的四十二字：

兩卷新詩廿年舊友相逢同是天涯只為佳人難再得
一聲河滿九點齊煙化鶴重歸華表應愁高處不勝寒

一九三一年十二月十九日

（原載：新月第四卷第一期）

說明

郁達夫和徐志摩是「自小的同學，又是同年」，一九一○年他們同在「杭府中學」讀書。當時，郁對徐的印象十分深刻，所以有相當的感情。到一九二四、五年之交，他們在北平遇到，又時常往來，十分投契。徐志摩死後，他曾寫過兩篇紀念的文章，一是本文，一是〈懷四十歲的志摩〉。

釣臺的春晝

因為近在咫尺，以為什麼時候要去就可以去，我們對於本鄉本土的名區勝景，反而往往沒有機會去玩，或不容易下一個決心去玩的。正唯其是如此，我對於富春江上的嚴陵，二十年來，心裡雖每在記著，但腳卻沒有向這一方面走過。一九三一，歲在辛未，暮春三月，我倉皇離開了寓居，先在江浙附近的窮鄉里，遊息了幾天，偶而看見了一家掃墓的行舟，鄉愁一動，就定下了歸計。繞了一個大彎，趕到故鄉，卻正好還在清明寒食的節前。和家人等去上了幾處墳，與許久不曾見過面的親戚、朋友，來往熱鬧了幾天，一種鄉居的倦怠，忽而襲上心來了，於是我決心上釣臺去訪一訪嚴子陵的幽居。

釣臺去桐廬縣城二十餘里，桐廬去富陽縣治九十里不足，自富陽溯江而上，坐小火輪三小時可達桐廬，再上則須坐帆船了。

我去的那一天，記得是陰晴欲雨的養花天，並且係坐晚班輪去的，船到桐廬，已經是燈火微明的黃昏時候了，不得已就只得在碼頭近邊的一家旅館的樓

上借了一宵宿。

　　桐廬縣城，大約有三里路長，三千多煙灶，一兩萬居民，地在富春江西北岸，從前是皖浙交通的要道，現在杭江鐵路一開，似乎沒有一、二十年前的繁華熱鬧了。尤其要使旅客感到蕭條的，卻是桐君山腳下的那一隊花船的失去了蹤影。說起桐君山，原是桐廬縣的一個接近城市的靈山勝地，山雖不高，但因有仙，自然是靈了。以形勢來論，這桐君山，也的確是可以產生許多口音生硬，別具風韻的桐嚴嫂來的生龍活脈；地處在桐溪東岸，正當桐溪和富春江合流之所，依依一水，西岸便瞰視著桐廬縣市的人家煙樹。南面對江，便是十里長洲；唐詩人方干的故居，就在這十里桐洲九里花的花田深處。向西越過桐廬縣城，更遙遙對著一排高低不定的青巒，這就是富春山的山子山孫了。東北面山下，是一片桑麻沃地，有一條長蛇似的官道，隱而復現，出沒盤曲在桃花楊柳洋槐榆樹的中間；繞過一支小嶺，便是富陽縣的境界，大約去程明道的墓地程墳，總也不過一、二十里地的間隔；我的去拜謁桐君，瞻仰道觀，就在那一天到桐廬的晚上，是淡雲微月，正在作雨的時候。

　　魚梁渡頭，因為夜渡無人，渡船停在東岸的桐君山下。我從旅館踱了出來，先在離輪埠不遠的渡口停立了幾分鐘，後來向一位來渡口洗夜飯米的年輕少婦，弓身請問了一回，才得到了渡江的秘訣。她說：「你只須高喊兩三聲，船自會來的。」先謝了她教我的好意，然後以兩手圍成了播音的喇叭，「喂、喂，船渡的請搖過來！」地縱聲一喊，果然在半江的黑影當中，船身搖動了。漸搖漸近，五分鐘後，我在渡口，卻終於聽出咿呀柔櫓的聲昔。時間似乎已經入了酉時的下刻，小市裡的群動，這時候都已經靜息；自從渡口的那位少婦，

富春江

　　在微茫的夜色裡，藏去了她那張白團團的面影之後，我獨立在江邊，不知不覺
心裡頭卻兀自感到了一種他鄉日暮的悲哀。渡船到岸，岸頭上起了幾聲微微的
水浪清音，又銅東一響，我早已跳上了船，渡船也已經掉過頭來了。坐在黑沉
沉的艙裡，我起先只在靜聽著柔櫓划水的聲音，然後卻在黑影裡看出了一星船
家在吸著的長煙管頭上的煙火，最後因為沉默壓迫不過，我只好開口說話了：
「船家！你這樣的渡我過去，該給你幾個船錢？」我問。「隨你先生把幾個就
是。」船家說話冗慢幽長，似乎已經帶著些睡意了，我就向袋裡摸出了兩角錢
來。「這兩角錢，就算是我的渡船錢，請你候我一會，上山燒一次夜香，我是
依舊要渡過江來的。」船家的回答，只是恩恩烏烏，幽幽同牛叫似的一種鼻
音，然而從繼這鼻音而起的兩三輕快的喀聲聽來，他卻已經在感到滿足了，因

為我也知道，鄉間的義渡，船錢最多也不過是兩三枚銅子而已。

　　到了桐君山下，在山影和樹影交掩著的崎嶇道上，我上岸走不上幾步，就被一塊亂石絆倒，滑跌了一次。船家似乎也動了惻隱之心了，一句話也不發，跑將上來，他卻突然交給了我一盒火柴。我於感謝了一番他的盛意之後，重整步武，再摸上山去，先是必須點一支火柴走三五步路的，但到得半山，路既就了規律，而微雲堆裡的半規月色，也朦朧地現出一痕銀線來了，所以手裡還存著的半盒火柴，就被我藏入了袋裡。路是從山的西北，盤曲而上；漸走漸高，半山一到，天也開朗了一點，桐廬縣市上的燈光，也星星可數了。更縱目向江心望去。富春江兩岸的船上和桐溪合流口停泊著的船尾船頭，也看得出一點一點的火來。走過半山，桐君觀裡的晚禱鐘鼓，似乎還沒有息盡，耳朵裡彷彿聽見了幾絲木魚鉦鈸的殘聲。走上山頂，先在半途遇著了一道道觀周邊的女牆，這女牆的柵門，卻已經掩上了。在柵門外徘徊了一刻，覺得已經到了此門而不進去，終於是不能滿足我一次暗夜冒險的好奇怪癖的。所以細想了幾次，還是決心進去，非進去不可，輕輕用手往裡面一推，柵門卻呀的一聲，早已退向了後方開開了，這門原來是虛掩在那裡的。進了柵門，踏著為淡月所映照的石砌平路，向東向南的走了五、六十步，居然走到了道觀的大門之外，這兩扇朱紅漆的大門，不消說是緊閉在那裡的。到了此地，我卻不想再破門進去了，因為這大門是朝南向著大江開的，門外頭是一條一丈來寬的石砌步道，步道的一旁是道觀的牆，一旁便是山坡，靠山坡的一面，並且還有一道兩尺來高的石牆築在那裡，大約是代替欄杆，防人傾跌下山去的用意；石牆之上，舖的是兩三尺寬的青石，在這似石欄又似石凳的牆上，盡可以坐臥遊息，飽看桐江和對岸的

風景，就是在這裡坐它一晚，也很可以，我又何必去打開門來，驚起那些老道的惡夢呢？

空曠的天空裡，流漲著的只是些灰白的雲，雲層缺處，原也看得出半形的天，和一點兩點的星，但看起來最饒風趣的，卻仍是欲藏還露，將見仍無的那半規月影。這時候江面上似乎起了風，雲腳的遷移，更來得迅速了，而低頭向江心一看，幾多散亂著的船裡的燈光，也忽明忽滅地變換了位置。

這道觀大門外的景色，真神奇極了。我當十幾年前，在放浪的遊程裡，曾向瓜州京口一帶，消磨過不少的時日；那時覺得果然名不虛傳的，確是甘露寺外的江山，而現在到了桐廬，昏夜上這桐君山來一看，又覺得這江山的秀而且靜，風景的整而不散，卻非那天下第一江山的北固山所可與比擬的了。真也難怪得嚴子陵，難怪得戴征士，倘使我若能在這樣的地方結屋讀書，以養天年，哪還要什麼的高官厚祿，還要什麼的浮名虛譽哩？一個人在這桐君觀前的石上，看看山，看看水，看看城中的燈火和天上的星雲，更做做浩無邊際的無聊幻夢，我竟忘記了時刻，忘記了自身，直等到隔江的擊拆聲傳來，向西一看，忽而覺得城中的燈影微茫地滅了，才跑也似走下了山來，渡江奔回了客舍。

第二日清晨，覺得昨天在桐君觀前做過的殘夢正還沒有續完的時候，窗外面忽而傳來了一陣吹角的聲音。好夢雖被打破，但因這同吹篳篥似的商音哀咽，卻很含著些荒涼的古意，並且曉風殘月，楊柳岸邊，也正好候船待發，上嚴陵去；所以心裡縱懷著了些兒怨恨，但臉上卻只現出了一痕微笑，起來梳洗更衣，叫茶房去雇船去。雇好了一隻雙槳的漁舟，買就了些酒菜魚米，就在旅

館前面的碼頭上上了船。輕輕向江心搖出去的時候，東方的雲幕中間，已現出了幾絲紅暈，有八點多鐘了；舟師急得厲害，只在埋怨旅館的茶房，為什麼昨晚不預先告訴，好早一點出發。因為此去就是七里灘頭，無風七里，有風七十里，上釣臺去玩一趟回來，路程雖則有限，但這幾日風雨無常，說不定要走夜路，才回來得了的。

過了桐廬，江心狹窄，淺灘果然多起來了。路上遇著的來往的行舟，數目也是很少，因為早晨吹的角，就是往建德去的快班船的信號，快班船一開，來往於兩岸之間的船就不十分多了。兩岸全是青青的山，中間是一條清淺的水，有時候過一個沙洲，洲上的桃花、菜花，還有許多不曉得名字的白色的花，正在喧鬧著春暮，吸引著蜂蝶。我在船頭上一口一口的喝著嚴東關的藥酒，指東話西地問著船家，這是甚麼山？那是甚麼港？驚嘆了半天，稱頌了半天，人也覺得倦了，不曉得什麼時候，身子卻走上了一家水邊的酒樓，在和數年不見的幾位已經做了黨官的朋友高談闊論。談論之餘，還背誦了一首三年前曾在同一的情形之下做成的歪詩：

不是尊前愛惜身，佯狂難免假成真；曾因酒醉鞭名馬，生怕情多累美人。
劫數東南天作孽，雞鳴風雨海揚塵；悲歌痛哭終何補，義士紛紛說帝秦。

直到盛筵將散，我酒也不想再喝了，和幾位朋友鬧得心裡各自難堪，連對旁邊坐著的兩位陪酒的名花都不願意開口。正在這上下不得的苦悶開頭，船家卻大聲的叫了起來說：

「先生，羅芷過了，釣臺就在前面，你醒醒吧！好上山去燒飯吃去。」

　　擦擦眼睛，整了一整衣服，抬起頭來一看，四面的水光山色又忽而變了樣子了。清清的一條淺水，比前又窄了幾分，四圍的山包得格外的緊了，彷彿是前無去路的樣子，並且山容峻削，看去覺得格外的瘦格外的高。向天上地下四圍看看，只寂寂的看不見一個人影。雙槳的搖響，到此似乎也不敢放肆了，鉤的一聲過後，要好半天才來一個幽幽的迴響，靜，靜，靜，身邊水上，山下岩頭，只沉浸著太古的靜，死滅的靜，山峽裡連飛鳥的影子也看不見半隻。前面的所謂釣臺山上，只看得見兩個大石壘，一間歪斜的亭子，許多縱橫蕪雜的草木。山腰裡的那座祠堂也只露著些廢垣殘瓦，屋上面連炊煙都沒有一絲半縷，像是好久好久沒人住了的樣子。並且天氣又來得陰森，早晨曾經露一露臉過的太陽，這時候早已深藏在雲堆裡了，餘下來的只是時有時無從側面吹來的陰颼颼的半箭兒山風。船靠了山腳，跟著前面背著酒菜魚米的船夫，走上嚴先生祠堂去的時候，我心裡真有點害怕，怕在這荒山裡要遇見一個乾枯蒼老得同絲瓜筋似的嚴先生的鬼魂。

　　在祠堂西院的客廳裡坐定，和嚴先生的不知第幾代的裔孫談了幾句關於年歲水旱的話後，我的心跳，也漸漸兒的鎮靜下去了，囑託了他以煮飯燒菜的雜務，我和船家就從斷碑亂石中間爬上了釣臺。

　　東西兩石壘，高各有兩三百尺，離江面約兩里來遠，東西臺相去，只有一兩百步，但其間卻夾著一條深谷。立在東臺，可以看得出羅芷的人家，回頭展望來路，風景似乎散漫一點，而一上謝氏的西臺，向西望去，則幽谷裡的清景，卻絕對的不像是在人間了。我雖則沒有到過瑞士，但到了西臺，朝西一看，立時就想起了曾在照片上看見過的威廉退兒的祠堂。這四山的幽靜，這江

嚴子陵釣臺

水的青藍，簡直同在畫片上的珂羅版色彩，一色也沒有兩樣；所不同的，就是在這兒的變化更多一點，周圍的環境更蕪雜不整齊一點而已，但這卻是好處，這正是足以代表東方民族性的頹廢荒涼的美。

從釣臺下來，回到嚴先生的祠堂──記得這是洪楊以後嚴州知府戴盤重建的祠堂──西院裡飽啖了一頓酒肉，我覺得有點酩酊微醉了。手拿著以火柴柄製成的牙籤，走到東面供著嚴先生神像的龕前，向四面的破壁上一看，翠墨淋漓，題在那裡的，竟多是些俗而不雅的過路高官的手筆。最後到了南面的一塊白牆頭上，在離屋簷不遠的一角高處，卻看到了我們的一位新近去世的同鄉夏靈峰先生的四句似邵堯夫而又略帶感慨的詩句。夏靈峰先生雖則只知崇古，不善處今，但是五十年來，像他那樣的頑固自尊的亡清遺老，也的確是沒有第二個人。比較起現在的那些官迷財迷的南滿尚書和東洋宦婢來，他的經術言行，姑不必去論它，就是以骨頭來秤秤，我想也要比什麼羅三良、鄭太郎輩，重到好幾百倍。慕賢的心一動，薰人的臭技自然是難熬了，堆起了幾張桌椅，借得了一支破筆，我也在高牆上在夏靈峰先生的腳後放上了一個陳屁，就是在船艙的夢裡，也曾微吟過的那一首歪詩。

　　從牆頭上跳將下來,又向龕前天井去走了一圈,覺得酒後的喉嚨,有點渴癢了,所以就又走回到了西院,靜坐著喝了兩碗清茶。在這四大無聲,只聽見我自己的啾啾喝水的聲音衝擊到那座破院的敗壁上去的寂靜中間,同驚雷似地一響,院後的竹園裡卻忽而飛出了一聲悠長而又有節奏似的雞啼的聲來。同時在門外歇著的船家,也走進了院門,高聲的對我說:

　　「先生,我們回去吧!已經是吃點心的時候了,你不聽見那隻公雞在後山啼嗎?我們回去吧!」

一九三二年八月在上海寫

刊載《論語》半月刊創刊號

半日的遊程

　　去年有一天秋晴的午後，我因為天氣實在好不過，所以就擱下了當時正在趕著寫的一篇短篇的筆，從湖上坐汽車馳上了江干。在兒時熟習的海月橋、花牌樓等處閒走了一陣，看看青天，看看江岸，覺得一個人有點寂寞起來了，索性就朝西的直上，一口氣便走到了二十幾年前曾在那裡度過了半年學生生活的之江大學的山中。二十年的時間的印跡，居然處處都顯示了面形：從前的一片荒山，幾條泥路，與夫亂石幽溪，草房藩溷，現在都看不見了。尤其要使人感覺到我老何堪的，是在山道兩旁的那一排青青的不凋冬樹；當時只同豆苗似的幾根小小的樹秧，現在竟長成了可以遮蔽風雨，可以掩障烈日的長林。不消說，山腰的平處，這裡那裡，一所所的輕巧而經濟的住宅，也添造了許多；像在畫裡似的附近山川的大致，雖仍依舊，但校址的周圍，變化卻竟簇生了不少。第一，從前在大禮堂前的那一絲空地，本來是下臨絕谷的半邊山道，現在卻已將面前的深谷填平，變成了一大球場。大禮堂西北的略高之處，本來是有幾枝被朔風摧折得彎腰屈背的老樹孤立在那裡的，現在卻建築起了三層的圖書

文庫了。二十年的歲月！三千六百日的兩倍的七千兩百日的日子！以這一短短的時節，來比起天地的悠長來，原不過是像白駒的過隙，但是時間的威力，究竟是絕對的暴君，曾日月之幾何，我這一個本在這些荒山野徑裡馳騁過的毛頭小子，現在也竟垂垂老了。

一路上走著、看著，又微微地嘆著，自山的腳下，走上中腰，我竟費去了三十來分鐘的時刻。半山裡是一排教員的住宅，我的此來，原因為在湖上江干孤獨得怕了，想來找一位既是同鄉，又是同學，而自美國回來之後就在這母校裡服務的胡君，和他來談談過去，賞賞清秋，並且也可以由他這裡來探到一點故鄉的消息的。

兩個人本來是上下年紀的小學校的同學，雖然在這二十幾年中見面的機會不多，但或當暑假，或在異鄉，偶爾遇著的時候，卻也有一段不能自己的柔情，油然會生起在各個的胸中。我的這一回的突然的襲擊，原來也不過是想使他驚駭一下，用以加增加增親熱的效力的企圖；升堂一見，他果然是被我駭倒了。

「哦！真難得！你是幾時上杭州來的？」他驚笑著問我。

「來了已經多日了，我因為想靜靜兒的寫一點東西，所以朋友們都還沒有去看過。今天實在天氣太好了，在家裡坐不住，因而一口氣就跑到了這裡。」

「好極！好極！我也正在打算出去走走，就同你一道上溪口去吃茶去吧！沿錢塘江到溪口去的一路風景，實在是不錯！」

　　沿溪入谷，在風和日暖，山近天高的田塍道上，兩人慢慢地走著，談著，走到九溪十八澗的口上的時候，太陽已經斜到了去山不過丈來高的地位了。在溪房的石條上坐落，等茶莊裡的老翁去起茶煮水的中間，向青翠還像初春似的四山一看，我的心坎裡不知怎麼，竟充滿了一股說不出的颯爽的清氣。兩人在路上，說話原已經說得很多了，所以一到茶莊，都不想再說下去，只瞪目坐著，在看四周的山和腳下的水，忽而嘘朔朔朔的一聲，在半天裡，晴空中一隻飛鷹，像霹靂似的叫過了，兩山的回音，更繚繞地震動了許多時。我們兩人頭也不仰起來，只豎起耳朵，在靜聽著這鷹聲的響過。迴響過後，兩人不期而遇的將視線湊集了攏來，更同時破顏發了一臉微笑，也同時不謀而合的叫了出來說：

　　「真靜啊！」

　　「真靜啊！」

　　等老翁將一壺茶搬來，也在我們邊上的石條上坐下，和我們攀談了幾句之後，我才開始問他說：

　　「久住在這樣寂靜的山中，山前山後，一個人也沒有得看見，你們倒也不覺得怕的嗎？」

　　「怕啥東西？我們又沒有龍連（錢），強盜綁匪，難道肯到孤老院裡來討飯吃的嗎？並且春三二月，外國清明，這裡的遊客，一天也有好幾千。冷清的，就只不過這幾個月。」

　　我們一面喝著清茶，一面只在貪味著這陰森得同太古似的山中的寂靜，不知不覺，竟把擺在桌上的四碟糕點都吃完了，老翁看了我們的食欲旺盛，就又推薦著他們自造的西湖藕粉和桂花糖說：

　　「我們的出品，非但在本省口碑載道，就是外省，也常有信來郵購的，兩位先生沖一碗嚐嚐看如何？」

　　大約是山中的清氣，和十幾里路的步行的結果吧！那一碗看起來似鼻涕，吃起來似泥沙的藕粉，竟使我們嚼出了一種意外的鮮味。等那壺龍井芽茶，沖得已無茶味，而我身邊帶著的一封絞盤牌也只剩了兩支的時候，覺得今天是行得特別快的那輪秋日，早就在西面的峰旁躲去了。谷裡雖掩下了一天陰影，而對面東首的山頭，還映得金黃淺碧，似乎是山靈在預備去赴夜宴麗舖陳著濃裝

的樣子。我昂起了頭，正在賞玩著這一幅以青天為背景的夕照的秋山，忽聽見耳旁的老翁以富有抑揚的杭州土音計算著帳說：

「一茶，四牒，二粉，五千文！」

我真覺得這一串話是有詩意極了，就回頭來叫了一聲說：

「老先生！你是在對課呢？還是在做詩？」

他倒驚了起來，張開了兩眼呆視問我：

「先生你說啥話語？」

「我說，你不是在對課嗎？三竺六橋，九溪十八澗，你不是對上了『一茶四碟，二粉五千文』了嗎？」

說到了這裡，他才搖動著鬍子，哈哈的大笑了起來，我們也一道笑了。付帳起身，向右走上了去理安寺的那條石砌小路，我們倆在山嘴將轉彎的時候，三人的呵呵呵呵的大笑的餘音，似乎還在那寂靜的山腰，寂靜的溪口，作不絕如縷的迴響。

一九三三年五月二十一日

故都的秋

　　秋天，無論在什麼地方的秋天，總是好的；可是啊，北國的秋，卻特別地來得清，來得靜，來得悲涼。我的不遠千里，要從杭州趕上青島，更要從青島趕上北平來的理由，也不過想飽嚐一嚐這「秋」，這故都的秋味。

　　江南，秋當然也是有的；但草木凋得慢，空氣來得潤，天的顏色顯得淡，並且又時常多雨而少風；一個人夾在蘇州、上海、杭州，或廈門、香港、廣州的市民中間，渾渾沌沌地過去，只能感到一點點清涼，秋的味，秋的色，秋的意境與姿態，總看不飽，嚐不透，賞玩不到十足。秋並不是名花，也並不是美酒，那一種半開、半醉的狀態，在領略秋的過程上，是不合適的。

　　不逢北國之秋，已將近十餘年了。在南方每年到了秋天，總要想起陶然亭的蘆花，釣魚臺的柳影，西山的蟲唱，玉泉的夜月，潭柘寺的鐘聲。在北平即使不出門去吧，就是在皇城人海之中，租人家一椽破屋來住著，早晨起來，泡一碗濃茶，向院子一坐，你也能看得到很高的碧綠的天色，聽得到青天下馴

鴿的飛聲。從槐樹葉底，朝東細數著一絲一絲漏下來的日光，或在破壁腰中，靜對著像喇叭似的牽牛花（朝榮）的藍朵，自然而然地也能夠感覺到十分的秋意。說到了牽牛花，我以為以藍色或白色者為佳，紫黑色次之，淡紅者最下。最好，還要在牽牛花底，教長著幾根疏疏落落的尖細且長的秋草，使作陪襯。

北國的槐樹，也是一種能使人聯想起秋來的點綴。像花而又不是花的那一種落蕊，早晨起來，會鋪得滿地。腳踏上去，聲音也沒有，氣味也沒有，只能感出一點點極微細、極柔軟的觸覺。掃街的在樹影下一陣掃後，灰土上留下來的一條條掃帚的絲紋，看起來既覺得細膩，又覺得清閒，潛意識下並且還覺得有點兒落寞，古人所說的梧桐一葉而天下知秋的遙想，大約也就在這些深沉的地方。

秋蟬的衰弱的殘聲，更是北國的特產；因為北平處處全長著樹，屋子又低，所以無論在什麼地方，都聽得見牠們的啼唱。在南方是非要上郊外或山上去才聽得到的。這秋蟬的嘶叫，在北平可和蟋蟀、耗子一樣，簡直像是家家戶戶都養在家裡的家蟲。

還有秋雨哩，北方的秋雨，也似乎比南方的下得奇，下得有味，下得更像樣。

在灰沉沉的天底下，忽而來一陣涼風，便息列索落的下起雨來了。一層雨過，雲漸漸地捲向了西去，天去青了，太陽又露出臉來了；著著很厚的青布單衣或夾襖的都市閒人，咬著煙管，在雨後的斜橋影裡，上橋頭樹底去一立，遇見熟人，便會用了緩慢悠閒的聲調，微嘆著互答著的說：

「唉，天可真涼了——」（這了字唸得很高，拖得很長。）

「可不是嗎？一層秋雨一層涼啦！」

北方人唸陣字，總老像是層字，平平仄仄起來，這唸錯的歧韻，倒來得正好。

北方的葉樹，到秋來，也是一種奇景。第一是棗子樹；屋角，牆頭，茅房邊上，灶房門口，它都會一株株的長大起來。像橄欖又像鴿蛋似的這棗子顆兒，在小橢圓形的細葉中間，顯出淡綠微黃的顏色的時候，正是秋的全盛時期；等棗樹葉落，棗子紅完，西北風就要起來了，北方便是塵沙灰土的世界，只有這棗子、柿子、葡萄，成熟到八、九分的七、八月之交，是北國的清秋的佳日，是一年之中最好也沒有的Golden Days。

有些批評家說，中國的文人學士，尤其是詩人，都帶著很濃厚的頹廢色彩，所以中國的詩文裡，頌讚秋的文字特別的多。但外國的詩人，又何嘗不然？我雖則外國詩文唸得不多，也不想開出帳來，做一篇秋的詩歌散文鈔，但你若去一翻英、德、法、意等詩人的集子，或各國的詩文的Anthlogy來，總能夠看到許多關於秋的歌頌與悲啼。各著名的大詩人的長篇田園詩或四季詩裡，也總以關於秋的部分，寫得最出色而最有味。足見有感覺的動物，有情趣的人

類，對於秋，總是一樣的能特別引起深沉、幽遠、嚴厲、蕭索的感觸來的。不單是詩人，就是被關閉在牢獄裡的囚犯，到了秋天，我想也一定會感到一種不能自己的深情；秋之於人，何嘗有國別，更何嘗有人種階級的區別呢？不過在中國，文字裡有一個「秋士」的成語，讀本裡又有著很普遍的歐陽子的秋聲與蘇東坡的赤壁賦等，就覺得中國的文人，與秋的關係特別深了。可是這秋的深味，尤其是中國的秋的深味，非要在北方，才感受得到底。

南國之秋，當然是也有它的特異的地方，譬如廿四橋的明月，錢塘江的秋潮，普陀山的涼霧，荔枝灣的殘荷等等，可是色彩不濃，回味不永。比起北國的秋來，正像是黃酒之與白乾，稀飯之與饃饃，鱸魚之與大蟹，黃犬之與駱駝。

秋天，這北國的秋天，若留得住的話，我願意把壽命的三分之二折去，換得一個三分之一的零頭。

一九三四年八月，在北平

悲劇的出生

自傳之一

「丙申年，庚子月，甲午日，甲子時」，這是因為近年來時運不佳，東奔西走，往往斷炊，室人於絕望之餘，替我去批來的命單上的八字。開口就說年庚，倘被精神異狀的有些女作家看見，難免得又是一頓痛罵，說：「你這醜小子，你也想學起張君瑞來了嗎？下流，下流！」但我的目的呢，倒並不是在求愛，不過想大書特書地說一聲，在光緒二十二年十一月初三的夜半，一齣結構並不很好而尚未完成的悲劇出生了。

光緒的二十二年（西曆一八九六）丙申，是中國正和日本戰敗後的第三年；朝廷日日在那裡下罪己詔，辦官書局，修鐵路，講時務，和各國締訂條約。東方的睡獅，受了這當頭的一棒，似乎要醒轉來了；可是在酣夢的中間，消化不良的內臟，早經發生了腐潰，任你是如何的國手，也有點兒不容易下藥的徵兆，卻久已流佈在上下各地的施設之中。敗戰後的國民——尤其是初出生

的小國民，當然是畸形，是有恐怖狂，是神經質的。

兒時的回憶，誰也在說，是最完美的一章，但我的回憶，卻盡是些空洞。第一，我所經驗的最初的感覺，便是飢餓；對於飢餓的恐怖，到現在還在緊逼著我。

郁達夫母親像

生到了末子，大約母體總也已經是虧損到了不堪再育了，乳汁的稀薄，原是當然的事情。而一個小縣城裡的書香世家，在洪楊之後，不曾發跡過的一家破落鄉紳的家裡，雇乳母可真不是一件細事。

四十年前的中國國民經濟，比到現在，雖然也並不見得闊敞，但當時的物質享樂，卻大家都在壓制，壓制得比英國清教徒治世的革命時代還要嚴刻。所以在一家小縣城裡的中產之家，非但雇乳母是一件不可容許的罪惡，就是一切家事的操作，也要主婦上場，親自去做的。像這樣的一位奶水不足的母親，而又餵乳不能按時，雜食不加限制，養出來的小孩，哪裡能夠強健？我還長不到十二個月，就因營養的不良患起腸胃病來了。一病年餘，由衰弱而發熱，由發熱而痙攣；家中上下，竟被一條生命而累得精疲力盡；到了我出生後第三年的春夏之交，父親也因此以病而死；在這裡總算是悲劇的序幕結束了，此後便只是孤兒寡婦的正劇的上場。

　　幾日西北風一颳，天上的鱗雲，都被吹掃到東海裡去了。太陽雖則消失了幾分熱力，但一碧的長天，卻開大了笑口。富春江兩岸的烏桕樹、槭樹、楓樹，振脫了許多病葉，顯出了更疏勻、更紅艷的秋收後的濃妝；稻田割起了之後的那一種和平的氣象，那一種潔淨沉寂，歡欣乾燥的農村氣象，就是立正縣城這面的江上，遠遠望去，也感覺得出來。那一條流繞在縣城東南的大江哩，雖因無潮而殺了水勢，比起春夏時候的水量來，要淺到丈把高的高度，但水色卻澄清了，澄清得可以照見浮在水面上的鴨嘴的斑紋。我上江開下來的運貨船隻，這時候特別的多，風帆也格外的飽；狹長的白點，水面上一條，水底下一條，似飛雲也似白象，以青紅的山，深藍的天和水做了背景，悠閒地、無聲地在江面上滑走。水邊上在那裡看船行，摸魚蝦，採被水沖洗得很光潔的白石，挖泥沙造城池的小孩們，都拖著了小小的影子，在這一個午飯之前的幾刻鐘裡，鼓動他們的四肢，竭盡他們的氣力。

　　離南門碼頭不遠的一塊水邊大石條上，這時候也坐著一個五、六歲的小孩，頭上養著了一圈羅漢髮，身上穿了青粗布的棉袍子，在太陽裡張著眼望江中間來往的帆檣。就在他的前面，在貼近水際的一塊青石上，有一位十五、六歲像是人家的使婢模樣的女子，跪著在那裡淘米、洗菜。這相貌清瘦的孩子，既不下來和其他的同年輩的小孩們去同玩，也不願意說話似地只沉默著在看遠處。等那女子洗完菜後，站起來要走，她才笑著問了他一聲說：「你肚皮餓了沒有？」他一邊在石條上立起，預備著走，一邊還在凝視著遠處默默地搖了搖頭。倒是這女子，看得他有點可憐起來了，就走近去握著了他的小手，彎腰輕

輕地向他耳邊說：「你在惦記著你的娘嗎？她是明後天就快回來了！」這小孩才回轉了頭，仰起來向她露了一臉很悲冷、很寂寞的苦笑。

這相差十歲左右，看去又像姊弟又像主僕的兩個人，慢慢走上了碼頭，走進了城垛；沿城向西走了一段，便在一條南向大江的小弄裡走進去了。他們的住宅，就在這條小弄中的一條裡頭，是一間舊式三開間的樓房。大門內的大院子裡，長著些雜色的花木，也有幾隻大金魚缸沿牆擺在那裡。時間將近正午了，太陽從院子裡曬上了向南的階簷。這小孩一進大門，就跑步走到了正中的那間廳上，向坐在上面唸經的一位五、六十歲的老婆婆問說：

「奶奶，娘就快回來了嗎？翠花說，不是明天，後天總可以回來的，是真的嗎？」

老婆婆仍在繼續著唸經，並不開口說話，只把頭點了兩點。小孩子似乎是滿足了，歪了頭向他祖母的扁嘴看了一息，看看這一篇她在唸著的經正還沒有一段落，祖母的開口說話，是還有幾分鐘好等的樣子，他就又跑入廚下，去和翠花作伴去了。

午飯吃後，祖母仍在唸她的經，翠花在廚下收拾食器；除時有幾聲洗鍋子潑水碗相擊的聲音傳過來外，這座三開間的大樓外的大院子裡，靜得同在墳墓裡一樣。太陽曬滿了東面的半個院子，有幾匹寒蜂和耐得起冷的蠅子，在花木裡微鳴蠢動。靠階簷的一間南房內，也照進了太陽光，那小孩只靜悄悄地在一張舖著被的藤榻上坐著看幾本劉永福鎮臺灣，日本蠻子樺山總督被擒的石印小書本。

等翠花收拾完畢，一盆衣服洗好，想叫了他一道的上江邊去敲濯的時候，他卻早在藤榻的被上，和衣睡著了。

這是我所記得的兒時生活。兩位哥哥，因為年紀和我差得太遠，早就上離家很遠的書塾去唸書了，所以沒有一道玩的可能。守了數十年寡的祖母，也已將人生看穿了，自我有記憶以來，總只看見她在動著那張沒有牙齒的扁嘴唸佛唸經。自父親死後，母親要身兼父職了，入秋以緩，老是不在家裡；上鄉間去收租穀是她，將穀託人去礱成米也是她，雇了船，連柴帶米，一道運回城裡來也是她。

在我這孤獨的童年裡，日日和我在一處，有時候也講些故事給我聽，有時候也因我脾氣的古怪而和我鬧，可是結果終究是非常痛愛我的，卻是那一位忠心的使婢翠花。她上我們家裡來的時候，年紀正小得很，聽母親說，那時候連她的大小便、吃飯穿衣，都還要大人來侍候她的。父親死後，兩位哥哥要上學去，母親要帶了長工到鄉下去料理一切，家中的大小操作，全賴著當時只有十幾歲的她一雙手。

只有孤兒寡婦的人家，受鄰居、親戚們的一點欺凌，是免不了的；凡我們家裡的田地盜賣了，堆在鄉下的租穀等被剽竊去了，或祖墳山的墳樹被砍了的時候，母親去爭奪不轉來，最後的出氣，就只是在父親像前的一場痛哭。母親哭了，我是當然也只有哭，而將我抱入懷裡，時用柔和的話來慰撫我的翠花，總也要淚流得滿面，恨死了那些無賴的親戚、鄰居。

我記得有一次，也是將近吃中飯的時候了，母親不在家，祖母在廳上唸

佛，我一個人從花壇邊的石階上，站了起來，在看大缸裡的金魚。太陽光漏過了院裡的樹葉，一絲一絲的射進了水，照得缸裡的水藻與游動的金魚，和平時完全變了樣子。我於驚嘆之餘，就伸手到了缸裡，想將一絲一絲的日光捉起，看它一個痛快。上半身用力過猛，兩隻腳浮起來了，心裡一慌，頭部、胸部就顛倒浸入到了缸裡的水藻之中。我想叫，但叫不出聲來，將身體掙扎了半天，以後就沒有了知覺。等我從夢裡醒轉的時候，已經是晚上了，一睜開眼，我只看見兩眼哭得紅腫的翠花的臉伏在我的臉上。我叫了一聲「翠花！」她帶著鼻音，輕輕的問我；「你看見我了嗎？你看得見我了嗎？要不要水喝？」我只覺得身上、頭上像有火在燒，叫她快點把蓋在那裡的棉被掀開。她又輕輕的止住我說；「不，不，野貓要來的！」我舉目向煤油燈下一看，眼睛裡起了花，一個一個的物體黑影，都變了相，真以為是身入了野貓的世界，就嘩的一聲大哭了起來。祖母、母親，聽見了我的哭聲，也趕到房裡來了，我只聽見母親吩咐翠花說：「妳去吃夜飯去，阿官由我來陪他！」

　　翠花後來嫁給了一位我小學裡的先生去做填房，生了兒女，做了主母。現在也已經有了白髮，成了寡婦了。前幾年，我回家去，看見她剛從鄉下挑了一擔老玉米之類的土產來我們家裡探望我的老母。和她已經有二十幾年不見了，她突然看見了我，先笑了一陣，後來就哭了起來。我問她的兒子，就是我的外甥有沒有和她一起進城來玩，她一邊擦著眼淚，一邊還向布裙袋裡摸出了一個烤白芋給我吃。我笑著接過來了，邊上的人也大家笑了起來，大約我在她的眼裡，總還只是五、六歲的一個孤獨的孩子。

（人間世第十七期廿三年十二月五日刊）

說明

　　一九三四年，郁達夫新任浙省府參議，常發表遊記作品。是年冬起，應書店要求，開始寫起自傳來，自《人間世》半月刊二卷十七期起，陸續的發表了八篇自傳，自呱呱墮地起寫至離家留日止，篇目及發表期數分別為〈悲劇的出生〉（十七期）、〈我的夢我的青春〉（十八期）、〈書塾與學堂〉（十九期）、〈水樣的春愁〉（二十期）、〈遠一程，再遠一程〉（二十一期）、〈孤獨者〉（二十三期）、〈大風圈外〉（二十六期）、〈海上〉（三十一期）。此外，他曾於一九三六年在《宇宙風》十一期發表另一篇自傳散文〈雪夜〉。郁達夫的自傳，可說是美麗的散文小品，唯在年代的敘述上，有些許失誤，以致前後無法銜接，讀者不妨參照篇前〈郁達夫的生平事略〉閱讀。

我的夢，我的青春

不曉得是在哪一本俄國作家的作品裡，曾經看到過一段寫一個小村落的文字；他說：「譬如有許多紙折起來的房子，擺在一段高的地方，被大風一吹，這些房子就歪歪斜斜地飄落到了谷裡，緊擠在一道了。」前面有一條富春江繞著，東、西、北的三面盡是些小山包住的富陽縣城，也的確可以借了這一段文字來形容。

雖則是一個行政中心的縣城，可是人家不滿三千，商店不過百數；一般居民，全不曉得做什麼手工業，或其他新式的生產事業，所靠以度日的，有幾家自然是祖遺的一點田產，有幾家則專以小房子出租，在吃兩元、三元一月的租金；而大多數的百姓，卻還是既無恆產，又無恆業，沒有目的，沒有計畫，只同蟑螂似地在那裡出生、死亡、繁殖下去。

這些蟑螂的密集之區，總不外乎兩處地方；一處是三個銅子一碗的茶店，

一處是六個銅子一碗的小酒館。他們在那裡從早晨坐起，一直可以坐到晚上上排門的時候；討論柴、米、油、鹽的價格，傳佈東鄰西舍的新聞，為了一點不相干的醜事，譬如說吧，甲以為李德泰的煤油只費三個銅子一提，乙以為是五個銅子兩提的話，雙方就會得爭論起來；此外的人，也馬上分成甲黨或乙黨提出證據，互相論辯；弄到後來，也許相打起來，打得頭破血流，還不能夠解決。

因此，在這麼小的一個縣城裡，茶店、酒館，竟也有五、六十家之多；於是大部分蟑螂，就家裡可以不備面盆手巾、桌椅板凳、飯鍋碗筷等日常用具，而悠悠地生活過去了。離我們家鄉不遠的大江邊上，就有這樣的兩處蟑螂之窟。

在我們的左面，住有一家斫斫柴，賣賣菜，人家死人或娶親，去幫幫忙跑跑腿的人家。他們的一族，男女老小的人數很多很多，而住的那一間屋，卻只比牛欄馬槽大了一點。他們家裡的頂小的一位苗裔年紀比我大一歲，名字叫阿千，冬天穿的同傘似的一堆破絮，夏天，大半身是光光地裸著的；因而皮膚黝黑，臂膀粗大，臉上也像是生落地之後，只洗了一次的樣子。他雖只比我大了一歲，但是跟了他們屋裡的大人，茶店、酒館日日去上，婚喪的人家，也老在進出；打起架、吵起嘴來，尤其勇猛。我每天見他從我們的門口走過，心裡老在羨慕，以為他又上茶店、酒館去了，我要到什麼時候，才可以同他一樣的和大人去夾在一道呢？而他的出去和回來，不管是在清早或深夜，我總沒有一次不注意到的，因為他的喉音很大，有時候一邊走著，一邊在絕叫著和大人談天，若只他一個人的時候哩，總在嚕囌地唱戲。

　　當一天的工作完了，他跟了他們家裡的大人，一道上酒店去的時候，看見我欣羨地立在門口，他原也曾邀約過我；但一則怕母親要罵，二則膽子終於太小，經不起那些大人的盤問笑說，我總是微笑著搖搖頭，就跑進屋裡去躲開了，為的是上茶、酒店去的誘惑性，實在強不過。

　　有一天春天的早晨，母親上父親的墳頭去掃墓去了，祖母也一清早上了一座遠在三、四里路外的廟裡去唸佛。翠花在灶下收拾早餐的碗筷，我只一個人立在門口，看有淡雲浮著的青天。忽而阿千唱著戲，背著鈎刀和小扁擔繩索之類，從他的家裡出來，看了我的那種沒精打采的神氣，他就立了下來和我談天，並且說：

　　「鸛山後面的盤龍山上，映山紅開得多著哩；並且還有烏米飯（是一種小黑果子）、彤管子（也是一種刺果）、刺莓等等，你跟了我來吧，我可以採一大堆給你。你們奶奶，不也在北面腳下的真覺寺裡唸佛嗎？等我斫好了柴，我就可以送你上寺裡去吃飯去。」

　　阿千本來是我所崇拜的英雄，而這一回又只有他一個人去斫柴，天氣那麼的好，今天清早祖母出去唸佛的時候，我本是嚷著要同去的，但她因為怕我走不動，就把我留下了。現在一聽到了這一個提議，自然是心裡急跳了起來，兩隻腳便也很輕鬆地跟他出發了，並且還只怕翠花要出來阻撓，跑路跑得比平時只有得快些。出了弄堂，向東沿著江，一口氣跑出了縣城之後，天地寬廣起來了，我的對於這一次冒險的驚懼之心就馬上被大自然的威力所壓倒。這樣問問，那樣談談，阿千真像是一部小小的自然界的百科大辭典；而到盤龍山腳去

的一段野路，便成了我最初學自然科學的模範小課本。

　　麥已經長得有好幾尺高了，麥田裡的桑樹，也都發出了絨樣的葉芽。晴天裡舒叔叔的一聲飛鳴過去的，是老鷹在覓食；樹枝頭吱吱喳喳，似在打架又像是在談天的，大半是麻雀之類；遠處的竹林叢裡，既有抑揚，又帶餘韻，在那裡歌唱的，才是深山的畫眉。

　　上山的路旁，一拳一拳像小孩子的拳頭似的小茶，長得很多；拳的左右上下，滿長著了些絳黃的絨毛，彷彿是野生的蟲類，我起初看了，只在害怕，走路的時候，若遇到一叢，總要繞一個彎，讓開它們，但阿千卻笑起來了，他說：

　　「這是薇薇，摘了去，把下面的粗幹切了，抄起來吃，味道是很好的哩！」

　　漸走漸高了，山上的青紅雜色，迷亂了我的眼目。日光直射在山坡上，從草木泥土裡蒸發出來的一種氣息，使我呼吸感到困難；阿千也走得熱起來了，把他的一件破夾襖一脫，丟向了地下。教我在一塊大石上坐下息著，他一個人穿了一件小衫唱著戲去斫柴、採野果去了；我回身立在石上，向大江一看，又深深地深深地得到了一種新的驚異。

　　這世界真大呀！那寬廣的水面！那澄碧的天空！那些上下的船隻，究竟是從哪裡來，上哪裡去的呢？

　　我一個人立在半山的大石上，近看看有一層陽光在顫動著的綠野桑田，遠

看看天和水以及淡淡的青山，漸聽得阿千的唱戲聲音幽下去、遠下去了，心裡就莫名其妙的起了一種渴望與愁思。我要到什麼時候才能大起來呢？我要到什麼時候才可以到這像在天邊似的遠處去呢？到了天邊，那麼我的家呢？我的家裡的人呢？同時感到了對遠處的遙念與對鄉井的離愁，眼角裡便自然而然地湧出了熱淚。到後來，腦子也昏亂了，眼睛也模糊了，我只呆呆的立在那塊大石上的太陽裡做幻夢。我夢見有一隻揩擦得很潔淨的船，船上面張著了一面很飽滿的白帆，我和祖母、母親、翠花、阿千等都在船上，吃著東西，唱著戲，順流下去。到了一處不相識的地方。我又夢見城裡的茶店、酒館，都搬上山來了，我和阿千便在這山上的酒館裡大喝大嚷，旁邊的許多大人，都在那裡驚奇仰視。

這一種接連不斷的白日之夢，不知做了多少時候，阿千卻背了一捆小小的草柴，和一包刺莓、映山紅、烏米飯之類的野果，回到我立在那裡的大石邊來了；他脫下了小衫，光著了脊肋，那些野果就係包在他的小衫裡面的。

他提議說，時候不早了，他還要斫一捆柴，且讓我們吃著野果，先從山腰走向後山去吧，因為前山的草柴，已經被人斫完，第二捆不容易採刮攏來了。

慢慢地走了山後，山下的那個真覺寺的鐘鼓聲音，早就從春空裡送到了我們的耳邊，並且一條青煙，也剛從寺後的廚房裡透出屋頂。向寺裡看了一眼，阿千就放下了那捆柴，對我說：

「他們在燒中飯了，大約離吃飯的時候也不很遠，我還是先送你到寺裡去吧！」

　　我們到了寺裡，祖母和許多同伴者的唸佛婆婆，都張大了眼睛，驚異了起來。阿千走後，他們就開始問我這一次冒險的經過，我也感到了一種得意，將如何出城，如何和阿千上山採集野果的情形，說得格外的詳細。後來坐上桌上吃飯的時候，有一位老婆婆問我：「你大了，打算去做些什麼？」我就毫不遲疑地回答她說：「我願意去斫柴！」

　　故鄉的茶店、酒館，到現在還在風行熱鬧，而這一位茶店、酒館裡的小英雄，初次帶我上山書塾與學堂去冒險的阿千，卻在一年漲大水的時候，喝醉了酒，淹死了。他們的家族，也一個個地死的死、散的散，現在沒有生存者了；他們的那座牛欄似的房屋，已經換過了兩三個主人。時間是不饒人的，盛衰起滅也絕對地無常的：阿千之死，同時也帶去了我的夢、我的青春！

　　　　　　　　　（《人間世》第十八期廿三年十二月廿日刊）

郁達夫故居

書塾與學堂

自傳之三

　　從前我們學英文的時候，中國自己還沒有教科書，用的是一冊英國人編了預備給印度人讀的同納氏文法是一路的讀本。這讀本裡，有一篇說中國人讀書的故事。插畫中畫著一位年老背曲、拿煙管、戴眼鏡、拖辮子的老先生坐在那裡聽學生背書，立在這先生前面背書的，也是一位拖著長辮的小後生。不曉為什麼原因，這一課的故事，對我印象特別的深，到現在我還約略暗誦得出來。裡面曾說到中國人讀書的奇習，說：「他們無論讀書背書時。總要把身體東搖西掃，搖動得像一個自鳴鐘的擺。」這一種讀書、背書時擺搖身體的作用與快樂，大約是沒有在從前的中國書塾裡讀過書的人所永不能瞭解的。

　　我的初上書塾去唸書的年齡，卻說不清楚了，大約在七、八歲的樣子；只記得有一年冬天的深夜，在燒年紙的時候，我已經有點矇矓想睡了，盡在擦眼睛、打呵欠，忽而門外來了一位提著燈籠的老先生，說是來替我開筆的。我

跟著他上了香，對孔子的神位行了三跪九叩之禮；立起來就在香案前面的一張桌上寫了一張上大人的紅字，唸了四句人之初，性本善的三字經。第二年的春天，我就夾著綠布書包，拖著紅絲小辮，搖擺著身體，成了那冊英文讀本裡的小學生樣子了。

經過了三十餘年的歲月，把當時的苦痛，一層層地摩擦乾淨，現在回想起來，這書塾裡的生活，實在是快活得很。因為要早晨坐起一直坐到晚的緣故，可以助消化，健身體的運動，自然只有身體的死勁搖擺與放大喉嚨的高叫了。大小便，是學生們監禁中暫時的解放，故而廁所就變作了樂園。我們同學中間的一位最淘氣的，是學官陳老師的兒子，名叫陳方；書塾就係附設在學宮裡面的，陳方每天早晨，總要大小便十二、三次，後來弄得先生沒法，就設下了一支令籤，凡須出塾上廁所的人，一定要持籤而出；於是兩人同去，在廁所裡搗鬼的弊端革去了，但這令籤的爭奪，又成了一般學生們的唯一的娛樂。

陳方比我大四歲，是書塾裡的頭腦；像春香鬧學似的把戲，總是由他發起，由許多蝦兵蟹將來演出的，因而先生的撻伐，也以落在他一個人的頭上者居多。不過同學中間的有幾位狡猾的人，委過於他，使他冤枉被打的事情也著實不

少；他明知道辯不清的，每次替人受過之後，總只張大了兩眼，滴落幾滴大淚

點，摸摸頭上的痛處就了事。我後來進了當時由書院改建的新式的學堂，而陳方也因他父親的去職而他遷，一直到現在，還不曾和他有第二次見面的機會；這機會大約是永不會再來了，因為國共分家的當日，在香港彷彿會聽見人說起過他，說他的那一種慘死的樣子，簡直和屠格涅夫描述寫的羅亭，完全是一樣。

由書塾而到學堂！這一個轉變，在當時的我的心裡，比從天上飛到地上，還要來得大而且奇。其中的最奇之處，是我一個人，在全校的學生當中，身體、年齡，都屬最小的一點。

當時的學堂，是一般人的崇拜和驚異的目標。將書院的舊考棚撤去了幾排，一間像鳥籠似的中國式洋房造成功的時候，甚至離城有五、六十里路遠的鄉下人，都成群結隊，帶了飯包、雨傘，走進城來擠看新鮮。在校舍改造成功的半年之中，「洋學堂」的三個字，成了茶店酒館、鄉村城市裡的談話的中心；而穿著奇形怪狀的黑斜紋布制服的學堂生，似乎都是萬能的張天師，人家也在側目而視，自家也在暗鳴得意。

一縣裡唯一的這縣立高等小學堂的堂長，更是了不得的一位大人物，進進出出，用的是藍呢小轎；知縣請客，總少不了他。每月第四個禮拜六下午作文課的時候，縣官若來監課，學生們特別有兩個肉饅頭好吃；有些住在離城十餘里的鄉下的學生，於文課作完後回家的包裹裡，往往將這兩個饅頭包得好好，帶回鄉下去送給鄰里尊長，並非想學穎考叔的純孝，卻因為這肉饅頭是學堂裡

的東西，而又出於知縣官之所賜，吃了是可以驅邪啟智的。

實際上我的那一班學堂裡的同學，確有幾位是進過學的秀才，年齡都在三十左右；他們穿起制服來，因為背形微駝，樣子有點不大雅觀，但穿了袍子馬褂，搖搖擺擺走回鄉下去的態度，卻另有著一種堂皇嚴肅的威儀。

初進縣立高等小學堂的那一年年底，因為我的平均成績，超出了八十分以上，突然受了堂長和知縣的提拔，令我和四位其他的同學跳過了一班，升入了高兩年的級裡；這一件極平常的事情，在縣城裡居然也聳動了視聽，而在我們的家庭裡，卻引起了一場很不小的風波。

是第二年春天開學的時候了，我們的那位寡母，辛辛苦苦，調集了幾塊大洋的學費、書籍費繳進學堂去後，我向她又提出了一個無理的要求，硬要她去為我買一雙皮鞋來穿。在當時的我的無邪眼裡，覺得在制服下穿上一雙皮鞋，挺胸伸腳，得得得得地在石板路上走去，就是世界上最光榮的事情；跳過了一班，升進了一級的我，非要如此打扮，才能夠壓服許多比我大一半年齡的同學的心。為湊集學費之類，已經羅掘得精光的我那位母親，自然是再也沒有兩塊大洋的餘錢替我去買皮鞋了，不得已就只好老了面皮，帶著了我，上大街上的洋廣貨店裡去賒去；當時的皮鞋，是由上海運來，在洋廣貨店裡寄售的。

一家，兩家，三家，我跟了母親，從下街走起，一直走到了上街盡處的那一家隆興字型大小。店裡的人，看我們進去，先都非常客氣，摸摸我的頭，一雙一雙的皮鞋拿出來替我試腳；但一聽到了要賒欠的時候，卻同樣地都白了眼，作一臉苦笑，說要去問帳房先生的。而各個帳房先生，又都一樣地板起了

臉，放大了喉嚨，說是賒欠不來。到了最後那一家隆興裡，慘遭拒絕賒欠的一瞬間，母親非但漲紅了臉，我看見她的眼睛，也有點紅起來了。不得已只好默默地旋轉了身，走出了店；我也並無言語，跟在她的後面走回家來。到了家裡，她先掀著鼻涕，上樓去了半天；後來終於帶了一大包衣服，走下樓來，我曉得她是將從後門走出，上當舖去以衣服抵押現錢的；這時候，我心酸極了，哭著喊著，趕上了後門邊把她拖住，就絕命的叫說：

「娘，娘！您別去吧！我不要了，我不要皮鞋穿了！那些店家！那些可惡的店家！」

我拖住了她跪向了地下，她也嗚嗚地放聲哭了起來。兩人的對泣，驚動了四鄰，大家都以為是我得罪了母親，走攏來相勸。我愈聽愈覺得悲哀，母親也愈哭愈厲害，結果還是我重陪了不是，由間壁的大伯伯帶走，走上了他們的家裡。

自從這一次的風波以後，我非但皮鞋不著，就是衣服、用具，都不想用新的了。拼命的讀書，拼命的和同學中的貧苦者相往來，對有錢的人、經商的人仇視等，也是從這時候而起的水樣的春愁。當時雖還只有十一、二歲的我、經了這一番波折，居然有老成人的樣子了，直到現在，覺得這一種怪癖的性格，還是改不轉來。

到了我十三歲的那一年冬天，是光緒三十四年，皇帝死了；小小的這富陽縣裡，也來了哀詔，發生了許多議論。熊成基的安徽起義，無知幼弱的溥儀的入嗣，帝室的荒淫，種族的歧異等等，都從幾位看報的教員的口裡，傳入了

我們的耳朵。而對於我印象最深的，是一位國文教員拿我們看的報紙的一張青年軍官的半身肖像。他說，這一位革命義士，在哈爾濱被捕，在吉林被滿清的大員及漢族的賣國奴等生生地殺掉了；我們要復仇，我們要努力用功。所謂種族，所謂革命，所謂國家等等的概念，到這時候，才隱約地在我腦裡生了一點兒根。

（《人間世》第十九期廿四年一月五日刊）

水樣的春愁

自傳之四

　　洋學堂裡的特殊科目之一，自然是伊利哇拉的英文。現在回想起來，雖不免有點覺得好笑，但在當時，雜在各年長的同學當中，和他們一樣地曲著背，聳著肩，搖搖著身體，用了讀古人辭類纂的腔調，高聲朗誦著皮衣啤、皮哀排的精神，卻真是一點兒含糊苟且之處都沒有的。初學會寫字母之後，大家所急於一試的，是自己的名字的外國寫法；於是教英文的先生，在課餘之暇就又多了一門專為學生拼英文名字的工作。有幾位原想走快捷方式的同學，並且還去問過先生，外國百家姓和外國三字經沒有得買的？先生笑著回答說，外國百家姓和三字經，就只有你們在讀的那一本潑刺瑪的時候，同學們於失望之餘，反更是皮哀排、皮衣啤地叫得起勁。當然是不用說的，學英文還沒有到一個禮拜，幾本當教科書用的十三經注疏，御批通鑑輯覽的黃封面上，大家都各自用墨水筆題上了英文拼的歪斜的名字。又進一步，便是用了異樣的發音，操英文說著「你是一隻狗」，「我是你父親」之類的話，大家互討便宜的混戰上，而

實際上，有幾位鄉下的同學，卻已經真的是兩三個小孩的父親了。

　　因為一班之中，我的年齡算最小，所以自修室裡，當監課的先生走後，另外的同學們在密語著、哄笑著的關於男女的問題，我簡直一點兒也感不到興趣。從性智識發育落後的一點上說，我確不得不承認自己是一個最低能的人。又因自小就習於孤獨，困於家境的結果，怕羞的心，畏縮的性，更使我的膽量，變得異常的小。在課堂上，坐在我左邊的一位同學，年紀只比我大了一歲，他家裡有幾位相貌長得和他一樣美的姊妹，並且住得也和學堂很近很近。因此，在校裡，他就是被同學們苦纏得最厲害的一個；而禮拜天或假日，他的家裡，就成了同學們的聚集的地方。當課餘之暇，或放假期裡，他原也懇切地邀過我幾次，邀我上他家裡去玩去；但形穢之感，終於把我的嚮往之心壓住，曾有好幾次想決心跟了他上他家去，可是到了他們的門口，卻又同罪犯似的逃了。他以他的美貌，以他的財富和姊妹，不但在學堂裡博得了絕大的聲勢，就是在我們那小小的縣城裡，也贏得了一般的好譽。而尤其使我羨慕的，是他的那一種同我們同年輩的異性們的周旋才略，當時我們縣城裡的幾位相貌比較豔麗一點的女性，個個是和他要好的，但他也實在真膽大，真會取巧。

　　當時同我們是同年輩的女性，裝飾入時，態度豁達，為大家所稱道的，有三個。一個是一位在上海開店，富甲一邑的商人趙某的姪女；她住得和我最近。還有兩個，也是比較富有的中產人家的女兒，在交通不便的當時，已經各跟了她們家裡的親戚，到杭州、上海等地方去跑跑了；她們倆，卻都是我那位同學的鄰居。這三個女性的門前，當傍晚的時候，或月明的中夜，老有一個一個的黑影在徘徊；這些黑影的當中，有不少卻是我們的同學。因為每到禮拜一

的早晨，沒有上課之先，我老聽見有同學們在操場上笑說在一道，並且時時還高聲地用著英文作了隱語，如「我看見她了！」，「聽見她在讀書」之類。而無論在什麼地方於什麼時候的凡關於這一類的談話的中心人物，總是課堂上坐在我的右邊，年齡只比我大一歲的那一天之驕子。

趙家的那位少女，皮色實在細白不過，臉形是瓜子臉；更因為她家裡有了幾個錢，而又時常上上海她叔父那裡去走動的緣故，衣服式樣的新異，自然可以不必說，就是做衣服的材料之類，也都是當時未開通的我們所不曾見過的。她們家裡，只有一位寡母和一個年輕的女僕，而住的房子卻很大。門前是一排柳樹，柳樹下還雜種著些鮮花；對面的一帶紅牆，是學宮的泮水圍牆，泮池上的大樹，枝葉垂到了牆外，紅綠便映成著一色。當濃春將過，首夏初來的春三、四月，腳踏著日光下石砌路上的樹影，手捉著撲面飛舞的楊花，到這一條路上去走走，就是沒有什麼另外的奢望，也很有點像夢裡的遊行，更何況樓頭窗裡，時常會有那一張少女的粉臉出來向你拋一眼兩眼的低眉斜視呢！

此外的兩個女性，相貌更是完整，衣飾也盡夠美麗，並且因為她倆的住址接近，出來捆在一道，平時在家，也老在一處，所以膽子也大，認識的人也多。她們在二十餘年前的當時，已經是開放得很，有點像現代的自由女子了，因而上她們家裡去鬼混，或到她們門前去守望的青年，數目特別的多，種類也自然要雜。

我雖則膽量很小，性智識完全沒有，並且也有點過分的矜持，以為成日地和女孩子們混在一道，是讀書人的大恥，是沒出息的行為；但到底還是一個亞

當的後裔，喉頭的蘋果，怎麼也吐它不出嚥它不下，同北方厚雪地下的細草萌芽一樣，到得冬來，自然也難免得有望春之意；老實說出來，我偶爾在路上遇見她們中間的無論哪一個，或湊巧在她們門前走過一次的時候，心裡也著實有點難受。

住在我那同學鄰近的兩位，因為距離的關係，更因為她們的處世智識比我長進，人生經驗比我老成得多。和我那位同學當然是早已有過糾葛，就是和許多不是學生的青年男子，也各已有了種種的風說，對於我雖像是一種含有毒汁的妖豔的花，誘惑性或許格外的強烈，但明知我自己絕不是她們的對手，平時不過於遇見的時候有點難以為情的樣子，此外倒也沒有什麼了不得的思慕，可是那一位趙家的少女，卻整整地惱亂了我兩年的童心。

我和她的住處比較得近，故而三日兩頭，總有著見面的機會。見面的時候，她或許是無心，只同對於其他的同年輩的男孩子打招呼一樣，對我微笑一下，點一點頭，但在我卻感得同犯了大罪被人發覺了的樣子，和她見面一次，馬上要變得頭昏耳熱，胸腔裡的一顆心突突地總有半個鐘頭好跳。因此，我上學去或下課回來，以及平時在家或出外去的時候，總無時無刻不在留心，想避去和她的相見。但遇到了她等她走過去後，或用功得很疲乏把眼睛從書本子舉起的一瞬間，心裡又老在盼望，盼望著她再來一次，再上我的眼面前來立著對我微笑一臉。

有時候從家中進出的人的口裡傳來，聽說「她和她母親又上上海去了，不知要什時候回來了」，我心裡會同時感到一種像釋重負又像失去了什麼似的憂

慮，生怕她從此一去，將永久地不回來了。

　　同芭蕉葉似地重重包裡著的我這一顆無邪的心，不知在什麼地方，透露了消息，終於被課堂上坐在我左邊的那位同學看穿了。一天禮拜六的下午，落課之後，他輕輕地拉著了我的的手對我說：「今天下午，趙家的那個小丫頭，要上倩兒家去，你願意和我同去一道玩兒？」這裡所說的倩兒，就是那兩位他鄰居的女孩子之中的一個的名字。我聽了他的這一句密語，立時就漲紅了臉，喘急了氣，囁嚅著說不出一句話來回答他，盡在拼命的搖頭，表示我不願意去，同時眼睛裡也水汪汪地想哭出來的樣子；而他卻似乎已經看破了我的隱衷，得著了我的同意似地用強力把我拖出了校門。

　　到了倩兒她們的門口，當然又是一番爭執，但經他大聲的一喊，門裡的三個女孩，卻同時笑著跑出來了；已經到了她們的面前，我也沒有什麼別的辦法，自然只好俯著首，紅著臉，同被綁赴刑場的死刑囚似地跟她們到了室內。經我那位同學帶了滑稽的聲調將如何把我拖來的情節說了一遍之後，她們接著就是一陣大笑。我心裡有點氣起來了，以為她們和他在侮辱我，所以於羞愧之上，又加了一層怒意。但是奇怪得很，兩隻腳卻軟落來了，心裡雖在想一溜跑走，而腿神終於不聽命令。跟她們再到客房裡去坐下，看她們四人捏起了骨牌，我連想跑的心思也早已忘掉，坐將在我那位同學的背後，眼睛雖則時時在注視著牌，但間或得著機會，也著實向她們的臉部偷看了許多次數。等她們的輸贏賭完，一餐東道的夜飯吃過，我也居然和她們伴熟，有說有笑了。臨走的時候，倩兒的母親還派了我一個差使，點上燈籠，要我把趙家的女孩送回家去。自從這一回後，我也居然入了我那同學的夥，不時上趙家和另外的兩女孩

家去進出了；可是生來膽小，又加以畢業考試的將次到來，我的和她們的來往，終沒有像我那位同學似的繁密。

正當我十四歲的那一年春天（一九〇九，宣統元年己酉），是舊曆正月十三的晚上，學堂裡於白天給與了我以畢業文憑及增生執照之後，就在大廳上擺起了五桌送別畢業生的酒宴。這一晚的月亮好得很，天氣也溫暖得像二、三月的樣子。滿城的爆竹，是在慶祝新年的上燈佳節，我於喝了幾杯酒後，心裡也感到了一種不能抑制的歡欣。出了校門，踏著月亮，我的雙腳，便自然而然地走向了趙家。她們的女僕陪她母親上街去買蠟燭、水果等過元宵的物品去了，推門進去，我只見她一個人拖著了一條長長的辮子坐在大廳上的桌子邊上洋燈底下練習寫字。聽見了我的腳步聲音，她頭也不朝轉來，只漫聲地問了一聲「是誰？」我過意屏著聲，提著腳，輕輕地走上了她的背後，一使勁一口就把她面前的那張洋燈吹滅了。月光如潮水似地浸滿了這一座朝南的大廳，她於一聲高叫之後，馬上就把頭朝了轉來。我在月光裡看見了她那張大理石似的嫩臉，和黑水晶似的眼睛，覺得怎麼也熬忍不住了，順勢就伸出了兩隻手去，捏住了她的手臂。兩人的中間，她也不發一語，我也並無一言，她是扭轉了身坐著我是向她立著的。她只微笑著看看我看看月亮，我也只微笑著看她看看中庭的空處，雖然此外的動作，輕薄的邪念，明顯的表示，一點兒也沒有，但不曉怎麼一股滿足、深沉、陶醉的感覺，竟同四周的月光一樣，包滿了我的全身。

兩人這樣的在月光裡沉默著相對，不知過了多久，終於她輕輕地開始說話了：「今晚上你在喝酒？」「是的，是在學堂裡喝的。」到這裡我才放開了兩手，向她邊上的一張椅子裡坐了下去。「明天你就要上杭州去考中學去嗎？」

停了一會，她又輕輕地問了一聲。「噯，是的，明朝坐快班船去」。兩人又沉默著，不知坐了幾多時候，忽聽見門外頭她母親和女僕說話的聲音漸漸兒的近了，她於是就忙著立起來擦洋火，點上了洋燈。

她母親進到了廳上，放下了買來的物品，先向我說了些道賀的話，我也告訴了她，明天將離開故鄉到杭州去；談不上半點鐘的閒話，我就匆匆告辭出來了。在柳樹影裡披了月光走回家來，我一邊回味著剛才在月光裡和她兩人相對時的沉醉似的恍惚，一邊在心的底裡，忽兒又感到了一點極淡極淡，同水一樣的春愁。

（《人間世》第二十期廿四年一月廿日刊）

遠一程，再遠一程

自傳之五

　　自富陽到杭州，陸路驛程九十里，水道一百里；三十多年前頭，非但汽車路沒有，就是錢塘江裡的小火輪，也是沒有的。那時候到杭州去一趟，鄉下人叫作充軍，以為杭州是和新疆伊犁一樣的遠，非犯下流罪，是可以不去的極邊。因而到杭州去之先，家裡非得供一次祖宗，虔誠禱告一番不可，意思是要祖宗在天之靈，一路上去保護著他們的子孫。而鄰里戚串，也總都來送行，吃過夜飯，大家手提著燈籠，排成一字，沿江送到夜航船停泊的埠頭，齊叫著「順風！順風！」才各回去。搖夜航船的船夫，也必在開船之先，沿江絕叫一陣，說船要開了，然後再上舵梢去燒一堆紙帛，以敬神明，以賂惡魂。當我去杭州的那一年，交通已經有一點進步了，於夜航船之外，又有了一次日班的快班船。

　　因為長兄已去日本留學，二兄入了杭州的陸軍小學堂，年假是不放的，祖

母、母親，又都是女流之故，所以陪我到杭州去考中學的人選，就落到了一位親戚的老秀才的頭上。這一位老秀才的迂腐迷信，實在要令人吃驚，同時可以令人起敬。他於早餐吃了之後，帶著我先上祖宗堂前頭去點了香燭，行了跪拜，然後再向我祖母、母親，做了三個長揖；雖在白天，也點起了一盞仁壽堂的燈籠，臨行之際，還回到祖宗堂面前去拔起了三株柄香和燈籠一道捏在手裡。祖母為憂慮著我一個最小的孫子，也將離鄉別井，遠去杭州之故，三日前就愁眉不展，不大吃飯不大說話了；母親送我們到了門口，「一路要……順風……順風！……」地說了半句未完的話，就跑回到了屋裡去躲藏，因為出遠門是要吉利的，眼淚絕不可以教行遠的人看見。

船開了，故鄉的城市山川，高低搖晃著漸漸兒退向了後面；本來是滿懷著希望，興高采烈在船艙裡坐著的我，到了縣城極東面的幾家人家也看不見的時候，鼻子裡忽而起了一陣酸溜。正在和那老秀才談起的作詩的話，也只好突然中止了，為遮掩著自己的脆弱起見，我就從網籃裡拿出了幾冊古唐詩合解來讀。但事不湊巧，信手一翻，恰正翻到了「離家日趨遠，衣帶日趨緩，心思不能言，腸中車輪轉」的幾句古歌，書本上的字跡模糊起來了，雙頰上自然止不住地流下了兩條冷冰冰的眼淚。歪倒了頭，靠住了艙板上的一捲舖蓋，我只能裝作想睡的樣子。但是眼睛不閉倒還好些，等眼睛一閉攏來，腦子裡反而更猛烈地起了狂飆。我想起了祖母、母親，當我走後的那一種孤冷的情形；我又想起了在故鄉城裡當這一忽兒的大家的生活起居的樣子，在一種每日習熟的周圍環境之中，卻少了一個「我」了，太陽總依舊在那裡曬著，市街上總依舊是那麼熱鬧的；最後，我還想起了趙家的那個女孩，想起了昨晚上和她在月光裡相

對的那一刻的春宵。

少年的悲哀，畢竟是易消的春雪；我躺下身體，閉上眼睛，流了許多暗淚之後，弄假成真，果然不久坤呼呼地熟睡了過去。等那位老秀才搖我醒來，叫我吃飯的時候，船卻早已過了漁山，就快入錢塘的境界了。幾個鐘頭的安睡，一頓飽飯的快啖，和船篷外的山水景色的變換，把滿抱的離愁，洗滌得乾乾淨淨；在孕實的風帆下引領遠望著杭州的高山，和老秀才談談將來的日子，我心裡又鼓起了一腔湧進的熱意：「杭州在望了，以後就是不可限量的遠大的前程！」

當時的中學堂的入學考試，比到現在，著實還要容易；我考的杭府中學，還算是杭州三個中學──其他的兩個，是宗文和安定──之中，最難考的一個，但一篇中文，兩三句英文的翻譯，以及四題數學，只教有兩小時的工夫，就可以繳卷了事的。等待放榜之前的幾日閒暇，自然落得去遊遊山玩玩水，杭州自古是佳麗的名區，面西湖又是可以比得西子的消魂之窟。

三十年來，杭州的景物，也大變了；現在回想起來，覺得舊日的杭州，實在比現在，還要可愛得多。

那時候，自錢塘門裡起，一直到湧金門內止，城西的一角，是另有一道雉牆圍著的，為滿人留守綠營兵駐防的地方，叫作旗營；平常是不大有人進去，大約門禁總也是很森嚴的無疑，因為將軍以下，千總把總以上，參將，都司，

游擊，守備之類的將官，都住在裡頭。遊湖的人，只有坐了轎子，出錢塘門，或到湧金門外去船的兩條路；所以湧金門外臨湖的頤園三雅園的幾家茶館，生意興隆，座客常常擠滿。而三雅園的陳設，實在也精雅絕倫，四時有鮮花的擺設，牆上、門上，各有詠西湖的詩詞、屏幅、聯語等貼的貼、掛的掛在那裡。並且還有小吃，像煮空的豆腐乾、白蓮藕粉等，又是價廉物美的消閒食品。其次為遊人所必到的，是城隍山了。四景園的生意，有時候比三雅園還要熱鬧，「城隍山上去吃酥油餅」這一句俗話，當時是無人不曉得的一句隱語，是說鄉下人上大菜館要做洋盤的意思。而酥油餅的價錢的貴，味道的好，和吃不飽的幾種特性，也是盡人皆知的事實。

我從鄉下初到杭州，而又同大觀園裡的香菱似地剛在私私地學做詩詞，一見了這一區假山盆景似的湖山，自然快活極了；日日和那位老秀才及第二位哥

哥喝喝茶、爬爬山，等到榜發之後，要繳學膳費進去的時候，帶來的幾個讀書資本，卻早已消費了許多，有點不足了。在人地生疏的杭州，借是當然借不到的；二哥哥的陸軍小學裡每月只有兩元也不知三元錢的津貼，自己做另用，還很勉強，更哪裡有餘錢來為我彌補？

在旅館裡唉聲嘆氣，自怨自艾，正想廢學回家，另尋出路的時候，恰巧和我同班畢業的三位同學，也從富陽到杭州來了；他們是因為杭府中學難考，並且費用也貴，預備一道上學膳費比較便宜的嘉興去進府中的。大家會聚攏來一談一算，覺著我手頭所有的錢，在杭州果然不夠讀半年書，但若上嘉興去，則連來回的車費也算在內，足可以維持半年而有餘。窮極計生，膽子也放大了，當日我就決定和他們一道上嘉興去讀書。

第二天早晨，別了哥哥，別了那位老秀才，和同學們一起四個，便上了火車，向東的上離家更遠的嘉興府去。在把杭州已經當作極邊相了的當時，到了言語、風習完全不同的嘉興府後，懷鄉之念，自然是更加得迫切。半年之中，當寢室的油燈滅了，或夜膳剛畢，操場上暗沉沉沒有旁的同學在的地方，我一個人真不知流盡了多少的思家的熱淚。

憂能傷人，但憂亦能啟智；在孤獨的悲哀裡沉浸了半年，暑假中重回到故鄉的時候，大家都說我長成得像一個大人了。事實上，因為在學堂裡，被懷鄉的愁思所苦擾，我沒有別的辦法好想，就一味的讀書，一味的做詩。並且這一次自嘉興回來，路過杭州，又住了一日；看看袋裡的錢，也還有一點盈餘，湖山的賞玩，當然不再去空費錢了。從梅花碑的舊書舖裡，我竟買來了一大堆

書。

這一大堆書裡，對我的影響最大，使我那一年的暑假期，過得非常快活，有三部書。一部是黎城勒氏的吳詩集覽，吳為吳梅村的夫人姓郁，我當時雖則還不十分懂得他的詩的好壞，但一想到他是和我們郁氏有姻戚關係的時候，就莫名其妙地感到了一種親熱。一部是無名氏編的庚子拳匪始末記，這一部書，從戊戌政變說起，說到六君子的被害，李蓮英的受寵，聯軍的入京、圓明園的縱火等地方，使我滿肚子激起了義憤。還有一部，是署名曲阜魯陽生孔氏編定的普天忠憤集，甲午前後的章奏議論、詩詞賦頌等慷慨激昂的文章，收集得很多；讀了之後，覺得中國還有不少的人才在那裡，亡國大約是不會亡的。而這三部書讀後的一個總感想，是恨我出世得太遲了，前既不能見吳梅村那樣的詩人，和他去做個朋友，後又不曾躬逢著甲午、庚子的兩次大難，去衝鋒陷陣地嚐一嚐打仗的滋味。

這一年的暑假過後，嘉興是不想再去了；所以秋期始業的時候，我就仍舊轉入了杭府中學的一年級。

（《人間世》第廿一期，廿四年二月五日刊）

孤獨者

自傳之六

裡外湖的荷葉、荷花，已經到了凋落的初期，堤邊的楊柳，影子也淡起來了。幾隻殘蟬，剛在告人以秋至的七月裡的一個下午，我又帶了行李，到了杭州。

因為是中途插班進去的學生，所以在宿舍裡，在課堂上，都和同班的老學生們，彷彿是兩個國家的國民。從嘉興府中，轉到了杭州府中，離家的路程，雖則是近了百餘里，但精神上的孤獨，反而更加深了！不得已，我只好把熱情收斂，轉向了內，固守著我自己的壁壘。

當時的學堂裡的課程，英文雖也是重要的科目，但究竟還是舊習難除，中國文依舊是分別等第的最大標準。教國文的那一位桐城派的老將王老先生，於幾次作文之後，對我有點注意起來了，所以進校後將近一個月光景的時候，同學們居然贈了我一個「怪物」的綽號；因為由他們眼裡看來，這一個不善

交際，衣裝樸素，說話也不大會說的鄉下蠢才，做起文章來，竟也會得壓倒儕輩，當然是一件非怪物不能的天大的奇事。

杭州終於是一個省會，同時之中，大半是錦衣肉食的鄉宦人家的子弟。因而同班中衣飾美好，肉色細白，舉止嫻雅，談吐溫存的同學，不知道有多少。而最使我驚異的，是每一個這樣的同學，總有一個比他年長一點的同學，附隨在一道的那一種現象。在小學裡，在嘉興府中裡，這一種風氣，並不是說沒有，可是絕沒有像當時杭州府中那麼的風行普遍。而有幾個這樣的同學，非但不以被視作女性為可恥，竟也有薰香傅粉，故意在裝腔作怪，賣弄富有的。我對這一種情形看得真有點氣，向那一批所謂Face的同學，當然是很明顯地表示了惡感，就是向那些年長一點的同學，也時時露出了敵意；這麼一來，我的「怪物」之名，就愈傳愈廣，我與他們之間的一條牆壁，自然也愈築愈高了。

在學校裡既然成了一個不入夥的孤獨的游離分子，我的情感，我的時間與精力，當然只有鑽向書本子去的一條出路。於是幾個由零用錢裡節省下來的僅少的金錢，就做了我的唯一娛樂積買舊書的源頭活水。

那時候的杭州的舊書舖，都聚集在豐樂橋，梅花碑的兩條直角形的街上。每當星期假日的早晨，我仰臥在床上，計算計算在這一禮拜裡可以省下來的金錢，和能夠買到的最經濟、最有用的書籍，就先可以得著一種快樂的預感。有時候在書店門前徘徊往復，稽延得久了，趕不上回宿舍來吃午飯，手裡夾了書籍上大街羊湯飯店間壁的小麵館去吃一碗清麵，心裡可以同時感到十分的懊恨與無限的快慰。恨的是一碗清麵的幾個銅子的浪費，快慰的是一邊吃麵一邊翻

閱書本時的那一剎那的恍惚；這恍惚之情，大約是和哥倫布當發現新大陸的時候所感到的一樣。

真正指示我以做詩詞的門徑的，是留青新集裡的滄浪詩話和白香詞譜。西湖佳話中的各一篇短篇，起碼我總讀了兩遍以上。以後是流行本的各種傳奇雜劇了，我當時雖則還不能十分欣賞它們的好處，但不知怎麼，讀了之後的那一種朦朧的回味，彷彿是當三春天氣，喝醉了幾十年陳的醇酒。

既與這些書籍發生了曖昧的關係，自然不免要養出些不自然的私生兒子，在嘉興也曾經試過的稚氣滿幅的五七言詩句，接二連三地在一冊紅格子的作文簿上寫滿了；有時候興奮得厲害，晚上還妨礙了睡覺。

模仿原是人生的本能，發表欲，也是同吃飯、穿衣一樣地強的青年作者內心的要求。歌不像歌詩不像詩的東西積得多了，第二步自然是向各報館的匿名的投稿。

一封信寄出之後，當晚就睡不安穩了，第二天一早起來，就溜到閱報室去看報有沒有送來。早餐上課之類的事情，只能說是一種日常行動的反射作用；舌尖上哪裡還感得出滋味？講堂上更哪裡還有心思去聽講？下課鈴一搖，又只是逃命似地向閱報室的狂奔。

第一次的投稿被採用的，記得是一首模仿宋人的五古，報紙是當時的全浙公報。當看見了自己綴聯起來的一串文字，被植字工人排印出來的時候，雖然是用的匿名，閱報室裡也絕沒有人會知道作者是誰，但心頭正在狂跳著

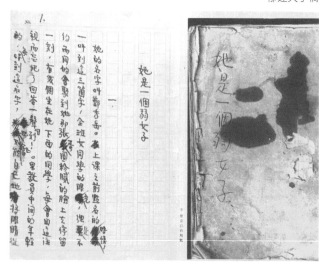

的我的臉上，馬上就變成了朱紅。洪的一聲，耳朵裡也響了起來，頭腦搖晃得像坐在船裡。眼睛也沒有主意了，看了又看，看了又看，雖則從頭至尾，把那一串文字看了好幾遍，但自己還在疑惑，怕這並不是由我投去的稿子。再狂奔出去，上操場去跳繞一圈，回來重新又拿起那張報紙，按住心頭，復看一遍，這才放心，於是乎方感到了快活，快活得想大叫起來。

當時我用的假名很多很多，直到兩三年後，覺得投稿已經有七、八成的把握了，才老老實實地用上了我的真名實姓。大約舊報紙的收藏家，翻起二十幾年前的全浙公報、之江日報以及上海的神州日報來，總還可以看到我當時所做的許多狗屁不通的詩句。現在我非但舊稿無存，就是一聯半句的字眼也想不起來了。與當時的廢寢忘食的熱心情形來一對比，進步當然可以說是進了步，但是老去的頹唐之感，也著實可以催落我幾滴自傷的眼淚。

就在那一年（一九○九年）的冬天，留學日本的長兄回到了北京，以小京官的名義被派上了法部去行走。入陸軍小學的第二位哥哥，也在這前後畢了

業，入了一處隸屬於標統底下的旁系駐防軍隊，而任了排長。

一文一武的這兩位芝麻綠豆官的哥哥，在我們那小小的縣裡，自然也聳動了視聽；但因家裡的經濟，稍稍寬裕了一點的結果，在我的求學程式上，反而促生了一種意外的脫線。

在外面的學堂裡住足了一年，又在各報上登載了幾次詩歌之後，我自以為學問早就超出了和我同時代的同年輩者，覺得按部就班的和他們在一道讀死書，是不上算也是不必要的事情。所以到了宣統二年（一九一○）的春期始業的時候，我的書桌上竟收集起了一大堆大學、中學招考新生的簡章！比較著，研究著，我真想一口氣就跑完了當時學部所定的大學及中學的學程。

中文呢，自己以為總可以對付的了；科學呢，在前面也曾經說過，為大家所不重視的；算來算去，只有英文是頂重要而也是我所最欠缺的一門。「好！就專門去讀英文吧！英文一通，萬事就好辦了！」這一個幼稚可笑的想頭，就是使我離開了正規的中學，去走教會學堂那一條快捷方式的原動力。

清朝末年，杭州的有勢力的教會學校，有英國聖公會和美國長老會、浸禮會的幾個系統。而長老會辦的育英書院，剛在山水明秀的江干新建校舍，改稱大學。頭腦簡單，只知道崇拜大學這一個名字的我這毛頭小子，自然是以進大學為最上的光榮，另外更還有什麼奢望哩？但是一進去之後，我的失望，卻比在省立的中學裡讀死書更加大了。

每天早晨，一起床就是禱告，吃飯又是禱告；平時九點到十點是最重要的

禮拜儀式，末了又是一篇禱告。聖經，是每年級都有的必修重要課目；禮拜天的上午，除出了重病，不能行動者外，誰也要去做半天禮拜。禮拜完後，自然又是禱告，又是查經。這一種信神的強迫，禱告的疊來，以及校內枝節細目的窒塞；想是在清朝末年曾進過教會學校的人，誰都曉得的事實，我在此地落得可以不說。

這種叩頭蟲似的學校生活，過上兩月，一位解放的福音宣傳者，竟從免費讀書的候補牧師中間，揭起叛旗來了；原因是為了校長偏護廚子，竟被廚子毆打了學膳費全納的不信教的學生。

學校風潮的發生、經過，和結局，大抵都是一樣的；起始總是全體學生的罷課退校，中間是背盟者的出來復課，結果便是幾個強硬者的開除。不知是幸呢還是下幸，在這一次的風潮裡，我也算是強硬者的一個。

（《人間世》第廿三期，廿四年三月五日刊）

大風圈外

自傳之七

　　人生的變化，往往是從不可測的地方開展開來的；中途從那一所教會學校退出來的我們，按理是應該額上都負著了該隱的烙印，無處再可以容身了啦，可是城裡的一處浸禮會的中學，反把我們當作了義士，以極優待的條件歡迎了我們進去。這一所中學的那位美國校長，非但態度和藹，中懷磊落，並且還有著外國宣教師中間所絕無僅見的一副很聰明的腦筋。若要找出一點他的壞處來，就在他的用人的不當；在他手下做教務長的一位紹興人，簡直是那種奴顏婢膝，諂事外人，趾高氣揚，壓迫同種的典型的洋狗。

　　校內的空氣，自然也並不平靜。在自修室，在寢室，議論紛紜，為一般學生所不滿的，當然是那隻洋狗。

　　「來它一下吧！」

「吃吃狗肉看！」

「頂好先敲他一頓！」

像這樣的各種密議與策略，雖則很多，可是終也沒有一個敢首先發難的人。滿腔的怨憤，既找不著一條出路，不得已就只好在作文的時候，發些紙上的牢騷。於是各班的文課，不管出的是什麼題目，總是橫一個嗚呼，豎一個嗚呼地悲啼滿紙，有幾位同學的卷子，從頭至尾統共還不滿五、六百字，而嗚呼卻要寫著一兩百個。那位改國文的老先生，後來也沒法想了，就出了一個禁令，禁止學生，以後不准再讀再做那些嗚呼派的文章。

那時候這一種「嗚呼」的傾向，這一種不平、怨憤，與被壓迫的悲啼，以及人心躍躍山雨欲來的空氣，實在還不只是一個教會學校裡的輿情；學校以外的各層社會，也像是在大浪裡的樓船，從腳到頂，都在顛搖波動著的樣子。

愚昧的朝廷，受了西宮毒婦的陰謀暗算，一面雖想變法自新，一面又不得不利用了符呪刀槍，把紅毛碧眼的鬼子，盡行殺戮。英法各國屢次的進攻，廣東津沽再三的失陷，自然要使受難者的百姓起來爭奪政權。洪楊的起義，兩湖山東撚子的運動，回民苗族的獨立等等，都在暗示著專制政府滿清的命運，孤城落日，總崩潰是必不能避免的下場。

催促被壓迫至兩百餘年之久的漢族結束奮起的，是徐錫麟、熊成基諸先烈的犧牲勇猛的行為；北京的幾次對滿清大員的暗殺事件，又是當時熱血沸騰的一般青年們所受到的最大激刺。而當這前後，此絕彼起地在上海發行的幾家報

紙，像民吁民立之類，更是直接灌輸種族思想，為倡革命行動的有力的號吹。到了宣統二年的秋冬（一九一〇年庚戌），政府雖則在忙著召開資政院，組織內閣，趕制憲法，冀圖挽回頹勢，欺騙百姓，但四海洶洶，革命的氣運，早就成了矢在弦上，不得不發的局面了。

是在這一年的年假放學之前，我對當時的學校教育，實在是真的感到了絕望，於是自己就訂下了一個計畫，打算回家去做從心所欲的自修功夫。第一，外界社會的聲氣，不可不通，我所以想去訂一份上海發行的日報。第二，家裡所藏的四部舊籍，雖則不多，但也盡夠我的兩三年的翻讀，中學的根底，當然是不會退步的。第三，英文也已經把第三冊文法讀完了，若能刻苦用功，則比在這種教會學校裡受奴隸教育，心裡又氣，進步又慢的半死狀態，總要痛快一點。自己私私決定了這大膽的計畫以後，在放年假的前幾天，也著實去添買了些預備帶回去作自修用的書籍。等年假一考完，於一天冬晴的午後，向西跟著挑行李的腳天，走出候潮門上江干去坐夜航船回故鄉去的那一刻的心境，我到現在還不能忘記。

「牢獄變相的你這座教會學校啊！以後你對我還更能加以壓迫嗎？」

「我們將比比試試，看將來還是你的成績好，還是我的成績好？」

「解脫了！以後便是憑我自己去努力，自己去奮鬥的遠大的前程！」

這一種喜悅，這一種充滿著希望的喜悅，比我初次上杭州來考中學時所感到的，還要緊張，還要肯定。

　　在故鄉索居獨學的生活開始了，親戚友屬的非難訕笑，自然也時時使我的決心動搖，希望毀滅；但我也已經有十六歲的年紀了，受到了外界的不瞭解我的譏訕之後，當然也要起一種反撥的心理作用。人家若明顯地問我「為什麼不進學堂去讀書？」不管它是好意還是惡意，我總以「家裡再沒有錢供給我去浪費了」的一句話回報他們。有幾個滿懷著十分的好意，勸告我「在家裡閒住著終不是青年的出路」的時候，我總以「現在正在預備，打算下年就去考大學」的一句衷心話來作答。而實際上這將近兩年的獨居苦學，對我的一生，卻是收穫最多，影響最大的一個預備時代。

杭州舊景

　　每日清晨，起床之後，我總面也不洗，就先讀一個鐘頭的外國文。早餐吃過，直到中午為止，是讀中國書的時間，一部資治通鑑和兩部唐宋詩文醇，就是我當時的課本。下午看一點科學書後，大抵總要出去散一回步。節季已漸漸地進入到了春天，是一九一一宣統辛亥年的春天了，富春江的兩岸，和往年一樣地綠遍了青青的芳草，長滿了嫋嫋的垂楊。梅花落後，接著就是桃花的亂

開；我若不沿著江邊，走上城東鶴山上的春江第一樓去坐看江天，總或上北門外的野田間去閒步，或出西門向近郊的農村裡去遊行。

附廓的農民的貧窮與無智，經我幾次和他們接談及觀察的結果，使我有好幾晚不能夠安睡。譬如一家有五、六口人口，而又有著十畝田產，以及一間小小的茅屋的自作農吧，在近郊的農民中間，已經算是很富有的中上人間了。從四、五月起，他們先要種秧田，這二分或三分的秧田大抵是要向人家去租來的，因為不是水旱無傷的上田，秧就不能種活。租秧田的費用，多則三五元，少到一兩元，卻不能再少了。五、六月在烈日之下分秧種稻，即使全家出馬，也還有趕不成同時插種的危險；因為水的關係，氣候的關係，農民的時間，卻也同交易所裡的閒食者們一樣，是一刻也差錯不得的。即使不雇工人，和人家交換做工，而把全部田稻種下之後，三次的耘植與用肥的費用，起碼也要合兩三元錢一畝的盤算。倘使天時湊巧，最上的豐年，平均一畝，也只能收到四、五十石的淨穀；而從這四、五十石穀裡，除去完糧納稅的錢，除去用肥料、租秧田及間或雇用忙工的錢後，省下來還夠得一家五口的一年之食嗎？不得已自然只好另外想辦法，譬如把稻草拿來做草紙，利用田的閒時來種麥、種菜、種豆類等等，但除稻以外的副作物的報酬，終竟是有限得很的。

耕地報酬漸減的鐵則，豐年穀賤傷農的事實，農民們自然哪裡會有這樣的智識；可憐的是他們不但不曉得去改良農種，開闢荒地，一年之中，歲時伏臘，還要把他們汗血錢的大部，去化在求神佞佛，與滿足許多可笑的虛榮的高頭。

　　所以在二十幾年前頭，即使大地主和軍閥的掠奪，還沒有像現在那麼的厲害，中國農村是實在早已瀕於破產的絕境了，更哪裡還經得起長年的內亂，廿年的外患，與廿年的剝削呢？

　　從這一種鄉村視察的閒步回來，在書桌上躺著候我開拆的，就是每日用上海寄來的日報。忽而英國兵侵入雲南佔領片馬了，忽而東三省疫病流行了，忽而廣州的將軍被刺了；凡見到的消息，又都是無能的政府，因專制昏庸，而釀成的慘劇。

　　黃花岡七十二烈士的義舉失敗，接著就是四川省鐵路風潮的勃發，在我們那一個一向是沉靜得同古井似的小縣城裡，也顯然的起了動搖。市面上敲著銅鑼，賣朝報的小販，日日從省城裡到來。臉上畫著八字鬍鬚，身上穿著披開的洋服，有點像外國人似的革命黨員的畫像，印在薄薄的有光洋紙之上，滿貼在茶坊酒肆的壁間，幾個日日在茶酒館中過日子的老人，也降低了喉嚨，皺緊了眉頭，低低切切，很嚴重地談論到了國事。

　　這一年的夏天，在我們的縣裡西北鄉，並且還出了一次青紅幫造反的事情。省裡派了一位旗籍都統，帶了兵馬來殺了幾個客籍農民之後，城裡的街談巷議，更是顛倒錯亂了；不知從哪一處地方傳來的消息，說是每夜四更左右，江上東南面的天空，還出現了一顆光芒拖得很長的掃帚星。我和祖母、母親，發著抖，趕著四更起來，披衣上江邊去看了好幾夜，可是掃帚星卻終於沒有看見。

　　到了陰曆的七、八月，四川的鐵路風潮鬧得更凶，那一種謠傳，更來得神

秘奇異了，我們的家裡，當然也起了一個波瀾，原因是因為祖母、母親想起了在外面供職的我那兩位哥哥。

幾封催他們回來的急信發後，還盼不到他們的覆信的到來，八月十八（陽曆十月九日）的晚上，漢口俄租界裡炸彈就爆發了。從此急轉直下，武昌革命軍的義旗一舉，不消旬日，這消息竟同晴天的霹靂一樣，馬上就震動了全國。

報紙上二號大字的某處獨立，擁某人為都督等標題，一日總有幾起；城裡的謠言，更是青黃雜出，有的說「杭州在殺沒有辮子的和尚」，有的說「撫台已經逃了」，弄得一般居民、鄉下人逃上了城裡，城裡人逃往了鄉間。

我也日日的緊張著，日日的渴等著報來；有幾次在秋寒的夜半，一聽見喇叭的聲音，便發著抖穿起衣裳，上後門口去探聽消息，看是不是革命黨到了。而沿江一帶的兵船，也每天看見駛過，洋貨舖裡的五色布匹，無形中銷售出了大半。終於有一天陰寒的下午，從杭州有幾隻張著白旗的船到了，江邊上岸來了幾十個穿灰色制服，荷槍帶彈的兵士。縣城裡的知縣，已於先一日逃走了，報紙上也報著前兩日，上海已為民軍所佔領。商會的巨頭，紳士中的幾個有聲望的，以及殘留著在城裡的一位貳尹，聯合起來出了一張告示，開了一次歡迎那幾位穿灰色制服的兵士的會，家家戶戶便掛上了五色的國旗；杭城光復，我們的這個直接附屬在杭州府下的小縣城，總算也不遭兵焚，而平平穩穩地脫離了滿清的壓制。

平時老喜歡讀悲歌慷慨的文章，自己捏起筆來，也老是痛哭淋漓、嗚呼滿紙的我這一個熱血青年，在書齋裡只想去衝鋒陷陣，參加戰鬥，為眾捨身，為

國效力的我這一個革命志士，際遇著了這樣的機會，卻也終於沒有一點作為，只呆立在大風圈外，捏緊了空拳頭，滴了幾滴悲壯的旁觀者的啞淚而已。

（《人間世》第廿六期，廿四年四月廿日刊）

海上

自傳之八

大暴風雨過後，小波濤的一起一伏，自然要繼續些時。民國元年二月十二日，滿清的末代皇帝宣統下了退位之詔，中國的種族革命，總算告了一個段落。百姓剪去了辮髮，皇帝改作了總統。天下騷然，政府惶惑，官制組織，盡行換上了招牌，新興權貴，也都改穿了洋服。為改訂司法制度之故，民國二年（一九一三）的秋天，我那位在北京供職的哥哥，就拜了被派赴日本考察之命，於是我的將來的修學行程，也自然而然的附帶著決定了。

眼看著革命過後，餘波到了小縣城裡所惹起的是是非非，一半也抱了希望，一半卻擁著懷疑，在家裡的小樓上悶過了兩個夏天，到了這一年的秋季，實在再也忍耐不住了，即使沒有我那位哥哥的帶我出去，恐怕也得自己上道，到外邊來尋找出路。

幾陣秋雨一落，殘暑退盡了，在一天晴空浩蕩的九月下旬的早晨，我只帶

了幾冊線裝的舊籍，穿了一身半新的夾服，跟著我那位哥哥離開了鄉井。

　　上海街路樹的洋梧桐葉，已略現了黃蒼，在日暮的街頭，那些租界上的熙攘的居民，似乎也森岑地感到了秋意，我一個人呆立在一品香朝西的露臺欄裡，才第一次受到了大都會之夜的威脅。

　　遠近的燈火樓臺，街下的馬龍車水，上海原說是不夜之城，銷金之窟，然而國家呢？像這樣的昏天黑地般過生活，難道是人生的目的嗎？金錢的爭奪，犯罪的公行，精神的浪費，肉欲的橫流，天雖則不會掉下來，地雖則也不會陷落去，可是像這樣的過去，是可以的嗎？在僅僅閱世十七年多一點的當時我那幼稚的腦裡，對於帝國主義的險毒，物質文明的糜爛，世界現狀的危機，與夫國計民生的大略等明確的觀念，原是什麼也沒有，不過無論如何，我想社會的歸宿，做人的正道，總還不在這裡。

　　正在對了這魔都的夜景，感到不安與疑惑的中間，背後房裡的幾位哥哥的朋友，卻談到了天蟾舞臺的迷人的戲劇；晚餐吃後，有人做東道主請去看戲，我自然也做了花樓包廂裡的觀眾的一人。

　　這時候梅博士還沒有出名，而社會人士的絕望胡行，色情倒錯，也沒有像現在那麼的

郁達夫在上海的故居

徹底，所以全國上下，只有上海的一角，在那裡為男扮女裝的旦角而顛倒；那一晚天蟾舞臺的壓臺名劇，是賈璧雲的全本棒打薄情郎，是這一位色藝雙絕的小旦的拿手風頭戲；我們於九點多鐘，到戲院的時候，樓上、樓下觀眾已經是滿坑滿谷，實實在在的到了更無立錐之地的樣子了。四圍的珠璣粉黛，鬢影衣香，幾乎把我這一個初到上海的鄉下青年，窒塞到回不過氣來；我感到了眩惑，感到了昏迷。

最後的一齣賈璧雲的名劇上臺的時候，舞臺燈光加了一層光亮，臺下的觀眾也起了動搖。而從腳燈裡照出來的這一位旦角的身材、容貌、舉止與服裝，也的確是美，的確足以挑動臺下男女的柔情。在幾個鐘頭之前，那樣的對上海的頹廢空氣，感到不滿的我這不自覺的精神主義者，到此也有點固持不住了。這一夜回到旅館之後，精神興奮，直到了早晨的三點，方才睡去，並且在熟睡的中間，也曾做了色情的迷夢。性的啟發，靈肉的交鬨，在這次上海的幾日短短逗留之中，早已在我心裡，起了發酵的作用。

為購買船票、雜物等件，忙了幾日，更為了應酬來往，也著實費去了許多精力與時間，終於在一天清早，我們同去者三、四人坐了馬車向楊樹浦的匯山碼頭出發了，這時候馬路上還沒有行人，太陽也只出來了一線。自從這一次的離去祖國以後，海外飄泊，前後約莫有十餘年的光景，一直到現在為止，我在精神上，還覺得是一個無祖國、無故鄉的遊民。

太陽升高了，船慢慢地駛出了黃浦，衝入了大海；故國的陸地，縮成了線，縮成了點，終於被地平的空虛吞沒了下去；但是奇怪得很，我鵠立在船艙

的後部，西望著祖國的天空，卻一點兒離鄉去國的悲感都沒有。比到三、四年前，初去杭州時的那種傷感的情懷，這一回彷彿是在回國的途中。大約因為生活沉悶，兩年來的蟄伏，已經把我的戀鄉之情，完全割斷了。

海上的生活開始了，我終日立在船樓上，飽吸了幾天天空海闊的自由的空氣。傍晚的時候，曾看了偉大的海中的落日；夜半醒來，又上甲板去看了天幕上的秋星。船出黃海，駛入了明藍到底的日本海的時候，我又深深地深深地感受到了海天一碧，與白鷗水鳥為伴時的被解放的情趣。我的喜歡大海，喜歡登高以望遠，喜歡遺世而獨處，懷戀大自然而嫌人的傾向，雖則一半也由於天性，但是正當青春的盛日，在四面是海的這日本孤島上過去的幾年生活，大約總也發生了不可磨滅的絕大的影響無疑。

船到了長崎港口，在小島縱橫、山青水碧的日本西部這通商海岸，我才初次見到了日本的文化，日本的習俗與民風。後來讀到了法國羅底的記載這海港的美文，更令我對這位海洋作家，起了十二分的敬意。嗣後每次回國經過長崎心裡總要跳躍半天，彷彿是遇見了初戀的情人，或重翻到了幾十年前寫過的情書。長崎現在雖則已經衰落了，但在我的回憶裡，它卻總保有著那種活潑天真，像處女似地清麗的印象。

半天停泊，船又起錨了，當天晚上，就走到了四周如畫，明媚到了無以復加的瀨戶內海。日本藝術的清淡多趣，日本民族的刻苦耐勞，就是從這一路上的風景，以及四周海上的果園墾植地看來，也大致可以明白。蓬萊仙島，所指的不知是否就在這一塊地方，可是你若從中國東遊，一過瀨戶內海，看看兩岸

的山光水色，與夫岸上的漁戶農村，即使你不是秦朝的徐福，總也要生出神仙窟宅的幻想來，何況我在當時，正值多情多感，中國歲是十八歲的青春期哩！

由神戶去大阪，去京都，去名古屋，一路上且玩且行，到東京小石川區一處高臺上租屋住下，已經是十月將終，寒風有點兒可怕起來了。改變了環境，改變了生活起居的方式，言語不通，經濟行動，又受了監督沒有自由，我到東京住下的兩三個月裡，覺得是入了一所沒有枷鎖的牢獄，靜靜兒的回想起來，方才感到了離家去國之悲，發生了不可遏止的懷鄉之病。

在這鬱悶的當中，左思右想，唯一的出路，是在日本語的早日的諳熟，與自己獨立的經濟的來源。多謝我們國家文化的落後，日本與中國，曾有國立五校，開放收受中國留學生的約定。中國的日本留學生，只教能考上這五校的入學試驗，以後一直到畢業為止，每月的衣食零用，就有官費可以領得；我於絕望之餘，就於這一年的十一月，入了學日本文的夜校，與補習中學功課的正則預備班。

早晨五點鐘起床，先到附近的一所神社的草地裡去高聲朗誦著「上野的櫻花已經開了」，「我有著許多的朋友」等日文初步的課本，一到八點，就嚼著麵包，步行三里多路，走到神田的正則學校去補課。以兩角大洋的日用，在牛奶店裡吃過午餐與夜飯，晚上就是三個鐘頭的日本文的夜課。

天氣一日一日的冷起來了，這中間自然也少不了北風的雨雪。因為日日步行的結果，皮鞋前開了口，後穿了孔。一套在上海做的夾呢學生裝，穿在身上，仍同裸著的一樣；幸虧有了幾年前一位在日本曾入過陸軍士官學校的同

鄉，送給了我一件陸軍的制服，總算在晴日當作了外套，雨日當作了雨衣，禦了一個冬天的寒。這半年中的苦學，我在身體上，雖則種下了致命的呼吸器的病根，但在智識上，卻比在中國所受的十餘年的教育，還有一程的進境。

第二年的夏季招考期近了，我為決定要考入官費的五校去起見，更對我的功課與日語，加緊了速力。本來是每晚於十一點就寢的習慣，到了三月以後，也一天天的改過了；有時候與教科書本熒熒相對，竟會到了附近的炮兵工廠的汽笛，早晨放五點鐘的夜工時，還沒有入睡。

必死的努力，總算得到了相當的酬報，這一年的夏季，我居然在東京第一高等學校的入學考試裡佔取了一席。到了秋季始業的時候，哥哥因為一年的考期將滿，準備回國來復命，我也從他們的家裡，遷到了學校附近的宿店。於八月底邊，送他們上了歸國的火車，領到了第一次的自己的官費，我就和家庭，和戚屬，永久地斷絕了聯絡。從此野馬韁弛，風箏線斷，一生潦倒飄浮，復成了一隻沒有柁楫的孤舟，計算起時日來，大約與第一次世界大戰的開始，差不多是在同一的時候。

（《人間世》第卅一期，廿四年七月五日刊）

揚州舊夢寄語堂

語堂兄：

「亂擲黃金買阿嬌，窮來吳市再吹簫，簫聲遠渡江淮去，吹到揚州廿四橋。」

這是我在六、七年前——記得是一九二八年的秋天，寫那篇感傷的行旅時瞎唱出來的歪詩；那時候的計畫，本想從上海出發，先在蘇州下車，然後去無錫，遊太湖，過常州，達鎮江，渡瓜步，再上揚州去的。但一則因為蘇州在戒嚴，再則因在太湖邊上受了一點虛驚，故而中途變計，當離無錫的那一天晚上，就直到了揚州城裡。旅途不帶詩韻，所以這一首打油詩的韻腳，是姜白石的那一首小紅唱曲我吹簫的老調，係憑著了車窗，看看斜陽衰草，殘柳蘆葦，哼出來的莫名其妙的山歌。

我去揚州，這時候還是第一次：夢想著揚州的兩字，在聲調上，在歷史的意義上，真是如何地豔麗，如何地夠使人魂銷而魄蕩！

　　竹西歌吹，應是玉樹後庭花的遺音；螢苑迷樓，當更是臨春結綺等沉檀香閣的進一步的建築。此外的錦帆十里，殿腳三千，後土祠瓊花萬朵，玉鉤斜青塚雙行，計算起來，揚州的古蹟、名區，以及山水佳麗的地方總要有三年零六個月才逛得遍。唐宋文人的傾倒於揚州，想來一定是有一種特別見解的；小杜的青山隱隱水迢迢，與十年一覺揚州夢，還不過是略帶感傷的詩句而已，至如「君王忍把平陳業，只換雷塘數畝田」，「人生只合揚州死，禪智山光好墓田」，那簡直是說揚州可以使你的國亡，可以使你的身死，而也絕無後悔的樣子了，這還了得！

　　在我夢想中的揚州，實在太有詩意，太富於六朝的金粉氣了，所以那一次從無錫上車後，就是到了我所最愛的北固山下，亦沒有心思停留半刻，便匆匆的渡過了江去。

　　長江北岸，是有一條公共汽車路築在那裡的；一落渡船，就可以向北直駛，直達到揚州南門的福運門邊。再過一條城河，便進揚州城了，就是一千四五百年以來，為我們歷代的詩人騷客所讚嘆不置的揚州城也，就是你家黛玉的爸爸，在此撇下了孤兒，升天成佛去的揚州城！

　　但我在到揚州的一路上，所見的風景，都平坦蕭殺，沒有一點令人可以留戀的地方，因而想起了鼉無咎的赴廣陵道中的詩句：

　　醉臥符離太守亭，別都弦管記曾稱，淮山楊柳春千里，尚有多情憶小勝。（小勝，勸酒女鬟也。）

　　急鼓冬冬下泗州，卻瞻金塔在中流，帆開朝日初生處，船轉春山欲盡頭。

楊柳青青欲哺烏，一春風雨暗隋渠，落帆未覺揚州遠，已喜淮陰見白魚。

才曉得他自安徽北部，下泗州，經符離（現在的宿縣）由水道而去的，所以得見到許多景致，至少至少，也可以看到兩岸的垂楊和江中的浮屠魚類。而我去的一路呢，卻只見了些道路樹的洋槐，和秋收已過的沙田萬頃，別的風趣，簡直沒有。連綠楊城廓是揚州的本地風光，就是自隋朝以來的堤柳，也看見得很少。

到了福建門外，一見了那一座新修的城樓，以及寫在那洋灰壁上的三個福運門的紅字，更覺得興趣索然了；在這一種城門之內的亭台園囿，或楚館秦樓，哪裡會有詩意呢？

進了城去，果然只見到了些狹窄的街道，和低矮的市廛，在一家新開的綠楊大旅社裡住定之後，我的揚州好夢，已經醒了一半了。入睡之前，我原也去逛了一下街市，但是燈燭輝煌，歌喉宛轉的太平景象，竟一點也沒有。「揚州的好處，或者是在風景，明天去逛瘦西湖、平山堂，大約總特別的會使我滿足，今天且好好兒的睡它一晚，先養養我的腳力吧！」這是我自己替自己解悶的想頭，一半也是正心誠意，想驅逐驅逐宿娼的邪念的一道符咒。

第二天一早起來，先坐了黃包車出天甯門去遊平山堂。天甯門外的天甯寺，天甯寺後的重甯寺，建築的確偉大，廟貌也十分的壯麗；可是不知為了什麼，寺裡不見一個和尚，極好的黃松材料，都斷的斷、拆的拆了，像許久不經修理的樣子。時間正是暮秋，那一天的天氣又是陰天，我身到了這大伽藍裡，四面不見人影，仰頭向御碑佛像以及屋頂一看，滿身出了一身冷汗，毛髮都倒

豎起來了，這一種陰戚戚的冷氣，教我用什麼文字來形容呢？

回想起兩百年前，高宗南幸，自天寧門至蜀岡，七、八里路，盡用白石舖成，上面雕欄曲檻，有一道像頤和園昆明湖上似的長廊甬道，直達至平山堂下，黃旗紫蓋，翠輦金輪，妃嬪成隊，侍從如雲的盛況，和現在的這一條黃沙曲路，只見衰草牛羊的蕭條野景來一比，實在是差得太遠了。當然頹井廢垣，也有一種令人發思古之幽情的美感，所以鮑明遠會作出那篇蕪城賦來；但我去的時候的揚州北郭，實在太荒涼了，荒涼得連感慨都教人抒發不出。

到了平山堂東面的功德山觀音寺裡，吃了一碗清茶，和寺僧談起這些景象，才曉得這幾年來，兵去則匪至，匪去則兵來，住的都是城外的寺院。寺的坍敗，原是應該，和尚的逃散，也是不得已的。就是蜀岡的一帶，三峰十餘個名利，現在有人住的，只剩了這一個觀音寺了，連正中峰有平山堂在法淨寺裡，此刻也沒有了住持的人。

平山堂一帶的建築、點綴、園囿，都還留著有一個舊日的輪廓；像平遠樓的三層高閣，依然還在，可是門窗卻沒有了；西園的池水以及第五泉的泉路，都還看得出來，但水卻乾涸了，從前的樹木、花草、假山、迭石，並其他的精舍亭園，現在只剩了許多痕跡，有的簡直連遺址都無尋處。

我在平山堂上，瞻仰了一番歐陽公的石刻像後，只能屁也不放一個，悄悄的又回到了城裡。午後想坐船了，去逛的是瘦西湖小金山五亭橋的一角。

在這一角清淡的小天地裡，我卻看到了揚州的好處。因為地近城區，所以

荒廢也並不十分厲害；小金山這面的臨水之處，並且還有一位軍閥的別墅（徐園）建築在那裡，結構尚新，大約總還是近年來的新築。從這一塊地方，看向五亭橋法海塔去的一面風景，真是典麗裔皇，完全像北平中南海的氣象。至於近旁的寺院之類，卻又因為年久失修，談不上了。

瘦西湖的好處，全在水樹的交映，與遊程的曲折；秋柳影下，有紅蓼青萍，散浮在水面，扁舟擦過，還聽得見水草的鳴聲，似在暗泣。而幾個灣兒一繞，水面闊了，猛然間闖入眼來的，就是那一座有五個整齊金碧的亭子排立著的白石平橋，比金鰲玉疎，雖則短些，可是東方建築的古典趣味，卻完全薈萃在這一座橋，這五個亭上。

還有船娘的姿勢，也很優美；用以撐船的，是一根竹竿，使勁一撐，竹竿一彎，同時身體靠上去著力，臀部、腰部的曲線，和竹竿的線條，配合得異常勻稱，異常複雜。若當暮雨瀟瀟的春日，雇一個容顏姣好的船娘，攜酒與茶，來瘦西湖上回遊半日，倒也是一種賞心的樂事。

船回到了天甯門外的碼頭，我對那位船娘，卻也有點兒依依難捨的神情，所以就出了一個題目，要她在岸上再陪我一程。我問她：「這近邊還有好玩的地方沒有？」她說：「還有天甯寺、平山堂。」我說：「都已經去過了。」她說：「還有史公祠。」於是就由她帶路，抄過了天甯門，向東的走到了梅花嶺下。瓦屋數間，荒墳一座，有的人還說墳裡面葬著的只是史閣部的衣冠，看也原沒有什麼好看；但是一部廿四史掉尾的這一位大忠臣的戰績，是讀過明史的人，無不為之淚下的；況且經過桃花扇作者的一描，更覺得史公的忠肝義膽，

活躍在紙上了；我在祠墓的中間立著想著；穿來穿去的走著；竟耽擱了那一位船娘不少的時間。本來是陰沉短促的晚秋天，到此竟垂垂欲暮了，更向東踏上了梅花嶺的斜坡，我的唱山歌的老病又發作了，就順口唱出了這麼的二十八字：

三百年來土一丘，史公遺愛滿揚州；
二分明月千行淚，並作梅花嶺下秋。

林語堂像

寫到這裡，本來是可以擱筆了，以一首詩起，更以一首詩終，豈不很合鴛鴦蝴蝶的體裁嗎？但我還想加上一個總結，以醒醒你的騎鶴上揚州的迷夢。

總之，自大業初開邗溝入江渠以來，這揚州一郡，就成了中國南北交通的要道；自唐歷宋，直到清朝，商業集中於此，冠蓋也雲屯在這裡。既有了有產及有勢的階級，則依附這階級而生存的奴隸階級，自然也不得不產生。貧民的兒女，就被他們強迫作婢妾，於是乎就有了杜牧之的青樓薄幸之名，所謂春風十里揚州路者，蓋指此。有了有錢的老爺，和美貌的名娼，則飲食起居（園亭），衣飾犬馬，名歌豔曲，才士雅人（幫閒食客），自然不得不隨之而俱興，所以要腰纏十萬貫，才能逛揚州者，以此。但是鐵路開後，揚州就一落千丈，蕭條到了極點。從前的運使，河督之類，現在也已經駐上了別處；殷實商戶，巨富鄉紳，自然也分遷到了上海或天津等洋大人的保護之區，故而目下的揚州只剩了一個歷史上的剝

制的虛殼，內容便什麼也沒有了。

揚州之美，美在各種的名字，如綠揚州，廿四橋，杏花村舍，邗上農桑，尺五樓、一粟庵等；可是你若辛辛苦苦，尋到了這些最風雅也沒有的名稱的地方，也許只有一條斷石，或半間泥房，或者簡直連一條斷石、半間泥房都沒有的，張陶庵有一冊書，叫作「西湖夢尋」，是說往日的西湖，如何可愛，現在卻不對了，可是你若到揚州去尋夢，那恐怕要比現在的西湖還更不如。

你既不敢遊杭，我勸你也不必遊揚，還是在上海夢裡想像想像歐陽公的平山堂，王阮亭的紅橋，桃花扇裡的史閣部，紅樓夢裡的林如海，以及鹽商的別墅，鄉宦的妖姬，倒來得好些。枕上的盧生，若長不醒，豈不快事。一遇現實，哪裡還有Dichtung呢？

　　　語堂附記：吾腳腿甚壞，卻時時想訓練一下。虎丘之夢既破，揚州之夢未醒，故一年來即有約友同遊揚州之想。日前約大傑達夫同去，忽來此一長函，知是去不成了。不知是未湊足稿費，還是映霞不許。然我仍是要去，不管此去得何罪名，在我總是書上太常看見的地名，必想到一到。怎樣是邗江，怎樣是瓜州，怎樣是廿四橋，怎樣是五亭橋，以後讀書時心中才有個大略山川形勢。即使平山堂已是一楹一牖，也必見識見識。

　　　　　　　　　　　　　　　　　一九三五年五月

懷四十歲的志摩

　　眼睛一眨，志摩去世，已經有五年了：在上海那一天陰晦的早晨的凶報，福煦路上遺宅裡的倉皇顛倒的情形，以及其後靈柩的迎來，弔奠的開始，屍骨的爭奪，和無理解的葬事的經營等情狀，都還在我的目前，彷彿是今天早晨或昨天的事情。志摩落葬之後，我因為不願意和那一位商人的老先生見面，一直到現在，還沒有去墓前傾一杯酒，獻一朵花；但推想起來，墓木縱不可拱，總也已經宿草盈阡了吧？志摩有靈，當能諒我這故意的疏懶！

　　綜志摩的一生，除他在海外的幾年不算外，自從中學入學起直到他的死後為止，我是他的命運的熱烈的同情旁觀者；當他死的時候，和許多朋友夾在一道，曾經含淚寫過一篇極簡略的短文，現在時間已經經過了五年，回想起來，覺得對他的餘情還有許多鬱蓄在我的胸中。僅僅一個空泛的友人對他尚且如此，生前和他有更深的交誼的許多女友，傷感的程度自然可以不必說了，志摩真是一個淘氣、可愛，能使你永久不會忘懷的頑皮孩子！

　　稱他作孩子，或者有人會說我賣老，其實我也不過是他的同年生，生日也許比他還後幾日，不過他所給我的卻是一個永也不會老去的新鮮活潑的孩兒印象。

徐志摩像

　　志摩生前，最為人所誤解，而實際也許是催他速死的最大原因之一的一重性格，是他的那股不顧一切，帶有激烈的燃燒性的熱情。這熱情一經激發，便不管天高地厚，人死我亡，勢非至於將全宇宙都燒成赤地不可。發而為詩，就成就了他的五光十色、燦爛迷人的七寶樓臺，使他的名字永留在中國的新詩史上。以之處世，毛病就出來了；他的對人對物的一身熱戀，就使他失歡於父母，得罪於社會，而至於還不得不遺詬於死後。他和小曼的一段濃情，在他的詩裡、日記裡、書簡裡，隨處都可以看得出來；若在進步的社會裡，有理解的社會裡，這一種事情，豈不是千古的美談？忠厚柔豔如小曼，熱烈誠摯若志摩，遇合在一道，自然要發放火花，燒成一片了，哪裡還顧得到綱常倫教？更哪裡還顧得到宗法家風？當這事情正在北平的交際社會裡成話柄的時候，我就佩服志摩的純真與小曼的勇敢，到了無以復加。記得有一次在今雨軒吃飯的席上，曾有人問起我對於這事的意見，我就學了三劍客影片裡的一句話回答他：「假使我馬上要死的話，在我死的前頭，我就只想做一篇偉大的史詩，來頌美志摩和小曼。」

　　情熱的人，當然是不能取悅於社會，周旋於家室，更或至於不善用這熱情的；志摩在死的前幾年的那一種窮狀，那一種變遷，其罪不在小曼，不在小曼

以外的他的許多男女友人，當然更不在志摩自身；實在是我們的社會，尤其是那一種借名教作商品的商人根性，因不理解他的緣故，終至於活生生的逼死了他。

志摩的死，原覺得可惜得很，人生的三、四十前後——他死的時候是三十六歲——正是壯盛到絕頂的黃金時代，他若不死，到現在為止，五、六年間，大約我們又可以多讀到許多詩樣的散文、詩樣的小說，以及那一部未了的他的傑作——「詩人的一生」；可是一面，正因他的突然的死去，倒使這一部未完的傑作，更加多了深厚的回味之處，卻也是真的。所以在他去世的當時，就有人說，志摩死得恰好，因為詩人和美人一樣，老了就不值錢了。況且他的這一種死法，又和拜倫、雪萊的死法一樣，確是最適合他身分的死，若把這話拿來作自慰之辭，原也有幾分真理含著，我卻終覺得不是如此的；志摩原可以活下去，那一件事故的發生，雖說是偶然的結果，但我們若一追究他的所以不得不遭遇這慘事的原因，那我在前面說過的一句話，「是無理解的社會逼死了他。」就成立了。我們所處的社會，真是一個如何的狹量、險惡、無情的社會！不是身處其境，身受其毒的人，是無從知道的。

過去的事情，已經過去了；我們在志摩的死後，再來替他打抱不平，也是徒勞的事情。所以這次當志摩四十歲的誕辰，我想最好還是做一點實際的工作來紀念他，較為適當；小曼已經有編纂他的全集的意思了，這原是紀念志摩的辦法之一，此外像志摩文學獎金的設定，和他有關的公共機關裡紀念碑胸像的建立，志摩圖書館的發起，以及志摩傳記的編撰等等，也是都可以由我們後死的友人，來做的工作。可恨的是時勢的混亂，當這一個國難的關頭，要來提

倡尊重詩人，是違背事理的；更可恨的是世情的淺薄，現在有些活著的友人，一旦鑽營得了大位，尚且要排擠詆毀、誣陷壓迫我們這些無權無勢的文人，對於死者那更加可以不必說了。「儂今葬花人笑癡，他年葬儂知是誰？」悼吊志摩，或者也就是變相的自悼吧！

北平的四季

對於一個已經化為異物的故人，追懷起來，總要先想到他或她的好處；隨後再慢慢的想想，則覺得當時所感到的一切壞處，也會變作很可尋味的一些紀念，在回憶裡開花。關於一個曾經住過的舊地，覺得此生再也不會第二次去長住了，身處入了遠離的一角，向這方向的雲天遙望一下，回想起來的，自然也同樣地只是它的好處。

中國的大都會，我前半生住過的地方，原也不在少數；可是當一個人靜下來回想起從前，上海的鬧熱，南京的遼闊，廣州的烏煙瘴氣，漢口、武昌的雜亂無章，甚至於青島的清幽，福州的秀麗，以及杭州的沉著，總歸都還比不上北京——我住在那裡的時候，當然還是北京——的典麗堂皇，幽閑清妙。

先說人的分子吧！在當時的北京——民國十一二年前後——上自軍財閥政客名優起，中經學者名人、文士美女教育家，下而至於負販拉車舖小攤的人，都可以談談，都有一藝之長，而無憎人之貌；就是由薦頭店薦來的老媽子，除

上坑者是當然以外，也總是衣冠楚楚，看起來不覺得會令人討嫌。

其次說到北京物質的供給哩，又是山珍海錯，洋廣雜貨，以及蘿蔔白菜等本地產品，無一不備，無一不好的地方。所以在北京住上兩三年的人，每一遇到要走的時候，總只感到北京的空氣太沉悶，灰沙太暗淡，生活太無變化；一鞭出走，出前門便覺胸舒，過蘆溝方知天曉，彷彿一出都門，就上了新生活開始的坦道似的；但是一年半載，在北京以外的各地──除了在自己幼年的故鄉以外──去一住，誰也會得重想起北京，再希望回去，隱隱地對北京害起劇烈的懷鄉病來。這一種經驗，原是住過北京的人，個個都有，而在我自己，卻感覺得格外的濃，格外的切。最大的原因或許是為了我那長子之骨，現在也還埋在郊外廣誼園的墳山，而幾位極要好的知己，又是在那裡同時斃命的受難者的一群。

北平的人事品物，原是無一不可愛的，就是大家覺得最要不得的北平的天候，和地理聯合上一起，在我也覺得是中國各大都會中所尋不出幾處來的好地。為敘述的便利起見，想分成四季來約略地說說。

北平自入舊曆的十月之後，就是灰沙滿地、寒風刺骨的節季了，所以北平的冬天，是一般人所最怕過的日子。但是要想認識一個地方的特異之處，我以為頂好是當這特異處表現得最圓滿的時候去領略；故而夏天去熱帶，寒天去北極，是我一向所持的哲理。北平的冬天，冷雖則比南方要冷得多，但是北方生活的偉大幽閒，也只有在冬季，使人感覺得最徹底。

先說房屋的防寒裝置吧！北方的住房，並不同南方的摩登都市一樣，用的

是鋼骨水泥，冷熱氣管：一般的北方人家，總只是矮矮的一所四合房，四面是很厚的泥牆！上面花廳內都有一張暖坑，一所迴廊；廊子上是一帶明窗，窗眼裡糊著薄紙，薄紙內又裝上風門，另外就沒有什麼了。在這樣簡陋的房屋之內，你只教把爐子一生，電燈一點，綿門簾一掛上，在屋裡住著，卻一輩子總是暖燉燉像是春三、四月裡的樣子。尤其會使你感覺到屋內的溫軟堪戀的，是屋外窗外面烏烏在叫嘯的西北風。天色老是灰沉沉的，路上面也老是灰的圍障，而從風塵灰土中下車，一踏進屋裡，就覺得一團春氣，包圍在你的左右四周，使你馬上就忘記了屋外的一切寒冬的苦楚。若是喜歡吃吃酒、燒燒羊肉鍋的人，那冬天的北方生活，就更加不能夠割捨；酒已經是禦寒的妙藥了，再加上以大蒜與羊肉、醬油合煮的香味，簡直可以使一室之內，漲滿了白濛濛的水蒸溫氣。玻璃窗內，前半夜，會流下一條條的清汗，後半夜就變成了花色奇異的冰紋。

到了下雪的時候哩，景象當然又要一變。早晨從厚棉被裡張開眼來，一室的清光，會使你的眼睛眩暈。在陽光照耀之下，雪也一粒一粒的放起光來了，蟄伏得很久的小鳥，在這時候會飛出來覓食振翎，談天說地，吱吱的叫個不休。數日來的灰暗天空，愁雲一掃，忽然變得澄清見底，翳障全無；於是年輕的北方住民，就可以營屋外的生活了，溜冰、做雪人、趕冰車雪車，就在這一種日子裡最有勁兒。

我曾於這一種大雪時晴的傍晚，和幾位朋友，跨上跂驢，出西直門上駱駝莊去過過一夜。北平郊外的一片大雪地，無數枯樹林，以及西山隱隱現現的不少白峰頭，和時時吹來的幾陣雪樣的西北風，所給與人的印象，實在是深刻、

偉大、神秘到了不可以言語來形容。直到了十餘年後的現在，我一想起當時的情景，還會得打一個寒顫而吐一口清氣，如同在釣魚臺溪旁立著的一瞬間一樣。

北國的冬宵，更是一個特別適合於看書、寫信、追思過去，與作閒談說廢話的絕妙時間。記得當時我們弟兄三人，都住在北京，每到了冬天的晚上，總不遠千里地走攏來聚在一道，會談少年時候在故鄉所遇見的事事物物。小孩們上床去了，傭人們也都去睡覺了，我們弟兄三個，還會得再加一次煤再加一次煤地長談下去。有幾宵因為屋外面風緊天寒之故，到了後半夜的一兩點鐘的時候，便不約而同地會說出索性坐坐到天亮的話來。像這一種可寶貴的記憶，像這一種最深沉的情調，本來也就是一生中不能夠多享受幾次的曇花佳境，可是若不是在北平的冬天的夜裡，那趣味也一定不會得像如此的悠長。

總而言之，北平的冬季，是想賞識賞識北方異味者之唯一的機會；這一季裡的好處，這一季裡的瑣事雜憶，若要詳細地寫起來，總也有一部帝京景物略那麼大的書好做；我只記下了一點點自身的經歷，就覺得過長了，下面只能再來略寫一點春和夏以及秋季的感懷夢境，聊作我的對這日就淪亡的故國的哀歌。

　　春與秋，本來是在什麼地方都屬可愛的時節，但在北平，卻與別地方也有點兒兩樣。北國的春，來得較遲，所以時間也比較得短。西北風停後。積雪漸漸地消了，趕牲口的車夫身上，看不見那件光板老羊皮的大襖的時候，你就得預備著遊春的服飾與金錢；因為春來也無信，春去也無蹤，眼睛一眨，在北平市內，春光就會得同飛馬似的溜過。屋內的爐子，剛拆去不久，說不定你就馬上得去叫蓋涼棚的才行。

　　而北方春天的最值得記憶的痕跡，是城廂內外的那一層新綠，同洪水似的新綠。北京城，本來就是一個只見樹木不見屋頂的綠色的都會，一踏出九城的門戶，四面的黃土坡上，更是雜樹叢生的森林地了；在日光裡顫抖著的嫩綠的波浪，油光光，亮晶晶，若是神經系統不十分健全的人，驟然間身入到這一個淡綠色的海洋濤浪裡去一看，包管你要張不開眼，立不住腳，而昏蹶過去。

　　北平市內外的新綠，瓊島春陰，西山挹翠諸景裡的新綠，真是一幅何等奇偉的外光派的妙畫！但是這畫的框子，或者簡直說這畫的畫布，現在卻已經完全掌握在一隻滿長著黑毛的巨魔的手裡了！北望中原，究竟要到哪一日才能夠重見得到天日呢？

　　從地勢緯度上講來，北方的夏天，當然要比南方的夏天來得涼爽。在北平城裡過夏，實在是並沒有上北戴河或西山去避暑的必要。一天到晚，最熱的時候，只有中午到午後三、四點鐘的幾個鐘頭，晚上太陽一下山，總沒有一處不是涼陰陰要穿單衫才能過去的；半夜以後，更是非蓋薄棉被不可了。而北平的天然冰的便宜耐久，又是夏天住過北平的人所忘不了的一件恩惠。

　　我在北平，曾經住過三個夏天：像什剎海、菱角溝、二閘等暑天遊玩的地方，當然是都到過的；但是在三伏的當中，不問是白天或是晚上，你只教有一張藤榻，搬到院子裡的葡萄架下或藤花陰處去躺著，吃吃冰茶雪藕，聽聽盲人的鼓詞與樹上的蟬鳴，也可以一點兒也感不到炎熱與薰蒸。而夏天最熱的時候，在北平頂多總不過九十四、五度，這一種大熱的天氣，全夏頂多頂多又不過十日的樣子。

　　在北平，春、夏、秋的三季，是連成一片；一年之中，彷彿只有一段寒冷的時期，和一段比較得溫暖的時期相對立。由春到夏，是短短的一瞬間，自夏到秋，也只覺得是過了一次午睡，就有點兒涼冷起來了。因此，北方的秋季也特別的覺得長，而秋天的回味，也更覺得比別處來得濃厚。前兩年，因去北戴河回來，我曾在北平過過一個秋，在那時候，已經寫過一篇「故都的秋」，對這北平的秋季頌讚過一道了，所以在這裡不想再來重複；可是北平近郊的秋色，實在也正像一冊百讀不厭的奇書，使你愈翻愈會感到興趣。

　　秋高氣爽，風日晴和的早晨，你且騎著一匹驢子，上西山八大處或玉泉山碧雲寺去走走看；山上的紅柿，遠遠的煙樹人家，郊野裡的蘆葦黍稷，以及在驢背上馱著生果進城來賣的農戶佃家，包管你看一個月也不會看厭。春秋兩季，本來是到處都好的，但是北方的秋空，看起來似乎更高一點，北方的空氣，吸起來似乎更乾燥健全一點。而那一種草木搖落、金風肅殺之感，在北方似乎也更覺得要嚴肅、淒涼、沉靜得多。你若不信，你且去西山腳下，農民的家裡或古寺的殿前，自陰曆八月至十月下旬，去住它三個月看看。古人的「悲哉秋之為氣！」以及「胡笳互動，牧馬悲鳴。」的那一種哀感，在南方是不大

感覺得到的，但在北平，尤其是在郊外，你真會得感至極而涕零，思千里兮命駕。所以我說，北平的秋，才是真正的秋；南方的秋天，只不過是英國話裡所說的Indian Summer或叫作小春天氣而已。

統觀北平的四季，每季每節，都有它的特別的好處；冬天是室內飲食奄息的時期，秋天是郊外走馬調鷹的日子，春天好看新綠，夏天飽受清涼。至於各節各季，正當移換中的一段時間哩，又是別一種情趣，是一種兩不相連，而又兩都相合的中間風味，如雍和宮的打鬼，淨業庵的放燈，豐台的看芍藥，萬牲園的尋梅花之類。

五、六百年來文化所聚萃的北平，一年四季無一月不好的北平，我在遙憶，我也在深祝，祝她的平安進展，水久地為我們黃帝子孫所保有的舊都城！

選自上海《宇宙風》半月刊

檳城三宿記

　　快哉此遊！檳榔嶼實在是名不虛傳的東方花縣。（人家或稱作花園，我卻以為花縣兩字來得適當。蓋四季的花木籠蔥，而且依山帶水，氣候溫和，住在檳城，「絕似河陽縣裡居」也。）

　　回想起半年來，退出武漢，漫遊湘西贛北，復轉長沙，再至福州而住下。其後忽得胡氏兆祥招來南洋之電，匆促買舟，偷渡廈門海角，由香港而星洲，由星洲而檳嶼，間關幾萬里閱時五十日，風塵僕僕，魂夢搖搖，忽而到這沉靜、安閒、整齊、舒適的小島來一住，真像是在做夢。

　　是夢也罷，是現實也罷，總之，是「三宿檳城戀有餘」也！

　　此番的下南洋，本來是為星洲日報編副刊來的。但是十二月廿八日到星洲，兩日過後便是新年的假日。卻正逢星洲的兄弟報，檳城星檳日報，於元旦日開始發行，秉文虎先生之命，又承星檳諸同事之招，謂「值此佳期，何不北來一玩！」於是乎就青春結伴，和關老同車，馳驅千五百里，搖搖擺擺地上這

東方的花縣來了。

　　車抵北海，就看見了整齊高潔的洋樓，匯齒似的堤壩，和一灣碧海，幾座青山。在車窗裡看見的那些椰子園、樹膠園、金馬侖的高山、怡保附近的奇峰怪石，以及錫礦採掘場等印象，一忽兒又為這整潔、寬廣、閒適的新印象掩沒下去了，我們就在微風與夕照的交響樂中間，西渡到了檳城。

　　船到西碼頭就遇到了一次迎候者的襲擊，黃領事、胡總經理、胡主筆、鄧曾張三先生，此外還有A老兄、B大哥，真令人要下幾點「到處論交齊管鮑，天涯何地不家鄉」的感淚。

　　初到的這一天晚上，上北海岸春波別業（Spring Tide Hotel）裡去吃了一頓晚餐，又像是大羅天上的筵席。先不必提魚翅、海參等老饕的口頭禪，你且聽一聽這洗岸的濤聲，看一看這長途的列樹，這銀色的燈光，這長長的海岸堤路！

　　住宅區的房屋，是曲線與紅白青黃等顏色交織而成的；燈光似水，列樹如雲，在長堤上走著，更時時有美人在夢裡呼吸似的氣噓吹來，這不是微風，這簡直是百花仙子吹著嘴，向你一口一口吹出來的香氣。

　　第一晚，像這樣的匆匆過了。第二天，就上了升旗山的絕頂。海拔高兩千四、五百英尺，纜車一路，分作兩段，路上的岩石、清溪、花木、別墅，多得來記不勝記，尤其使這些海光山色，天日風雲，生動靈奇，增加起異彩來的，是同遊的我們這一群仕女，因為地靈了，若人不傑，終於是畫裡的滄桑；

總要「二難並，四美俱」後，才顯得出馬當的神賜，王勃的天才。

　　且讓我來先抄一個同遊的題名榜者。黃領事、胡總經理、胡主筆夫婦、曾秘書夫婦、鄧先生夫婦、林小姐、馬利小姐、關夫子與區區。

　　一行十二人，佔車兩節半。到了山腰，已覺得空氣寒冷，呼吸有點兒緊了起來，回頭一看，更覺得是煙雲繚繞，身體已化作魂靈，游弋在天半的空中。

　　屋瓦鱗鱗的，是喬其市的煙灶；白牆碧水，圍繞著樹木層層的，是兩個蓄水池的區間；青山隱隱，綠水迢迢，從高處看下來，極樂寺的高塔，只像是一頂黃色的笠帽。

　　更上一層，便到了山頂；沿柏油馬路彎彎曲曲的走去，路旁邊擺在那裡的，盡是一盆一盆的溫帶地的秋花，有西方蓮（大麗亞），有四季春，有榆兒梅，有五月花（繡球花）。而最令人注意的，卻是幾盆顏色不同，種子各異的紅、黃、白、紫的陶家秋菊。

　　胡邁太太說：「好久不看見菊花了，真令人高興！」這句話實在有點兒詩意，我暗暗在心裡記住了。

　　一霎時，高山上起了雲霧，一塊一塊同飛絮似的東西，從我們的襟上頭上，輕輕掠過；腳底下的市鎮溪山，全掉落了在雲海裡了；我們中間，互相對視，也覺得隱隱現現，似在爐香縹緲的煙中，大家的童心發現了，一群大小，竟像是樂園中的童男童女，於是便卸去了尊嚴，回復了自然，同時高聲叫著說：

「我們已經到了天上！」

在茶室裡坐定，吃了些咖啡紅茶，點心果餅之後，我一個人行出茶室來，又上山頂高處，獨立在雲霧中間，向北凝視了一回，正在登高望遠，生起感傷病來的當兒，關先生走近我的身邊來了；他拂了一拂雲霧，微笑著說：

「這景象有點兒像廬山，大好河山，要幾時才收復得來！你的詩料，收集起來了沒有？」

我雖也只回了他一笑，但心中落寞，卻早想著了下面的兩首打油菜子：

好山多半被雲遮，北望中原路正賒，
高處旗升風日淡，南天冬盡見秋花。

這是用胡太太的那一句詩語的。

匡廬曾記昔年遊，掛席名山孟氏舟，
誰分倉皇南渡日，一瓢猶得住瀛洲。

這是記關先生目前的這一句話的。

詩成之後，天也陰陰地晚了，趕下山來，還在暮天鐘鼓聲中，上極樂寺去求了兩張籤詩。其一是昭君和番的故事，詩叫作「一山如畫對晴江，門裡團圓事事雙，誰料半途分折去，空幃無語對銀缸。」我問的是前程，而他說的卻似是家室。詳猜不出，於是乎再來一次。其二是劉先主如魚得水的故事，詩叫作「草廬三顧恩難報，今日相逢喜十分，恰似旱天俄得雨，籌謀鼎足定乾坤。」

（前者第十四籤，後者第廿一籤。）籤也求了，春滿園的飽飯也吃了，回來之後，身體疲倦得像棉花一樣。夜半挑燈，起來記此一段遊蹤；明天再玩一天，再宿一宵，就須附車南下，去做剪刀漿糊、油墨朱筆的消費人。歡愉苦短，來日方長，「三宿檳城戀有餘」──這一句自作的歪詩，我將在車廂裡唸著，報館辦事房裡唸著，甚至於每日清早的便所裡唸著，直到我末日的來時為止。

（一月四日，星檳日報「地方新聞版」）

郁達夫工作過的《星洲日報》社　　　　　郁達夫主編的《星洲日報》晨星副刊

說明

　　早在一九二九年，郁達夫就有到南洋一遊的念頭，直到一九三八年底，因胡兆祥電邀，他才實現了這個願望。

　　郁達夫的下南洋，主要是為《星洲日報》編副刊而來，這工作正好配合當時赴海外宣傳抗日的口號。在漢口淪陷前（一九三八年七月），郁達夫曾任職於武漢中央軍事委員會的政治部，且擔任漢口中華全國文藝界抗敵協會主席。漢口淪陷後，文藝界議定能赴敵後者，能隨軍隊者，能赴海外者，各盡力投奔。郁達夫下南洋的決定是在退出武漢，轉回福州的路上立定主意的，這趟南洋行，大概跟他與王映霞的感情破裂、家庭不和有關係。

　　郁達夫於一九三八年十二月二十八日抵達新加坡，接受「星洲日報」邀請，成為副刊編輯。同行者尚有王映霞及他們的大兒子郁飛。抵新加坡兩天後，他奉報社老闆胡文虎之命，北上檳城，慶祝星系兄弟報《星檳日報》的發行。他與《星洲日報》主筆關楚璞同車，一路上看盡了馬來風光，元月二日抵達檳城，下榻「星濱日報」對面的杭州旅店。當晚曾寫了一首七絕〈宿杭州旅店〉：「故鄉歸去已無家，傳舍名留炎海涯；一夜鄉愁消失得，隔窗聽唱後庭花。」元月四日清晨寫成了這篇〈檳城三宿記〉，翌日，《星檳日報》馬上在地方新聞版上刊登。五日晚上，他和關主筆乘夜班火車南下回新加坡，想不到火車在中途出軌翻車，郁達夫在事後寫了〈覆車小記〉來紀念這次的意外。

覆車小記

　　檳城三宿之後，五日夜渡北海，剛巧是舊曆的十五晚上，月光照耀海空，涼風絕似水晶簾底吹來，揮手與送別諸君分袂的時候，心裡只覺得快活，何曾有一點惻惻吞聲之感？當然依舊是「到處論交齊管鮑，天涯何地不家鄉」的故態。

　　但是別離終竟是別離，或悲或喜的混合劇，當船離碼頭的一剎那，簾幕便揭開了：一位十五、六歲的窈窕淑女，同一位很清秀的青年君子，歡天喜地上了船；船欄外來送的，多是些穿紗衫，圍錦繡薩郎──馬來裝也，但不知是否這兩字，亦不知是否如此的發音──套裙的女嬌娘。開船的號令響了，機房裡起了轉動的聲音，船上船下，一陣鶯聲燕語的唧唧喳喳，我原不曉得是在說些甚麼。推想起來，大約總是「前途珍重，後會有期」等套語吧？或則是「萬里之行，從此始矣」也說不定。在我這老天涯客看來，自然只是極平常的一次離別；反映到了這淑女的心頭，波瀾似乎是千重萬重的起了。先是鶯聲發了顫，繼是方諸瀉了盆，再則終於忍耐不住，跑開了欄杆，到無人的一角，取出手帕

來盡情啼哭去了。這一幕，當然是離奇的悲喜劇。

還有迴轉舞臺的第二幕，是表現在上下船的跳板旁邊的：一群頭上包著紅白黑色的布，嘴周圍長著黑黑叢叢的毛，臉上也有幾位繡著皇天為加上圈兒的花的朋友，向一位身軀碩大的老長者，舉起了手，齊齊唱出了一曲也是聽不明白的離別之歌；這或許是喀裡達薩的「薩功塔拉」裡的一小節，這也許是泰戈爾的「迷鳥」裡的一整首，總之是印度的一般人所熟誦的歌曲無疑。這一幕又似是純粹的喜劇了。

旁觀者的我們，自然要做一點劇評。同行的關先生指那一位淑女說：「她既和丈夫在一道，當然盡快活的旅行，為甚麼要這樣啼啼哭哭呢？」

「大約是新婚後，來回門（回娘家）的吧！」我的解釋。

「那一位印度老長者，頸項裡套在那裡的花圈是甚麼意思？」我問關先生。

「他大約是在警界服務的，一定是升了官去赴任的無疑。來送的那些，當然是他的親戚故舊，或舊日的同僚。」是關先生的回答。

有話則長，無話則短。我們平穩地渡過了海峽，按號數走進了聯邦鐵路的臥車房；火車也準時間開，我們也很有規則地倒下了床。只是窗門緊閉，車裡有點兒覺得悶熱，酣睡不成，只能拿出李詞傭君贈我的「椰陰散憶」來宵夜。讀到了榴槤的最後一張，正想重起來拿王紹清的「亞細亞的怒潮」的時候，倦意頻催，張口連打了幾個呵欠，是睡鄉帶信來了，迷迷糊糊地不知怎麼一來，

終便失去了知覺。

　　這一睡醒來，可真不是諸葛武侯的隆中大夢之相仿！火車跳了三五下，玻璃窗變成了樂器；車廂裡的馬來小孩子、印度貴婦人，齊聲哭了起來。我的身上，忽而滾來了許多行李和衣裳。一兩分鐘後，喀單當的一聲大震。事情卻定了局，車子已經橫臥在軌道外的橋頭草地裡了。我們原是買了臥車票來的，而車子似乎也去買了一張，我們睡在它的懷裡，它也迴圈相報地睡入了草地。以後便是旅客們的混亂。關先生赤了腳，攜了一件雨衣，七橫八豎，先出去打開了車門。我則一點兒經驗毫無，只在臥舖底下收拾衣箱，更換衣服；穿上衣服之後，還在打領帶的結。關先生是有過經驗，倉皇在門口叫著說：「這時候還帶什麼領帶！快出來！快出來！」我卻先把行李遞了給他。行李取齊，一腳高來一腳低的爬出了車廂後，關先生才告訴我說：「你真不曉事，萬一電線走電，車廂裡出了煙，我們就無生望了；火車出軌，最怕的是這一著！」

　　爬出車廂來一看，外面的情形，果然是一個大修羅場！五輛車子，東倒一輛，西睡一輛地橫衝在軌道兩旁的草地裡；鐵軌斷了、飛了，腐朽的枕木，被截作了火柴幹那麼的細枝；碎石上、草地上，盡是些四散的行李與衣裳，和一群一群的人，還有幾聲叫痛的聲音。天也有點白茫茫地曙了，拿出錶來用香煙火一照，正是午前四點四十分鐘的樣子；以時間來計路程，則去丹絨馬林只有一、二十分鐘，去吉隆玻只有兩個鐘頭不足了；千里之駒，不能一蹶，這史蒂文生與華脫的創作品，到今天也曳了白。我們除了在荒地的碎石子上坐以待旦而外，另外也一點兒法子都沒有。

　　痛定之後，坐在碎石上候救護車來的中間，我們所怨的，卻是那些檳城的鮑叔們，無端送了我們許多食品、用品，增加了許多件很重的行李，這時候拋棄了又不是，攜帶著更不能，進退維谷，只落得一個「白眼看行李，高情怨友生」的局面。因為火車出軌之處，正是一個上不在天、下不在田的中間地帶，四旁沒有村落，沒有人夫，連打一個長途電話的便利都得不到。並且我們又不會講馬來話，不識東、西、南、北的方向，萬一有老虎出來，或雷雨直下的時候，我們便只有一條出路了，就是「長揖見閻君」而已。

　　在這情形下，直坐了四個多鐘頭，眼看得東方的全白，紅日的出來，同車者的一群一群搬往火車籠頭前面未損壞的軌道旁邊。最後，我們也急起來了。用盡了陰（英）文、陽（洋）文的力量，向幾個馬來路工交涉了許多次，想請他們發發慈悲，為我們搬一搬行李，但不知他們是真的不曉得呢，還是假的不知，連朝也不來朝一下，只如頑石鐵頭的樣子，走過來，又走過去了。還是智多星的關老，猜透了這些人的心理，於一位年老的工人走近我們身邊的時候，先顯示了他以一個兩毫銀幣，然後指指行李，他伸出手來，接過銀幣，果然把行李肩上肩頭，向前搬了過去。於是轉悲為喜的我們，也便高聲地議論了起來：「銀幣真能說話，馬來話不曉得，倒也無妨！」說著、笑著、行著，走到了未損壞的路軌的邊上，恰巧自丹絨馬林來接的救護車也就到了。

　　上車後，越山入野，走了幾站，於到萬撓之先，我們又在車窗裡發現了一輛房新民君自吉隆坡趕來救我們而尋我們不著的後追車。又到下一站的時候，我們便下了火車：與房君一道地坐汽車而回了吉隆坡。十二點十分，到吉隆坡後，我們又是天下太平的旅行人了，有鄭振文博士旅居的款待，有陳濟謀先生

壓驚洗餞的華筵。上車之前，並且還坐了陳先生的汽車，在吉隆坡市內市外、公園、公共機關、馬來廟、中華會館等處飛視了一巡。第二天早晨六點多鐘，我們便是星加坡市上的小市民了。謝天謝地，這一次的火車出軌，總算是很合著經濟的原則，以最少的代價而得到了最大的經驗，更還要謝謝在檳城、在吉隆坡的每一個朋友。因為不是他們的相招，不想去看他們，則這一便宜事情，也是得不著的。

（一九三九年一月十一日，《晨星》）

郁達夫與其子及友人在金馬崙

敵我之間

　　因為從小的教育，是在敵國受的緣故，旅居十餘年，其間自然有了下少的日本朋友。回國以後，在福州、上海、杭州等處閒居的中間，敵國的那些文武官吏，以及文人學者，來遊中國。他們大抵總要和我見見談談。別的且不提，就說這一次兩國交戰中的許多將領，如松井石根、長谷川、阿部等，他們到中國來，總來看我，而我到日本去，也是常和他們相見的。

郁達夫畢業於名古屋八高時的畢業照

　　七七抗戰事發，和這些敵國友人，自然不能再講私交了；雖然，關於我個人的消息，在他們的新聞雜誌上，也間或被提作議論。甚至在戰後我的家庭糾紛，也在敵國的文藝界，當成了一個話柄。而在大風上發表的那篇毀家詩紀，亦經被譯載在本年度一月號的日本評論皇紀兩千六百年

紀念大特輯上。按之春秋之義，對這些我自然只能以不問的態度置之。

這一回，可又接到了東京讀賣新聞社學藝部的一封來信，中附有文藝批評家新居格氏致我的一封公開狀的原稿。編者還再三懇請，一定要我對新居格氏也寫一篇同樣的答書。對此我曾經考慮得很久，若置之不理呢，恐怕將被人笑我小國民的悻悻之情，而無君子之寬宏大量；若私相授受，為敵國的新聞雜誌撰文，萬一被歪曲翻譯，拿去做為宣傳的材料呢？則第一就違背了春秋之義。第二，也無以對這次殉國的我老母、胞兄等在天之靈。所以到了最後，我才決定，先把來書譯出在此，然後仍以中文作一答覆。披露在我自編的這晨星欄裡，將報剪下寄去，庶幾對於公誼私交，或可勉求其兩全。

現在，先將新居氏的公開狀，翻譯在下面。

寄郁達夫君　　　新居格

我現在正讀完了岡崎俊夫君譯的你那篇很好的短篇小說〈過去〉，因此機緣，在我的腦裡，又展開了過去關於你的回想。

與你最初的相見，大約總有十幾年了吧，還記得當時由你的領導，去玩了上海南市的中國風的公園，在靜安寺的那閒靜的外國墳山裡散了步；更在霞飛路的一角，一家咖啡館裡小息了許多時。

在這裡，你曾告訴我，這是中國近代的知識界的男女常來的地方，而你自己也將於最近上安徽大學去教書。

　　我再問你去「講的是什麼呢？」你說「將去講《源氏物語》，大約將從〈桐壺〉的一卷講起吧！」直到現在，也還沒有完全讀過源氏物語的我，對你的這一句話，實在感到了一種驚異，於是話頭就轉到了中國的可與源氏物語匹敵的紅樓夢，我說起了紅樓夢的英譯本，而你卻說，那一個英文的譯名。「Dreams of Red Chamber」實在有點不大適當，我還記得你當時所說明的理由。

　　數年前，當我第二次去上海的時候，聽說你已移住到了杭州。曾遇見了你的令兄郁華氏，他說：「舍弟在兩三日前，曾由杭州來過上海，剛於昨天回去。他若曉得你這次的來滬，恐怕是要以不能相見為悵的。」

　　但是，其後居然和你在東京有了見面的機會，因為日本的筆會開常會，招待了你和郭沫若君，來作筆會的客人，我於是在席上又得和你敘了一次久闊之情。

　　中日戰爭（達夫按：敵人通稱作「日支事變」）起來了。

　　你不知現在在哪裡？在做些什麼？是我常常想起的事情。人與人之間的感情，是不會因兩國之間所釀成的不幸事而改變的。這，不但對你如此，就是對我所認識的全部中國友人，都是同樣的在這裡想念。

　　我真在祈禱著，願兩國間的不幸能早一日除去，仍如以前一樣，不，不，或者比以前更加親密地，能使我們有互作關於藝術的交談的機會。實際上，從事於文學的同志之間，大抵是能互相理解，互相信賴，披肝瀝膽，而率真地來作深談的；因為「人間性」是共通的問題。總之，是友好，日本的友人，或中國的友人等形容詞，是用不著去想及的。

　　總而言之，兩國間根本的和平轉生，是冷的人與人之間相互信賴的結紐，戰爭是用不著的，政策也是用不著的。況且，在創造人的世界裡，政策更是全然無用的東西，所以會通也很快。

　　老實說吧，我對於二十世紀的現狀，真抱有不少的懷疑，我很感到這是政治家的言論時代。可是，這當然也或有不得不如此的理由在那裡。那就足以證明人類生活之中，還有不少的缺陷存在著。但是創造人卻不能放棄對這些缺陷，而加以創造的是正的重責，你以為這話對嗎？郁君！

　　於此短文草了之頃，我也在謹祝你的康健！

　致新居格氏　　　　郁達夫

　　敬愛的新居君，由東京讀賣新聞社學藝部，轉來了你給我的一封公開狀，在這兩國交戰中的今天，承你不棄，還在掛念到我的近狀，對這友誼我是十分地在感激。誠如你來書中之所說，國家與國家間，雖有干戈殺伐的不幸，但個人的友誼，是不會變的。豈但是個人間的友誼，我相信就是民眾與民眾間的同情，也仍是一樣地存在著。在這裡，我可以舉一個例，日本的有許多因參加戰爭而到中國來的朋友，他們已經在重慶，在桂林，在昆明等地，受著我們的優待。他們自動地組織了廣大的同盟，在演戲募款，營救我們的難民傷兵，也同我們在一道工作，想使真正的和平，早日到來。他們用日本話所演的戲，叫做「三兄弟」，竟也使我們的同胞看了為之落淚。新居君！人情是普天下都一樣的。正義感、人道、天良，是誰也具有著的。王陽明先生的長知之說，到了今天，到了這殺伐慘酷的末日，也還是顛撲不破的真理！

　　日本國內的情狀，以及你們所呼吸著的空氣，我都明白；所以關於政治的話，關於時局的話，我在此地，可不必說。因為即使說了，你也決計不會看到。不過有一點，我可以告訴你，中國的老百姓（民眾），卻因這一次戰爭的結果，大大地進步了。他們知道了要團結，他們知道了要堅苦卓絕、忍耐到底。他們都有了「任何犧牲，也在所不惜」的決心。他們都把國家的危難，認作了自己的責任。因為戰爭是在中國的土地上在進行。飛機轟炸下所傷生的，都是他們的父老姊妹。日本的炸彈，提醒了他們的國族觀念。

　　就以我個人來說吧！這一次的戰爭，毀壞了我在杭州在富陽的田園舊業，奪去了我七十歲的生身老母，以及你曾經在上海會見過的胞兄；藏書三萬冊，以及愛妻王氏，都因這一次的戰爭，離我而去了；但我對這種種，卻只存了一個信心，就是「正義，終有一天，會來補償我的一切損失。」

　　我在高等學校做學生的時代，曾經讀過一篇奧國作家Kleist做的小說「米舍耳・可兒哈斯」，我的現在的決心，也正同這一位要求正義至最後一息的主人公一樣。

　　你來信上所說的「對二十世紀現狀的懷疑」，「人類生活還有很多的缺憾」，「我們創造者應該起來是正補足這些缺憾」，我是十二分的同感。現在中國的許多創造者們，已經在分頭進行了這一步工作。中國的文藝，在這短短的三年之內，有了三百年的進步；中國的知識階級，現在差不多個個都已經成了實際的創造者了。你假使能在目下這時候，來到中國內地（戰地的後方），仔細觀察一下，將很坦白地承認我這一句話的並不是空言。

　　中國所持的，是地大物博，人口眾多；所差的是人心的不良。可是經過了這次戰爭的洗禮，所持的更發揮了它們的威光，所差的已改進到了十之八九。民族中間的渣滓，已被浪淘淨盡了；現在在後方負重致遠的，都是很良好的國民。

　　中國的民眾，原是最愛好和平的；可是他們也能辨別真正的和平與虛偽的和平不同。和平是總有一天會在東半球出現的，但他們覺得現在恐怕還不是時候。

　　新居君！你以為我在上面所說的，都是帶著威脅性的大言壯語嗎？不，絕不，這些都是現在自由中國的現狀、實情。不管這一篇文字，能不能達到你的眼前，我總想將現在我的心狀、環境，對你作一個無虛飾的報導。一半也可以使你曉得我及其它你的友人們的近狀，一半也可供作日本的民眾的參考。看事情，要看實際，斷不能老蒙在鼓裡，盲聽一面之辭，去上「民可使由之，不可使知之」的老當。

　　最後，我在日本的友人，實在也是很多；我在前四年去日本時所受的諸君的款待，現在也還歷歷地在我的心目中迴旋。尤其是當我到了京都，一下車就上了奈良，去拜訪了志賀直哉氏，致令京都的員警廳起了恐慌，找不到他們要負責保護的旅客一層，直到此刻，我也在抱歉。

　　因覆書之便，我想順手在此地提起一筆，敬祝那些友人們的康健。至於你呢，新居君，我想我們總還有握手歡談的一天的。在那時候，我想一切阻礙和平，挑動干戈的魔物，總已經都上了天堂或降到地獄裡去了，我們將以赤誠的

心，真摯的情，來談藝術，來為世界人類的一切缺憾謀彌補的方法。

（附言：正當此文草了之際：我卻接到了林語堂氏從故國寄來的信。他已經到了重慶安住下來了；不久的將來，將赴戰地去視察，收集材料，完成他第二部的大著。他的《北京的一瞬間》，想你總也已經看過；現在正由我在這裡替他譯成中文。翻譯的底本，是經他自己詳細註解說明過的。我相信我這中譯本出世之後，對於日本現在已經出版的同書的兩種譯本，必能加以許多的訂正。）

說明

「郁達夫的愛國情操，是最令我敬仰的：郁達夫的愛國心，不是狹義的民族主義或沙文主義，而是一種泱泱大度、為民請命的『大國之風』，他在〈敵我之間〉這篇文章中，把這種精神表現得不亢不卑，痛快淋漓，值得細讀；〈敵我之間〉一文中，郁達夫先譯出日本友人新居格氏給他的一封信，然後自己再寫一封覆信。我們把這兩封信互相對照之下，就可以看出前者的『小氣』和郁達夫的『大度』。新居格的信中，處處向郁達夫送秋波，但不難看出是在作『文化統戰』的工作。郁氏在回信中，毫無中傷惡罵（魯迅晚年時的毛病），卻從個人的經歷而擴展到『正義感、人道、天良』的大問題上。他明知新居君的『友情』不過是統戰的手段而已，卻仍以念舊之情，把『友情』提升到一層更高的境界。」

錄自李歐梵《郁達夫抗戰文錄》序（秦賢次編，洪範書店，一九七八）

麻六甲記遊

　　為想把滿身的戰時塵滓暫時洗刷一下，同時，又可以把個人的神經，無論如何也負擔不起的公的私的積累清算一下之故，毫無躊躇，飄飄然駛入了南海的熱帶圈內，如醉如癡，如在一個連續的夢遊病裡，渾渾然過去的日子，好像是很久很久了，又好像是只有一日一夜的樣子。實在是，在長年如盛夏，四季不分明的南洋過活，記憶力只會得一天一天的衰弱下去，尤其是關於時日年歲的記憶，尤其是當踏上了一定的程式工作之後的精神勞動者的記憶。

　　某年月日，為替一愛國團體上演「原野」而揭幕之故，坐了一夜的火車，從新加坡到了吉隆坡。在臥車裡鼾睡了一夜，醒轉來的時候，填塞在左右的，依舊是不斷的樹膠園，滿目的青草地，與在強烈的日光裡反射著殷紅色的牆瓦的小洋房。

　　揭幕禮行後，看戲看到了午夜，在李旺記酒家吃了一次朱植生先生特為籌設的宵夜筵席之後，南方的白夜，也冷悄悄的釀成了一味秋意；原因是由於一

麻六甲

陣豪雨，把路上的閒人，盡催歸了夢裡，把街燈的玻璃罩，也洗滌得水樣的清澄。倦遊人的深夜的悲哀，忽而從馳回逆旅的汽車窗裡，露了露臉，彷彿是在很遠很遠的異國，偶爾見到了一個不甚熟悉的同坐過一次飛機或火車的偕行夥伴。這一種感覺，已經有好久好久，不曾嚐到了，這是一種在深夜當遊倦後的哀思啊！

第二天一早起來，因有友人去麻六甲之便，就一道坐上汽車，向南偏西，上山下嶺，盡在樹膠園、椰子林的中間打圈圈，一直到過了丹平的關卡以後，樣子卻有點不同了。同模型似地精巧玲瓏的馬來西亞答屋的住宅，配合上各種不同的椰子樹的陰影，有木的小橋，有頸項上長著雙峰的牛車，還有負載著重荷，在小山坳密林下來去的原始馬來人的遠景，這些點綴，分明在告訴我，是

在南洋的山野裡旅行。但偶一轉向，車馳入了平原，則又天空開展，水田裡的稻稈青蔥，田塍樹影下，還有一、二皮膚黝黑的農夫在默默地休息，這又像是在故國江南的曠野，正當五、六月耕耘方起勁的時候。

到了麻六甲，去海濱「彭大希利」的萊斯脫・好塢斯（Rest House）去休息了一下。以後，就是參觀古蹟的行程了。導我們的先路的，是由何葆仁先生替我們去邀來的陳應楨、李君俠、胡健人等幾位先生。

我們的路線，是從麻六甲河西岸海濱的華僑銀行出發，打從聖弗蘭雪斯教堂的門前經過，先向市政廳所在的聖保羅山，亦叫作升旗山的古聖保羅教堂的廢墟去致敬的。

這一塊周圍僅僅有七百二十英里方的麻六甲市，在歷史上、傳說上，卻是馬來半島，或者也許是南洋群島中最古的地方，這是好久以前，就聽人家說過的。第一，麻六甲的這一個馬來名字的由來，據說就是在十四世紀中葉，當新加坡的馬來人，被自爪哇西來的人所侵略，酋長斯幹達夏率領群眾避至此地，息樹蔭下，偶問旁人以此樹何名，人以「麻六甲」對，於是這地方的名字，就從此定下了。而這一株有五、六百年高的麻六甲樹，到現在也還婆娑獨立在聖保羅的山下，那一個舊式棧橋接岸的海濱，枝葉紛披，這樹所覆的蔭處，倒確有一連以上的士兵可以紮營。

此外，則關於麻六甲這名字的由來，還有酋長見犬鹿相鬥，犬反被鹿傷的傳說；另一說，則謂麻六甲係爪哇語「亡命」之意，或謂爪哇人稱「巴領旁」之音，巫來由即麻六甲之變音。

　　這些倒還並不相干，因為我們的目的，只想去瞻仰瞻仰那些古時遺下來的建築物，和現時所看得到的風景之類；所以一過麻六甲河，看見了那座古色蒼然的荷蘭式的市政廳的大門，就有點覺得在和數世紀前的彭祖老人說話了。

　　這一座門，盡以很堅強的磚瓦迭成，像低低的一個城門洞的樣子；洞上一層，是施有雕刻的長方石壁，再上面，卻是一個小小的鐘樓似的塔頂。

　　在這裡，又不得不簡敘一敘麻六甲的史實了。第一，這裡當然是從新加坡西來的馬來人所開闢的世界，這是在十四世紀中葉的事情。在這先頭，從宋代的中國冊籍（諸蕃志）裡，雖可以見到巴領旁王國的繁榮，但麻六甲這一名字，卻未被發見。到了明朝，鄭和下南洋的前後，麻六甲就在中國書籍上漸漸知名了，這是十四世紀末葉的事情。十六世紀初年，葡萄牙人第奧義・洛泊斯特・色開拉率領五艘海船到此通商，當為麻六甲和西歐交通的開始。一千五百十一年，麻六甲被亞兒封所・達兒勃開兒克所征服以後，南洋群島就成了葡萄牙人獨佔的市場。其後荷蘭繼起，一千六百四十一年，麻六甲便歸入了荷人的掌握；現在所遺留的麻六甲的史蹟，以荷蘭人和建築物及墓碑為最多的原因，實在因為荷蘭人在這裡曾有過一百多年繁榮的歷史的緣故。一七九五年，當拿破崙戰爭未息之前，麻六甲管轄權移歸了英國東印度公司。一八一五年，因維也納條約的結果，舊地復歸還了荷屬，等一八二四年的倫敦會議以後，英國才以蘇門答臘和荷蘭換回了這麻六甲的治權。

　　關於麻六甲的這一段短短的歷史，簡敘起來，也不過數百字的光景，可是這中間的殺伐流血，以及無名英雄的為國捐軀、為公殉義的偉烈豐功，又有誰

能夠仔細說得盡哩！

　　所以，聖保羅山下的市政廳大門，現在還有人在叫作「斯泰脫呼斯」的大門的。「斯泰脫呼斯」者，就是荷蘭文Stadt-Huys的遺音，也就是英文Town-House或City-House的意思。

　　我們從市政廳的前門繞過，穿過圖書館的二樓，上閱兵台，到了舊聖保羅教堂的廢墟門外的時候，前面那望樓上的旗幟已經在收下來了，正是太陽平西，將近午後四點多鐘的樣子。偉大的聖保羅教堂，就單單只看了它的頹垣殘壘，也可以想見得到當日的壯麗堂皇。迄今四、五百年，雨打風吹，有幾處早已沒有了屋頂，但是周圍的牆壁，以及正殿中上一層的石屋頂，仍舊是屹然不動，有泰山磐石般的外貌。我想起了三寶公到此地時的這周圍的景象，我又想起了我們大陸國民，不善經營海外殖民事業的缺憾；到現在被強鄰壓境，弄得半壁江山，盡染上了腥污，大半原因，也就在這一點國民太無冒險心、國家太無深謀遠慮的弱點之上。

　　市政廳的建築全部，以及這聖保羅山的廢墟，聽說都由麻六甲的史蹟保存會的建議，請政府用意保護著的；所以，直到了數百年後的今日，我們還見得到當時的荷蘭式的房屋，以及聖保羅堂裡的一個上面蓋有小方格鐵板的石穴。這石穴的由來，就因十六世紀中葉的聖芳濟去中國傳教，中途病故，遺體於運往臥亞之前，曾在此穴內埋葬過五個月（一五五三年三月至同年八月）的因緣。廢墟的前後，盡是墳塋，而且在這廢墟的堂上，聖芳濟遺體虛穴的周圍，也陳列著許多四、五百年以前的墓碑。墓碑之中，以荷蘭文的碑銘為最多，其

間也還有一兩塊葡萄牙文的墓碑在呢！

　　參觀了這聖保羅山以後，我們的車就遵行著彭大希利的大道，馳向了東面聖約翰山的故壘。這山頭的故壘，還是葡萄牙人的建築，炮口向內，用意分明是在防止本地土人的襲擊的。炮壘中的塹壕，堅強如故；聽說還有一條地道，可以從這山頂通行到海邊福脫路的舊壘門邊！這時候夕陽的殘照，把海水染得濃藍，把這一座故壘，曬得赭黑，我獨立在雉堞的缺處，向東面遠眺了一回南馬最高的一支遠山，就也默默地想起了薩雁門的那一首「六代豪華，春去也，更無消息」的「金陵懷古」之詞。

　　從聖約翰山下來，向南洋最有名的那一個飛機型的新式病院前的武極巴拉山下經過，趕上青雲亭的坟山，去向三寶殿致敬的時候，平地上已經見不到陽光了。

　　三寶殿，在青雲亭坟山三寶山的西北麓，門朝東北，門前有幾顆紅豆大樹在作旗幟。殿後有三寶井，聽說井水甘冽，可以癒疾病，市民不遠千里，都來灌取。　山中的古墓，有皇明碑紀的，據說尚存有兩穴。但我所見到的，卻是坟山北麓，離三寶殿約有數百步遠的一穴黃氏的古塋，碑文記有「顯考維弘黃公，妣壽妲謝氏墓，皇明壬戌年仲冬穀旦，孝男黃子，黃辰同立」等字樣，自然是三百年以前，我們同胞的開荒遠祖了。

　　晚上，在何葆仁先生的招待席散以後，我們又上中國在南洋最古的一間佛廟青雲亭去參拜了一回。青雲亭是明末遺民，逃來南洋，以幫會勢力而扶殖僑民利益的最古的一所公共建築物。這廟的後進，有一神殿，供著兩位明代衣

麻六甲

冠，髮鬚楚楚的塑像，長生祿位牌上，記有開基甲國的甲必丹芳揚鄭公及繼理宏業的甲必丹君常李公的名字；在這廟的西邊一間碑亭裡，聽說還有兩塊石碑樹立在那裡，是記這兩公的英偉事蹟的，但因為暗夜無燈，終於沒有拜讀的機會。

走馬看花，麻六甲的五百年的古蹟，總算匆匆地在半天之內看完了。於走回旅舍之前，又從歪斜得同中國街巷一樣的一條惹娘街頭經過，在昏黃的電燈底下談著、走著，簡直使人感覺到不像是在異邦飄泊的樣子。麻六甲實在是名副其實的一座古城，尤其是從我們中國人看來。

回旅舍沖過了涼，含著紙煙，躺在迴廊的籐椅上舉頭在望海天空處的時候，從星光裡，忽而得著了一個奇想。譬如說吧，正當這一個時候，旅舍的侍者，可以拿一個名刺，帶領一個人進來訪我，我們中間可以展開一次上下古今

的長談。長談裡，可以有未經人道的史實，可以有悲壯的英雄抗戰的故事，也可以有纏綿哀豔的情史。於送這一位不識之客去後，看看手錶，當在午前三、四點鐘的時候。我倘再回憶一下這一位怪客的談吐、裝飾，就可以發現他並不是現代的人。再尋他的名片，也許會尋不著了。第二天起來，若問侍者以昨晚你帶來見我的那位客人（可以是我們的同胞，也可以是穿著傳教師西裝的外國人。）究竟是誰？侍者們都可以一致否認，說並沒有這一回事。這豈不是一篇絕好的小說嗎？這小說的題目，並且也是現成的，就叫作「古城夜話」或「麻六甲夜話」，豈不是就可以了嗎？

我想著想著，抽盡了好幾支煙捲，終於被海風所誘拂，沉入到忘我的夢裡去了。第二天的下午，同樣的在柏油大道上飛馳了半天，在麻坡與巴株巴轄過了兩渡，當黃昏的陰影蓋上柔佛長堤橋面的時候，我又重回到了新加坡的市內。「麻六甲夜話」，「古城夜話」，這一篇Imaginary Conversation幻想中的對話錄，我想總有一天，會把它記敘出來。

（此稿係為南洋學報第一期而作的專稿，學報大約不久就可以印成了，先將底稿，在這裡發表一下，聊以作介紹這學報的先聲。）

（一九四〇年六月七——八日，《晨星》）

海角新春憶故人
——小記郁達夫和王映霞
（易君左）

　　遠在南京求學時期，我就和郁達夫往還，民國十一年，上海泰東書局的老闆，趙南公把我們幾個人聘為編輯，住在馬霍路一棟小弄堂房子裡，替書局編書。這幾個人是郭沫若、郁達夫、成仿吾和我，還有一個姓鄧的（編按：指鄧均吾）。郭的處女詩集《女神》和郁的處女小說《沉淪》便在此時出版，我也出了一本詩歌小說集《西子湖邊》。

　　民國十三年我和郁達夫在安慶體專教書一年，以後都為著生活的掙扎，流浪四方，見面的機會比較少了，但是常常通訊。一直到二十六年抗戰軍興，達夫一家從漢口流徒入湘，我把他們接到我的故鄉漢壽，住過一個時期，位址在漢壽縣城北門外一家很有名的蔡天培醋舖，老闆蔡仲炎也是留日學生，同達夫一家相處很好。雖然是住在醋舖，王映霞卻沒有打翻醋缸，而且很少吵鬧，兩個男孩子依依膝下，家庭生活尚屬寧靜。這個小縣無他長，最大的特產是魚。達夫把所有的魚吃遍了，居然被他發現了鰣魚。鰣魚是江南名物，是相傳到小孤山就回頭的，大概有幾條喜歡遊山玩水的偶然游到湖南來了，湖南人根本不

認識這種魚，而卻被郁達夫發現，向魚攤上去買，魚販因為這種魚是沒有人吃的，就送給郁達夫。

漢壽縣城內十字街也還熱鬧，有幾家南貨店居然賣啤酒，還賣青豆罐頭。這類食品，在漢壽土紳士們是從不會看到的，也被郁達夫發現，搜購一空。等我一次從長沙回鄉時，達夫邀我吃飯，喝啤酒、吃青豆，我問他是不是從漢口帶來的？達夫笑了。王映霞端出一盤鱛魚來，我一見大驚：漢壽哪裡有這種魚呢？這簡直是變戲法了。我看映霞，風姿還是那樣美，輪廓生得真亭勻，為什麼她和達夫常常鬧彆扭呢？

郁達夫與王映霞

達夫和映霞也常常到我家裡玩耍。但奇怪的是他們並不大同時來，常常是參差的。而每當我們邀達夫出遊或拜訪朋友，映霞往往藉故不參加。在居家漢壽期間，表面上尚安定，然而他們創痕已到無可彌補的程度了，我曾勸過他們好幾次，總是「清官難斷家務事」，摸不到真情，實在也就等於「隔靴搔癢」。然而我有一個定見：無論王映霞怎樣美，嫁給一個郁達夫總算三生修到。我對這個朋友是深致敬慕的，他是一個人才、一個天才和一個仙才。天之生才真不容易呀，數百世而不可一見。李太白以後隔了一千多年才生出一個黃仲則，黃仲則以後又隔了幾百年才生出一個郁達夫，儘管世人罵達夫

為頹廢派、浪漫家、色鬼等等，一直到今天，我看到創造社的諸人中，最天真最純潔、最富正義感和熱情的，誰能比得上他呢？單憑「達夫九種」（編按：即《日記九種》）這部戀愛的「聖經」，王映霞亦足千古了！

但達夫的舉動確有令映霞難堪之處。他印了一套珂羅版，既不是大滌子的山水畫，也不是王羲之的蘭亭帖而是把他的夫人王映霞的一個「情人」寫給王映霞的「情書」原原本本印成一套，好像賣明信片，遇著好友就送給一套，以留紀念，當達夫也送我一套時，我當場撕毀了，並勸他一齊燒掉。在詩歌散文上，也公然宣佈他夫人和人家的私事，那就未免太率直了。這些地方是不能責備一個「佳人」為什麼會不愛一個「才子」。不講王映霞這位有名的「杭州小姐」，遠到幾百年前，假如唐伯虎揭穿了秋香的陰私，那裡能流傳「三笑姻緣」的民間佳話呢？

達夫死已多年，使我愴懷無已。王映霞呢？還是在抗戰時一度到重慶南岸黃桷椏的峰頭來看過我的病，後來我出川過宜昌，見著她的「新外子」鍾賢道，賢道陪我去遊三遊洞，臨別時，從衣袋裡拿出一張王映霞從上海新寄來彩色照片給我看，翠蛾花靨，不減當年，可是映在我眼裡的霞光，也正如黃仲則的詞句「晚霞一抹影池塘」而已。

郁達夫和我的往來函件及詩歌本來保存著不少，只因連年的世變，隨同我的珍藏都蕩然無存了。近來清理舊篋，僅發現郁夫的一張詩稿，是用普通紅格子的十行毛邊紙寫的；另有一張詩稿是他和我在漢壽郊遊時的聯句，一時找不著，但我記得很清楚，先把這兩首詩錄出來吧：

偕君左學藝及易黃諸女伴
泛舟南湖，展墓採菱，晚
至西竺山，翌日聯句：

戎馬餘閒暫息機　　（郁）

南湖清露濕荷衣　　（易）

採菱兒女歌清越

展墓漁樵話式微　　（郁）

十里波光流暑去

兩船鬢影載香歸　　（易）

魯陽戈在能揮日

為吊張顚款寺扉　　（郁）

劉院長招引竺山，沿花姑
堤一帶，風景絕佳，與君
左口唱，仍用微韻。

西竺山前白鷺飛　　（郁）

花姑堤下藕田肥

柳陰閒系瓜皮艇

茅舍新開杉木扉　　（易）

藤蔓欲攀張網架

牛羊也戀釣魚磯

桃源此去無多路　　（郁）

天遺詩人看落暉　　（易）

　　在這兩首詩裡有兩點值得注意：一是郁達夫和我們遊山玩水，他的夫人並沒有參加；二是當時正是抗戰軍興的民國二十六年，所以達夫詩中有「魯陽戈在能揮日」一句。就此兩點，已可見出達夫家愁困難感慨之深，而寄其情於友朋山水。

　　詩中幾處名勝值得一提。漢壽位居洞庭湖之一角，開門即見大湖。出縣城西門不遠，有一條籠滿柳陰的長堤叫做花姑堤，名字已夠香豔了。花姑堤的裡面是一帶荷池藕田，在荷花盛開的時候，香風十里，沁人心脾。田裡所產的藕和蓮子為湖南名產。花姑堤的外面白茫茫一片便是南湖，所產的菱最新嫩，特別是鱖魚最肥美。我的祖父、祖母的墓就在這湖邊（父親的墓在另一地），那天一來掃墓二來遊湖，邀著郁達夫同去，遊樂半日，回頭應西竺山寺僧之約，到廟裡吃了一頓精緻的素菜，入暮才分別返家。

　　西竺山也在花姑堤旁邊，是漢壽近郊唯一的名勝。山係一小岡，但林木蔥茂，梵宇修整，裡面有一古蹟，石砌古池一方，水黑如墨，縣誌上說是草聖張旭洗墨的地方，故名「洗墨池」。池旁立古石碑一座，刻著「筆聖遺蹟」四個大字。張顛寫草書，用頭撥墨疾揮，寫了後洗頭滌髮，就在這個池子裡。以南湖的明潔，花姑堤的媚豔，西竺山的清幽，加上張顛的浪漫，自然深合我們這位詩人郁達夫的胃口，所以他最賞識漢壽的風景，因為他家庭的風景太慘澹了。

在我別漢壽返長沙時，送了達夫一首詩，有「富春江上神仙侶」一句，原是希望和王映霞言歸於好，不料反而引起他的愁思，答詩兩首如次：

避地漢壽‧賦寄君左

敢就眷屬比神仙，大難來時倍可憐。澤國盡多蘭與芷，
湖鄉初度日如年。綠章迭奏通明殿，朱字勻抄烈女篇。
亦願賃春資德耀，屢屢新譜入哀弦。
貧賤原知是禍胎，蘇秦初不慕顏回。九州鑄鐵終成錯，
一飯論交竟自媒，昨夜剛逢牛女會，他生再卜鳳凰台。
最愁陌上花開日，怕聽人歌緩緩來。

這兩首詩可以看做是「郁王公案」郁達夫方面的自白。他為什麼要在心理上控告王映霞，詩義裡也可以給你一些解答。原詩「一飯論交竟自媒」句下本有「自註」，我為顧全與死者及生者的友誼，並本詩教溫柔敦厚之旨，把它刪去了。

原載《暢流》半月刊第三卷第四期（一九五一年四月）

附錄二

從作品中暴露自我的郁達夫
（李德安）

在中國現代作家中，郁達夫的評價是見仁見智的，他的作品與為人給人的印象也是各趨極端，直到現在還有人將他封為「黃色文藝大師」，這是很不公正的。本文目的就是想給郁達夫回其本來面目，並作適當公正的批評。

郁達夫，名文，號達夫，以字行。清光緒二十二年（一八九六）生於浙江的富陽。他在「小學、中學唸書的時候，是一個品行方正的模範生」，平時只讀讀「四史和唐詩古文」。宣統元年（一九○九）小學畢業，隨即離開故鄉，就讀於「嘉興府中」。暑假中，「家裡的一個禁閱書櫥開放了」，才看了石頭記（紅樓夢）和六才子（西廂記）。下學期因路遠而轉入「杭州府中學堂」（即後來的一高），同學中有徐志摩及其表兄沈叔薇。此時看了「花月痕」和「西湖佳話」，這是他有意地看中國小說最初接觸的兩本書。次年，轉入教會學校育英書院，因鬧學潮，便又轉入另一個教會學校。閒時就讀浪漫的戲曲，其中《桃花扇》和《燕子箋》是他最喜讀的。是年冬，對學校教育絕望，便決定返家獨學。民國二年（一九一三）九月離國去日本，翌年考入東京第

1934年的郁達夫

一高等學校的預科，獲得公費生資格。課餘之暇，讀了屠格涅夫的《初戀》和《春潮》。第二年預科畢業，被分發到名古屋第八高等學校。在四年（第一年讀醫科，第二年轉入文科，因此多讀一年）的高等學校中，所讀的俄、德、英、日、法的小說，總共約有一千部，後來甚至於弄得把學校的功課丟開，專在旅館裡讀當時流行的所謂「軟性文學作品」。因為讀多了俄國小說，對他後來的小說創作有很大的影響。其後考入東京帝大的政治經濟部，在大學第二年（民十），發表了〈沉淪〉奠定了他的小說家的地位。十一年夏回國後，與郭沫若、成仿吾成立「創造社」，高舉浪漫主義的大纛，主張「為藝術而藝術」，與主張「為人生的藝術」而有自然主義傾向的「文學研究會」相頡抗。這年五月《創造季刊》出版，郁達夫的小說〈茫茫夜〉被譽為「中國新文壇的彗星，五四運動以來最好的小說」。同年八月郁達夫在〈夕陽樓日記〉中指摘倭鑑原著，余家菊由英文重譯的《人生的意義與價值》一書中的錯誤，胡適先生在九月十七日的《努力週報》上撰〈罵人〉一文，偏袒余家菊而斥郁達夫「淺薄無聊而不自覺」，郁達夫因此寫成他那「名貴一時」的歷史小說〈採石磯〉，文中以黃仲則自況，而以「考據家」的戴東原隱諷胡適，而胡適則「欣然同意」，這一打而相識。民十二年五月《創造週報》，七月《創造日》相繼出版，這時創造社如日方中，在這一年中，郁達夫作的「長短小說和議論雜文，總有四十來篇」是他的

Most Productive的一年。秋天，《蔦蘿集》出版。九月底，受北大之聘，繼陳豹隱教兩小時的「統計學」，臨去時，在《東方雜誌》發表一篇小說〈離散之前〉以示和創造社的脫離。這一去在歲暮時，就「混跡在北京的軟紅塵裡」，結識了一個「並不美，也沒有什麼特別可愛」的妓女「銀弟」，這一段「惡姻緣」是他自認為在北京三年雜亂的生活裡，比較值得回憶的。他以後更作了四篇小說，津津有味地描寫這事。翌年五月又趕回上海結束滿一年的《創造週報》，並決定與《太平洋》雜誌（月刊）合出一週刊，就是後來的《現代評論》（十三年十二月創刊，在北京出版）。《語絲》（週刊）也創刊於此時。達夫除了替《現代評論》寫稿外，有時也參加《語絲》的茶會。達夫的天性是「坦白直率、富於情誼」，他跟《現代評論》的胡適、陳源（西瀅）、沈從文、徐志摩，以及《語絲》的周氏兄弟、林語堂、許欽文、李小峰等皆處得很好。這年他除了在「北大」外，也在北京「美專」任教。同時寫有〈薄奠〉、〈小春天氣〉、〈十一月初三〉等小說。到十四年春，又轉往石瑛主持的武昌師範大學，在這裡看了不少的陰謀詭計，也讀了不少的線裝書，除寫了回憶在北京的「銀弟」的文章，如〈南行雜記〉、〈寒宵〉、〈街燈〉及一些雜感外，是他的「不言不語、不做東西的一年」。這時受了兩三個被人收買的學生的攻擊，而逃到上海。（這事在達夫是念念不忘的，在他的〈煙影〉、〈一個人在途上〉和〈追懷洪雪帆先生〉中均有提起。）同時經過年餘來的任意遊蕩、喝酒，到了十月終於病倒滬上有半年之久，對於人生的看法改了態度。翌年三月十八日跟郭沫若、王獨清等南下，到當時革命的策源地——廣州，去「包辦」「廣東大學」的文科，時廣大還有成仿吾、穆木天、鄭伯奇。這中間為了兒子之喪曾回到北平，並作了一篇哀悼他兒子的〈一個人在途上〉。到了

年底又回到上海去專心主持創造社。在十六年初碰到了「天外的使者」，她就是郁達夫以後的夫人王映霞女士。達夫並把追求王映霞的戀愛經過，記載在此年出版的《日記九種》上。這部「戀愛的聖經」為兩人帶來了更大的聲望。為了三十歲的紀念，他在這年出版第一本長篇小說《迷羊》和全集的第一卷《寒灰集》，第二卷《雞肋集》，第三卷《過去集》，包括七年來的小說、散文共三十八篇。翌年（十七年）春，郁達夫脫離了「創造社」，並寫了一篇小說〈二詩人〉諷刺當時的「革命詩人」王獨清。同時幫助友人編《奔流》雜誌，到九月，他自己也主編《大眾文藝》。自從十六年一月發表的小說《過去》以後，郁達夫小說的創作能力減低，而以後所發表的小說也沒有一篇能超過《過去》，在十八年以後的三年中，總共才寫了〈在寒風裡〉、〈紙幣的跳躍〉、〈楊梅燒酒〉、〈十三夜〉等四篇小說。此時日本侵略中國，二十年的九一八事變和翌年的上海二一八事變，均表示出日本欲以武力侵略中國的野心。而郁達夫轉而在小品散文方面寫下了許多作品，這或許是由於時代的關係吧！這次上海事變，達夫在逃難之餘，花了十天工夫，把久已想好的題材寫成了他的第二本長篇小說《她是一個弱女子》（又名《饒了她》）。這年黎烈文先生自法國回來，主編申報的副刊《自由談》，到了第二年，小品文更風起雲湧，有所謂「小品年」之稱。郁達夫也常在《自由談》上發表些自認為「論旨淺薄，不關痛癢」的短文，後來都收入《斷殘集》中。在二十二年五月，郁達夫從上海遷居杭州，此後時常遊山玩水，所至之處，皆有遊記發表，後來更編成《屐痕處處》一書，而郁達夫也博得「遊記作家」之名。但其後年歲漸大，而「好遊旅，喜飄泊」的習性也慢慢衰竭了。到二十四年春，他寫了一篇〈住所的話〉，說「以為青山到處可埋骨的飄泊慣的流浪人，一到了中年，也頗以沒有

一個歸宿為可慮」。這年他正是四十歲，心情已是微近中年了，他在生日前夕所作的〈和趙龍文氏詩〉兩首，很可表示此時的心情。

卜築東門事偶然，種瓜敢詠應龍篇？
但求飯飽牛衣暖，苟活人間再十年。

昨日東周今日秦，池魚哪復辨庚辛？
門前幾點冬青樹，便算桃源洞裡春。

這年四月，他和周作人編選良友圖書公司的「中國新文學大系」散文部分，書前「導言」由達夫執筆，可代表他對散文的看法。夏起，他把以前出版的全集，重新分類改編出版，計分：《達夫所譯短篇集》，《達夫短篇小說集》二冊，《達夫散文集》，《達夫日記集》和《達夫遊記》等。同時開始陸續為《人間世》及《宇宙風》寫自傳，大約寫到他在高等學校的生活為止，亦略微提到《沉淪》的出世。到二十五年初春，容有住屋三間，書室兩間的「風雨茅廬」落成了，他住不了一個月，又蒙以前同學，時為福建省主席陳公洽來函相招，在二月初離杭去閩，任閩省府參議兼公報室主任，這時天天有應酬交遊，達夫深以為苦。

他這時除常為林語堂的《宇宙風》寫稿外，並和邵洵美共同主編《論語》。十一月中旬，達夫應日本各社團及學校之聘，赴日演講，頗受彼邦文藝界人士的歡迎，回國時，繞道臺灣，逗留七、八天，因驚聞「西安事變」，忽忽返國，已交歲暮。「七七事變」抗戰軍興後，主編《福建民報》和《小民報》的副刊《新園林》和《新村》，每天均有其執筆的每日談話之類，下段排

著鋅版製的簽名。到二十七年初,至武漢任軍委會政治部設計委員。適時陳辭公當部長。四月中,去徐州勞軍,巡視至一月之久,六月底,又奉命去第三戰區視察。七月初,自東戰場回武漢,九月中,又奔赴閩中。到年底又經香港赴新加坡。郁達夫的「投荒到這炎海中」來,是因為這時他與夫人王映霞不和,而暫避國人的恥笑,不想竟終亡異域,而為國犧牲。他在新加坡不久即任《星洲日報》副刊《晨星》的主編,並且主編《華僑週報》、《星洲半月刊》,和《星洲畫報》。這時郁達夫的文藝作品,除時常做舊詩,與南洋詩人唱和之外,還寫過許多文章,可惜有許多均毀於炮火,在南洋的遊記,只有〈檳城三宿記〉、〈覆車小記〉和〈麻六甲遊記〉三種而已。三十年十二月八日,太平洋戰爭爆發,郁達夫任文化工作團主席,和訓練班的主任,三十一年一月初又擔任新加坡華僑抗敵動員委員會的文藝組主任,及新加坡文化界抗日聯合會主席等職。到了二月十五日新加坡不幸淪陷,郁達夫又過著逃亡的生活,途中曾有〈亂離雜詩〉十一首傳世。是年暮春,他避難到巴東村,六月初,抵達蘇門答臘西部的「巴爺公務」,化名趙廉,並為日憲兵隊強逼做通譯有七月之久。到民三十二年九月十五日,郁達夫與何麗有小姐結婚,婚後生有一子一女。民三十四年八月十四日,日本正式無條件投降,想不到達夫卻於九月十七日為日軍殺害。因為早在一年前,日軍已偵悉趙廉是郁達夫化名,而懷疑他是一個大間諜(關於郁達夫遇害的原因和經過,每篇文

1940年的郁達夫

章所記載的幾乎都不一樣，此時不予詳論）。

　　在未談到本題之前，我們先要瞭解郁達夫對於小說創作的看法。郁達夫在〈五、六年來創作生活的回顧〉上說「我覺得文學作品都是作家的自敘傳，這一句話是千真萬確的。」他認為作家這一種強的個性再加上「一己的體驗」，就可以成功地做為一個有力的作家。他又在其他文章上說「文學表現自己越忠實越有成就」，他一直以這個觀點來從事寫作。因此郁達夫的小說絕大部分都用第二人稱來寫，並且幾乎都是描寫他自己。但並不是他所有的作品都是他的自傳，有些作品是以他的經驗為骨架，再加上憑空虛構，或是由別人的故事中變化過來，這一點是必須加以辯明的。郁達夫的作品中（包括小說、散文、遊記，尤其是日記）充滿著浪漫、頹廢以及苦悶、徬徨的描寫，在部分人們的心目中，以為達夫是「浪漫派」、「頹廢派」、「牢騷派」、「一個專唱靡靡之音的秋蟲」，幾年以前，蘇雪林先生又送他一頂「黃色文藝大師」的帽子，這些都是根據作品片斷去推測達夫的為人。我們可以從與他有實際接觸的人中去瞭解郁達夫這個人。他的同學兼朋友說他「坦白直率、富於感情，為了朋友每每不顧一切，把自己置諸度外。」又說「達夫在暴露自我這一方面，雖然非常勇敢，但他迎接外來的攻擊上卻非常的懦弱，他的神經太纖細了。」有一段評論是較為公正的：「他的基本精神是入世的，是愛人的，他的人格自有光輝，他的作品也自有意義。無論在當時，或在文學史上，他的影響都是不可忽視的。」

　　下面擬將達夫的作品分為兩部分來討論。

　　（1）小說：達夫的小說共有四十多篇，大部分都是第一人稱，或描寫自己。例外的只有，〈秋河〉寫的是姨太太姘漢的事情，〈清冷的午後〉寫的是杭州小老闆狎妓的事情，另有〈人妖〉等。其他如〈採石磯〉中的黃仲則，是比喻自己，〈二詩人〉是諷刺當時的革命詩人等。廚川白村說過「文藝是苦悶的象徵」，這一點對達夫來說是再正確不過的了。達夫的處女作〈沉淪〉，以及早期的作品，如〈茫茫夜〉、〈秋柳〉、〈胃病〉、〈空虛〉〈風鈴〉、〈中途〉等都是描寫「性的苦悶」。這些小說的背景是：當達夫於民國九年還在日本讀大學時的暑假回到家鄉，跟他「不能愛又不得不愛」，熟讀《烈女傳》、《女四書》的舊式女子孫荃結婚。不久後，又回到日本，他雖然反對父母主張的婚約，卻無力去反抗，想在其他方面獲得補償。但中國人在日本，就如猶太人在歐洲一樣，到處被日本人所輕視，兩年之中，郁達夫在得不到正當的愛的滿足之下，只好到「咖啡館裡找女孩子喝酒」，過著「紅燈綠酒的沉湎，荒妄的邪遊，不義的淫樂」的生活。《沉淪》中包括三篇：第一篇〈銀灰色的死〉是他的試作，也就是他的第一篇創作；第二篇〈沉淪〉是描寫一個病態青年的心理也可以說是青年憂鬱病的解剖，裡邊也帶敘著現代人的苦悶——便是性的要求與靈肉的衝突（自序）；第三篇〈南遷〉可看作沉淪的續編。郁達夫的《沉淪》是新文學運動以來的第一部小說集，跟胡適的《嘗試集》，在文學史上並垂不朽。《沉淪》初問世，受了社會的譏評嘲罵，也不知有幾十百次，直到當時握有批評最高權威的周作人在晨報上發表一篇文章，尊之為「受戒者的文章」，才奠定了作者在文壇的地位。此後〈茫茫夜〉發表，地位更高，讀者被他那驚人的坦白所感動，並激起當時苦悶青年們的共鳴。此後，他從日本回到國內，感到經濟的、社會的壓迫，轉而描寫「經濟的苦悶」、

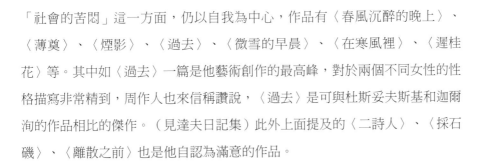

「社會的苦悶」這一方面，仍以自我為中心，作品有〈春風沉醉的晚上〉、〈薄奠〉、〈煙影〉、〈過去〉、〈微雪的早晨〉、〈在寒風裡〉、〈遲桂花〉等。其中如〈過去〉一篇是他藝術創作的最高峰，對於兩個不同女性的性格描寫非常精到，周作人也來信稱讚說，〈過去〉是可與杜斯妥夫斯基和迦爾洵的作品相比的傑作。（見達夫日記集）此外上面提及的〈二詩人〉、〈採石磯〉、〈離散之前〉也是他自認為滿意的作品。

　　郁達夫本來想寫一部三部曲的長篇小說，表現中國的過去、現在和將來三個時代：〈迷羊〉（The Age of Innocent），〈蜃樓〉（The Age of Skepticism），〈春潮〉（The Age of Revolution），其中〈迷羊〉出版於十七年初，〈春潮〉沒寫代以〈她是一個弱女子〉，於民二十一年出版。〈蜃樓〉刊於創造月刊一卷四期，單行本則不知出版了沒有。此外他想寫的有以廣東的一年生活（民十五年）為背景的〈清明前後〉；及歷史小說〈明清之際〉，但始終沒有動手。大概他自知其長篇小說不如短篇小說。

　　（2）散文：郁達夫的創作歷史，雖是很久，也曾寫過〈小品五題〉（奇零集），但他以散文家出現在文壇，卻是一二八事變後。郁達夫認為散文應以「清新」為主，他說「小品文字的所以可愛的地方，就是在它的細、清、真這三點，細密的描寫，若不慎加選擇，巨細兼收，則清字就談不上了。修辭學上的Trivialism缺點就係指此。既細且清，則又須看這描寫的真切不真切了。」（見〈清新的小品文字〉）他的主張與周作人有異曲同工之處。他在《達夫自選集》上的序言也說「散記清淡易為，並且包含很廣，人間天上，草木蟲魚，無不可談，平生最愛這一類書，而自己試來一寫，覺得總要把熱情滲入，不能

達到忘情忘我的境地。」其他與時局有關的雜感、短評，雖也是散文，但已變「清新飄逸」而走向「憤激」，這也是受時代的影響。郁達夫的紀遊散文著名的如〈釣臺的春晝〉、〈感傷的行旅〉、〈雁蕩山的秋月〉、〈浙東景物紀略〉等；抒情的散文如〈小春天氣〉、〈一個人在途上〉、〈燈蛾埋葬之夜〉，記敘的散文如〈移家瑣記〉、〈記風雨茅廬〉、〈懷四十歲的志摩〉、〈志摩在回憶裡〉、〈記曾樸先生〉等。但收在《斷殘集》中的，多是憤慨的較多。郁達夫所寫的許多遊記文體優美、清新脫俗，這一點比胡適在遊記中談考據說議論，似乎是更勝一籌，郁達夫能獲得「遊記作家」之名，並非是無因的。

此外郁達夫的「日記」，亦甚為有名。郁達夫在〈日記文學〉一開頭便說，散文作品裡頭，最便當的一種體裁，是「日記體」。郁達夫本來就有記日記的習慣，自從《日記九種》一出版而大為暢銷以後，他就常常在雜誌上發表零篇的自記，從十五年底到二十五年止共發表過十八篇日記，均收在《達夫日記集》和《閒書》二書中。郁達夫的日記，大多是對自己生活大膽且坦白的解剖，在書中不作道德的教訓，看起來不像在做小說，這是他日記所以能引人入勝的地方。

現代新文學家中能寫舊詩的相當多，但功力獨深，且常常寫作的，當推郁達夫為第一。達夫的詩詞受黃仲則、厲鶚的影響很大。他的舊詩「用意清新、風韻亦佳」。他「打算用舊詩的形式，來盡量表現新的現象」，這是走黃公度的路子。關於他對於舊詩的見解，可見──〈談詩〉以及〈骸骨迷戀者的獨語〉。郁達夫的詩詞散見於他的小說、散文、遊記，尤其是日記中，他自己

從不曾加以收集，到南洋後，更多與時人唱和之作，後來鄭子瑜編有《達夫詩詞集》一書，雖非完璧，但重要的都已收齊了。書前並有一序說明郁達夫對於舊詩的看法及其詩的價值。另外，陸丹林、劉心皇也曾先後編了《郁達夫詩詞鈔》、《郁達夫詩詞彙編》。

轉載自《藝潮》革新第二期

（60年9月26日）

1936年的郁達夫

後記

從事編輯工作多年以來，我不曾為自己編著的書寫過後記。一來，我是名副其實地「編而不作」的人；再者，該說的話，該交代的事，早在書前的序或編輯報告中，已經交了差。另有一種不便放在前頭的長篇文字，如：〈浪漫情懷總是詩──徐志摩的愛情生活〉一文（收於拙編《徐志摩散文》），雖委屈在書末，也不能算是「後記」。

在我的想法中，「後記」應該是一塊讓作者、編者發發牢騷、自我解嘲，或是說些應酬話的園地，但在《郁達夫散文》出版前夕，我要藉這塊園地談談留日時代的詩人郁達夫，讀者不妨當它為「不是後記」的「後記」。

郁達夫的自傳之八〈海上〉，寫的是他十八歲（一九一三年）赴日求學的經過。當郁達夫抵達東京，正是已涼未寒的十月末梢，他與長兄郁華一家人同住在「小石川中富阪町七番地」（地址據「郁達夫資料補篇（上）」所載）。那時，郁達夫的心願是考入有官費可領的五校。為滿足讀者們的求知欲，現

列出五校的校名——東京第一高等學校、東京高等師範學校、東京高等工業學校、千葉醫學校、山口高等商業學校。中日兩國政府曾約定，自光緒三十四年起十五年，上述五校開放接受中國留學生，只要他們通過五校其中之一的入學試驗，一直到畢業，每月的衣食零用皆享有公費。郁達夫在考上東京第一高等學校特設預科前，有兩次「名落孫山」的經驗，一次是報考東京高等工業學校，另一次是報考千葉醫科專門學校。（資料採自小穀一編《創造社年表》）在前一回，與他同享落榜滋味的還有張資平，後來「創造社」的四巨頭之一。

　　日本的高等學校相當於我們目前的高中，也是大學的預備門，在當時共有八所。中國留學生在就讀高等學校前，還要經過一年的預科教育，據明治三十三年（一九〇〇年）八月，日本文部省令第十三號「大學預科學程規程」的記載，預科分三部，「第一部」是「法科大學及文科大學志望者」，「第二部」是「醫科大學藥學科，工科大學，理科大學，理工科大學及農科大學志望者」，「第三部」是「醫科大學志望者」。郁達夫在一高預科先是讀第一部，同班同學有二十人，後來聽從長兄的建議，改入第三部。一九一五年七月一日上午，一高舉行畢業典禮，預科畢業的中國留學生計有四十八位，郁達夫、郭沫若（當時用本名「郭開貞」）、張資平皆列名其中。郁達夫被分發到名古屋的第八高等學校。

　　八高的開學典禮是在九月十三日舉行，郁達夫在八月二十九日的晚上，獨自由東京搭夜行車到名古星，途中還寫了一首七言律詩，寄給東京的朋友，詩云：

蛾眉月上柳梢初，又向天涯別故居；

四壁旗亭爭賭酒，六街燈火遠隨車。

亂離年少無多淚，行李家貧只舊書；

後夜蘆根秋水長，憑君南浦覓雙魚。

郁達夫在八高共讀了四年，第一年讀第三部醫科，次年又改讀第一部文科，依規定從頭念起。他由醫科轉入文科，為的是與長兄因細事齟齬，「這一次的轉科，便是幫他永久敵視他長兄的一個手段。」（〈沉淪〉）在八高最令郁達夫得意的事，莫過於讀了約一千部俄、德、英、日、法等國的小說；另有一件值得誇耀的事，他卻從未曾提及，那就是他在日本的報章雜誌上發表了為數不少的詩作，其中大半作品寫於名古屋求學時期，另外也有些是就讀東京帝國大學時的作品。這些報章雜誌包括：《新愛知新聞》、《太陽》雜誌、《雅聲》雜誌等，日人、富長覺夢氏還藏有郁達夫的〈自述詩〉（並序）原稿，這是他在二十三歲（一九一八年）夏五月至十二月底的詩作，計十八首。另有富長蝶如氏藏的《西青散記》，書眉有郁達夫親筆的題詩：「逸老梧岡大有情，一支斑管淚縱橫；西青散記閒來讀，獨替雙卿抱不平。」另有識語一段，姑錄於下，以增廣讀者見聞──「已未秋寄跡都門，星疏月淡之夜，每與曼兄談世界各國文藝之進退，予頗以德國、英國之田園小說為可貴，曼兄因為言《西青散記》之沉。一齊來日本後於上野圖書館內得此書，誦讀數過，欲抄錄一部而未果。今夏因婚事西歸，無意中得《西青散記》之翻印本於滬上之書肆，其中錯落處頗多。來日本後又得此本於坊間，大約此書之古者，莫過於是矣！予將以之寄潛提示。庚申秋郁文識」「散記中記雙卿事特詳，當為摘出之，作

雙記（原題「傳」字，復圈掉在其右上角補寫「記」字）一篇。」（按：標點符號都是編者所加。）郁達夫抵日後，《西青散記》四冊是最先令他著迷的一部書，他在以後所寫的短篇小說〈銀灰色的死〉，故事結構即脫胎自《西青散記》。

在郁達夫的詩作中，有不少是與日本漢詩人服部擔風的酬唱，大正五年（一九一六年）六月十四日，《新愛知新聞》第八九五九號刊登了他的一首七絕〈訪擔風先生道上偶成〉，詩云：「行盡東郊更向東，雲山遙望合還通；過橋知入詞人裡，到處村童說擔風。」數天後，郁達夫又在該刊發表了「日本謠」多首，擔風先生有評語如下：「郁君留學吾邦，未出一兩年，而此方文物事情，幾無不精通焉，自非才識軼群，斷斷不能！日本謠諸作，奇想妙喻信手拈來，絕無矮人觀場之憾，轉有長爪爬癢之功，一唱三嘆，舌橋不下。」本書前圖片頁四有兩幀郁達夫的墨寶，圖左詩題為「病後訪擔風先生有贈」，原件由愛知縣服部秋男珍藏。擔風先生對此詩評價極高，曾批曰：「氣韻悲涼，得元裕之（遺山）家法，作者齡僅過弱冠，而才力識見，遠出於時流，詩筆老成如此，誰不驚異？」圖右係大正八年（一九一九年）正月初四，在擔風宅「藍亭小集」席上，郁達夫題贈小林清八郎的詩箋；同日，他另有一首五律〈新正初四藍亭小集賦呈擔風先生〉，詩云：

門巷初三月，詞壇第一人；

藍亭來立雪，滄海又逢春。

小子文章賤，先生意氣真；

明年誰健在，勿卻酒千巡。

　　郁達夫之喜愛舊詩，自有他的一番道理，他曾說：「像我這樣懶惰無聊，又常想發牢騷的無能力者，性情最適宜的，還是舊詩；你弄到五個字，或者七個字，就可以把牢騷發盡，多麼簡便啊！」（〈骸骨迷戀者的獨語〉）其實，發牢騷之語只是他的謙詞，達夫對舊詩領略頗深，他喜愛舊詩的音樂成分，他也打算用舊詩的形式來盡量表現新的現象。達夫的詩作貴在能「真」，論才情、功力，他遠不及歷代名家，甚且在構思、詩律、詩句上，時露模仿蹈襲的痕跡。但唯其有真感情，故由詩中的「醇酒美人」到「愛國節操」的吟詠，一逕是自然而完整的呈現，也忠實地履行了「文學作品都是作家的自敘傳」這一信條。

國家圖書館出版品預行編目資料

郁達夫散文／陳信元編選．
第一版──臺北市：宇河文化　　　出版：
紅螞蟻圖書發行，2008.9
面：　　公分．──（Reading；9）

ISBN 978-957-659-683-4（平裝）

855　　　　　　　　　　　　　　97014050

Reading 09

郁達夫散文

編　　選／陳信元
美術構成／**Chris' office**
校　　對／周英嬌、楊安妮、陳信元
發 行 人／賴秀珍
榮譽總監／張錦基
總 編 輯／何南輝
出　　版／宇河文化出版有限公司
發　　行／紅螞蟻圖書有限公司
地　　址／台北市內湖區舊宗路二段121巷28號4F
網　　站／www.e-redant.com
郵撥帳號／1604621-1　紅螞蟻圖書有限公司
電　　話／(02)2795-3656（代表號）
傳　　真／(02)2795-4100
登 記 證／局版北市業字第1446號
數位閱聽／www.onlinebook.com
港澳總經銷／和平圖書有限公司
地　　址／香港柴灣嘉業街12號百樂門大廈17F
電　　話／(852)2804-6687
新馬總經銷／諾文文化事業私人有限公司
新 加 坡／TEL：(65) 6462-6141　　FAX：(65) 6469-4043
馬來西亞／TEL：(603) 9179-6333　　FAX：(603) 9179-6060
法律顧問／許晏賓律師
印 刷 廠／鴻運彩色印刷有限公司
出版日期／2008年9月　第一版第一刷

定價280元　港幣93元

ISBN 978-957-659-683-4　　　　　　Printed in Taiwan